현진건 문학상 작품집

제13회 현진건문학상 작품집
박주영, 박해동, 서유진, 이소정, 이은유, 이은정, 정광모
하창수, 김가경

ⓒ 현진건문학상운영위원회, 2021

차 례

4 예심 심사평
8 본심 심사평

추천작
15 박주영 / 시차
35 박해동 / 아이덴티티
61 서유진 / 나야
83 이소정 / 수영장
109 이은유 / X의 세계
133 이은정 / 소란
157 정광모 / 봄을 걷다

기수상작가 신작특선
177 하창수 / 가디언스
201 김가경 / 은아의 세계

224 취지와 심사 경위

2021 현진건문학상 예심 심사평
'무엇'이 아니라 '어떻게' 이야기하느냐가 좋은 소설의 관건이다

현진건 문학상이라는 크고 귀한 이름에 걸맞게 응모작 대부분이 기대 이상으로 뛰어난 작품들이었다. 옥석이 아니라 옥옥 중에서 더 아름다운 옥을 가려내는 일이 결코 수월하지는 않았지만 한편으로는 그렇게 훌륭한 작품들을 한자리에서 볼 수 있다는 사실이 독자로서 동료 작가로서 반갑고 기쁘기도 했다.

먼저 주목한 작품은 「X의 세계」다. 서로 떨어져 사는 부부의 위태로운 관계를 샤오미 웹캠 하나로 능수능란하게 펼쳐 보이는 스토리텔링 솜씨가 압권이다. 무엇보다 시시각각 붉은 빛을 내쏘는 카메라 렌즈 속에 알고 보면 텅 빈 어둠밖에 없다는 사실을 화자가 깨닫는 장면은 성냥개비로 만든 집처럼 그럴듯해 보이지만 실은 당장이라도 무너질 수 있는 인간관계의 허상을 매우 감각적으로 설득력 있게 보여준다.

「산책, 109」의 화자는 태아胎兒다. 태아가 제 어미의 천변 산책길에서 사색에 잠기는 장면으로 시작되는 이 소설은 삶에 대한 작가의 웅숭깊은 시선과 시적인 문장으로 촘촘하게 직조되어 있다. 화자가 지닌 태생적 한계에도 끝까지 힘과 균형을 잃지 않는 서사, 작가가 인물들의 갈등 및 내면의 상처를 묘사하면서 생략과 은유를 적절히 활용하여 의미를 확장하는 방식도 인상적이었다.

이처럼 범상치 않은 화자가 등장하는 또 다른 작품으로 「나야」가 있다. 화자는 주인공의 육체에 깃든 병病 혹은 병인病因이다. 화자와 숙주가 나누는 기묘한 대화를 통해 독자는 순식간에 이야기 속으로 빨려 들어간다. 어딘가 불안하고 위태로워 보이는 주인공의 심리 묘사도 탁월하지만, 작가가 나서서 다 말하지 않고 장면과 장면 사이에 여백을 배치하여 오히려 독자의 긴장감을 더욱 고조시키는 미학적 스타일이 돋보인다.

「봄을 걷다」는 한마디로 웰 메이드 소설이다. 단순한 산행 이야기에 담긴 수많은 상징과 은유의 갈래들은 좋은 소설의 관건이 '무엇'을 이야기하느냐가 아니라 '어떻게' 이야기하느냐임을 새삼스럽게 인식시켜준다. 작품을 읽는 내내 맹인 화자를 따라 나도 눈을 감고 흰 지팡이로 땅을 두드리며 봄날의 산을 오르는 느낌이었음을, 화자의 시력을 잃기 전 기억과 시력을 잃은 후 감각과의 병치가 슬프지만 아름다워서 마음이 자꾸 먹먹해졌었음을 고백한다.

언급한 작품들 외에도 「정지선 안에서」, 「시차」 등 손에서 쉬이 내려놓지 못하는 작품들이 여럿 있었다. 이렇게 독자로서 또 한 번 감탄하고 작가로서 또 한 수 배운다. 감사드린다.

심사위원 김미월

2021 현진건문학상 예심 심사평
자신만의 문법으로 인간 내면에 천착하는 시선

대부분 일정 수준 이상을 지닌 작품들이어서 읽는 일이 즐거웠다.

투고 작품들의 성향은 크게 다섯 가지로 요약될 수 있는데 첫째는 지난했던 가족사, 혹은 개인사에 초점을 맞춘 작품들이다. 메시지도 뚜렷하고 읽고 나서 느껴지는 감정도 비슷비슷했다. 무난하지만 압도적이지 않음이 아쉬움으로 남았다. 두 번째는 특정 지명이나 공간을 소재로 삼은 작품들이다. 어떤 작품은 여로형 형태를 취했고 어떤 작품은 회상을 통해 익숙한 지명이나 개인적인 신화의 공간을 복기해 놓았다. 결말이 대부분 비슷하고 이야기의 갈 방향이 정해져 있음이 또한 아쉬움이다. 세 번째로는 역사적 사실, 혹은 허구를 서사로 끌어온 경우가 더러 있었다. 단순 역사적 사실을 소설화하는 것보다 재해석하거나 전복시키려는 힘이 약했다. 역사를 평면적으로 서술하는 일은 교과서의 역할이기 때문이다. 네 번째로 약속된 소설의 형식에서 조금 벗어난 작품들이 더러 있었다. 일상화된 단어를 일일이 한자 병기한 작품도 보였고 한바탕 일을 벌이려다가 갑자기 끝나는 작품도 있었다. 지나치게 자신이 구축해 놓은 방향, 혹은 환상으로만 나아가서 돌아오지 못한 글도 있었다.

이런 문제의식을 바탕으로 두 가지 요소에 집중하며 작품을 살폈다. 적당한 구성과 적당한 교훈을 지향한 작품보다는 보다 인간 내면에 깊이 천착하려는 모습이 보이는 작품들이다. 두 번째로는 기존의 소설들을 답습하지 않고 자신만의 문법을 지키고 있는 작품들이다.

두 가지 관점을 모두 만족시키는 작품이 아쉽게도 많지는 않았지만 그래도 개성적인 시선으로 시대와 개인의 부조리를 바라보는 작품들도 있었다. 그 중 하나인 「아이덴티티」는 제목이 암시하듯 가난하지만 열심히 살아가는 영문학과 대학생 배달라이더가 동네에서 우연히 만나 친해지게 되는 이른바 '동네 형'을 통해 관찰되어지는 미묘한 개인과 세계의 빈틈을 꼼꼼하게 포착한 작품이다. 「타인의 손」은 장애우 성봉사자라는 특별한 소재를 통해 인간의 몸과 욕망을 차분하고 묵직하게 포착한 작품이다. 다만 장애우를 약자라는 규정 속에 묶어놓고 예정된 결말로 나아간 게 아쉬웠다. 최근의 코로나 시국을 반영하듯 누출 사고 이후 격리구역에 갇힌 사람들(혹은 이미 죽은)을 다룬 「수영장」은 생존에 관한 뻔한 이야기가 아니라 진지하게 실존의 문제를 탐구해가는 점이 인상 깊었다. 「셀렙 이효리와 즐겁게 노는 꿈」은 다소 산만하긴 해도 펜 가는 대로 마음껏 풀어놓은 문체가 장점이다. 조각조각의 꿈, 혹은 낙서의 영역에 들 수도 있지만 이런 실험은 충분히 시도해 볼 만하다고 판단되었다.

작품을 읽으면서 시종일관 든 생각은 소설을 쓰는 일만큼이나 동시대 작가들의 작품을 치열하게 읽는 일에도 시간을 썼으면 하는 아쉬움이다. 대부분의 작가들이 습작기부터 굳어진 스타일을 고수하고 있어서 낡은 문제의식과 전개에 갇혀 있는 경우가 많았다. 내년에는 더 견고한 작품으로 만나길 고대한다.

심사위원 **권정현**

2021 현진건문학상 본심 심사평
현진건문학상의 위엄을 되묻는다

　주최 측으로부터 13편의 예심 통과작이 전달되었다. 13편 중에서 1편의 본상작과 7편의 추천작을 가려달라는 심사 가이드라인이 동봉되어 있었다. 3인의 심사위원은 보름가량 저마다 예심 통과작을 읽고 9월 27일 한 자리에 모여 최종 심사를 했다.
　우선 응모작 전체에 대한 총평을 나누었다. 지난해보다 크게 못하지 않지만 지난해는 다음 해를 기약하고 모든 응모자들을 격려하는 차원에서 본상작을 뽑았지만, 올해까지 그래야 하나 하는 걱정의 말부터 나왔다. 예전 현진건문학상 본상 수상자들과 수상작의 쟁쟁한 명성이 있는데 거기에 못 미친다는 의견이 주류를 이루었다.
　그래도 일단 심사에 들어가 13편의 작품 중 본상 작품 1편을 뽑는 것보다 먼저 본상을 포함해 8편의 추천작 선정 작업부터 했다. 본상 작품 한 편을 선뜻 뽑을 수 없었기 때문이었다. 심사도 심사위원들의 안목으로 부족한 작품 5편을 가려내는 선별부터 했다. 이 과정은 재고의 의견을 내는 심사위원이 한 사람도 없었을 만큼 쉽게 이루어졌다.

　먼저 골라낸 작품 순으로 말하면 이런 작품들이었다. 「타인의 손」은 남성 장애인의 성 자원봉사를 하는 여인의 이야기이다. 그 방면으로 이미 나온 작품들과 비교해 이 작품은 발상과 내용 면에서 크게 다르지 않아 변별점이 없었다. 짧은 단편임에도 앞부분에서부터 문장과

전개가 늘어지는 데다 작품의 발상과 내용이 기존의 작품들과 흡사하기 때문일 것이다. 거기다 남성주의적이라고도 할 수 없는 위태로운 사고가 작품 곳곳에 드러나 작가의 젠더 감수성을 다시 한번 생각하지 않을 수 없었다. 이것은 이 방면으로 유난히 까다로운 한 심사위원의 지적이 아니라 삼인 심사위원의 공통된 생각이다.

작품을 끝까지 두 번 세 번 읽어도 작품의 주제가 무엇인지, 작품 안에서 실제로 일어난 사건들과 인물 간의 관계가 어떤 것인지 짐작이 잘되지 않는 작품들도 있었다. 학교 교사를 주인공으로 다룬 「정지선 안에서」의 경우, 주인공의 이름이 '정지선'인 것 말고는 교사와 학생 사이의 어느 선까지가 정지선이라는 것인지, 또 삶의 정지선은 어떤 것인지 그것의 경계와 상징조차 없어 이야기가 모호하다.

동성애 아들에게 포르노 시디를 사주는 어머니와 그 아들의 투신자살을 다룬 「파잔」은 작품 안에 설정된 상황은 설득력이 있으나 소설의 전체 서사는 독자를 납득시키기에 미흡하다. 코끼리 길들이기(파잔)와 연결 지은 것도 억지스럽다. 동성애 청소년의 죽음에 대한 이야기보다 '파잔'에 대한 강한 인상에 의존해서 쓴 작품이 아닌가 여겨질 정도로 이야기의 흐름과 구성에서 주객이 전도된 느낌이다. 아들이 고1 때 유럽으로 유학 가고 싶어 한 이유가 동성 결혼한 룩셈부르크 총리의 자서전을 읽은 때문이라는 것도 이야기 속에서 설득력을 갖기 보다 작의가 지나치게 발휘된 설정으로 보였다.

어머니의 뱃속에 든 태아를 주인공으로 자신과 어머니의 생각과 움직임을 살피는 「산책, 109」는 중간중간 고딕체로 구분하여 쓴 부분이 마치 소설 외부에서 소설 안으로 옮겨온 듯한 태아의 사유인 것 같은데 오히려 소설 전체의 흐름을 방해하고, 줄거리를 따라 읽을 수 없게 한다. 작가가 소설의 외연 확장을 잘못 생각하고 있는 부분이다. 태아가 바라보는 어머니의 움직임과 어머니가 겪는 이야기에만 깊이 천착하여도 좋은 소설이지 않았을까, 생각되었다.

「셀렙 이효리와 즐겁게 노는 법」은 다른 작품보다 술술 잘 읽히긴 했지만, 읽는 내내 1990년대 초 한국 문단에 아주 짧은 기간 쓰나미처럼 밀려왔다가 거품 같은 흔적만 남기고 꼬리를 자른 포스트모더니즘 작품을 읽는 듯했다. 그러나 이 작품은 왜 이런 작품을 쓰는지에 대한 작가의 의도와 이야기의 맥락을 파악할 수 없었다.

「우리는」은 태어난 지 한 달 정도 되는 아기의 사망신고를 하는 부부의 이야기인데, 상황은 자극적이어도 소설 전체가 공감하기 힘든 내용으로 채워졌다. 그런 아기의 사망신고를 하러 가며 아기 옷을 살펴보고 산다는 설정도 이게 자연스러울까 의문을 갖게 했다. 특히 사건 연결이나 생각의 떠오름이 뭐를 하면 뭐가 생각나고, 무얼 보면 뭐가 생각난다는 식으로 이야기를 풀어간다. 소설의 얼개와 개연성을 숙고했으면 좋겠다.

주최 측에서 주문한 것보다 한 작품을 더 추가하여 6편을 제외한 다음, '현진건문학상 추천작'으로 선정될 7편을 하나하나 검토해 보았다. 「봄을 걷다」는 시력이 약해져 맹인이 된 남자를 보살피던 여자 봉사자가 남자에게 사랑을 느끼는 흥미로운 이야기다. 하지만 지나치게 소녀 취향적이고, 두 사람이 느끼는 사랑의 모습 역시 그렇다. 진지한 사유와 성찰 없이 모든 상황을, 단순하게 붙인 제목처럼 고민 없는 봄빛에 그치지 않았나 싶다.

「시차」는 한국을 떠나 미국 유럽 등지를 떠돌다가 아이슬란드에서 외국인 여자와 동거하는 화자의 이야기다. 어머니는 오래전 아버지와 동반자살을 시도한 끝에 혼자 살아남는다. 그리고 시간이 지나 이것이 보험살인이었다는 것이 밝혀진다는 설정인데 상황 자체도 상투적이고, 삶에서는 갈등투성이일 텐데 충분히 있음직한 갈등 없이 이야기를 이끌고 간다.

「X의 세계」는 부부가 집안에 설치한 카메라(cctv와 다를 바 없는) 때문에 겪는 여러 소동과 그걸로 인해 벌어지는 사건 사고에 대한 얘기이다. 회복할 수 없는 사고로 결말을 맺는 것 또한 이미 예견된 일이다. 집 안에 스스로 감시 카메라나 다를 바 없는 기구를 설치하는 일에 대해 일말의 고민도 없이 이야기를 진행하는 건 등장인물의 고민이 없는 것이 아니라 작가가 개인 사생활에 대한 고민과 사유를 생략했다고밖에 볼 수 없을 것이다.

「나야」는 몸속의 병균(병인)과 병균이 자기 삶의 자리로 침입해 있는 몸의 주인과의 대화다. 어떻게 보면 앞서 얘기한 「산책, 109」와 비슷한 발상일 수 있겠다. 병과 몸주는 어떤 이야기를 나눌 수 있을까. 처음엔 종교 이야기를 하는가 싶더니 너도 오래 살기 위해서 내 생에 협조해야 하는 것 아니냐는 등의 얘기로 이야기를 발전시키긴 하지만 병균과 몸주의 대화가 보통 사람들의 기본적 상상력을 넘지 못한다. 같은 이야기가 먼저 발표되었거나 어딘가 유사한 이야기가 있어야만 상투적인 게 아니라 작가의 상상력이 일반적 사고를 넘지 못하면 그게 바로 상투적인 것이다.

위에서 거론한 작품들보다 더 나은 성취가 있는 작품들로 「수영장」과 「아이덴티티」와 「소란」을 꼽을 수 있다. 그러나 이 작품들도 장점 못지않은 단점을 골고루 가지고 있었다.

「수영장」은 아동학대와 주취 폭력을 휘두르는 아버지 아래 자라는 소년을 수영장에서 만난 이야기인데 충분히 그 자체로 설득력을 가지고 있는 이야기를 끝에 가서 자동차 사고로 '판'이라는 소년이 죽음을 맞이하는 상황으로 봉합하고 만다. 좀 더 치밀한 구성과 이야기마다의 개연성을 고민했으면 좋겠다. 소설 전개가 단조로운데도 의미 전달이 쉽지 않은 것은 의미의 모호함 때문일 것이다. 독자는 이해할 수 없고 작가만 이해할 수 있게 쓴다면 소통이라는 말이 왜 필요하겠는가.

「아이덴티티」는 소설 제목이 암시하듯 남성 동성애를 다룬 작품이다. 피자 배달부와 피자 배달을 시키는 남자의 이야기로 '그와 함께 있는 시간 시간이 즐겁고 점차 그가 내 삶의 일부가 되어 가는 설정'도 좋다. 부모의 포도 농사 이야기와 만난 남자에게서 포도 냄새가 나는 설정 등 배달부와 배달 주문하는 사람의 이야기 전개가 자못 진지하게 나가다가 누나의 남자 이야기나 고향의 저수지 이야기가 이 작품에 왜 필요하고 어떤 도움을 주는지 이해되지 않는다. 긴밀하지 않은 에피소드는 단아한 작품에 방해가 되지 않겠는가.

「소란」은 심사위원 모두에게 공감을 받은 작품이다. 다만 소란이라는 한 인물의 행적을 조곤조곤 따라가는 소품에 그친 점이 매우 아쉬웠다. 분량이 작아서 소품이 아니라 이야기의 볼륨, 이야기가 전하는 의미가 소품 같다는 느낌이다. 응모작 가운데 가장 나은 작품이면서도 본상작으로 선정하는 데 심사위원 모두가 선뜻 손을 내밀지 못했다.

집중적으로 거론되었던 세 작품은 모두 등단 삼사 년 이내의 신진작가 작품이었다. 신진작가들 작품이어서 본상작으로 뽑을 수 없다는 것이 아니라 그나마 경쟁력을 갖춘 작품이 등단한 지 오래된 작가가 아니라 신인작가라는 점이다. 이 작품들도 어느 한 작품 선뜻 본상으로 올리기는 힘들었다. 비유컨대 가뭄과 홍수로 예전보다 흉년이 들었다고 해서 예년의 2등품을 올해 가장 나은 쌀이라는 이유로 그것을 올해의 '일등미'라고 뽑을 수 없는 것과 같은 사정이다. 상황이 이런데도 이등미를 올해에만 일등미 이름으로 뽑는 것은 우선 이 상을 존재하게 한 빙허 현진건 선생님에 대한 결례이고, 문학에 대한 결례이다. 세상 어느 일에나 '다움'과 '답게'라는 것이 있다.

심사위원은 오랜 회의를 거쳐 올해는 부득이 본상작을 뽑지 않는 것이 좋겠다는 데 의견을 모았다. 대신 그동안 훌륭한 작품을 썼던 기수상작가의 신작新作 한두 편을 전체 일곱 편의 추천작과 함께 싣는다면 작품집으로서도 격이 있고, 응모자들도 금년도의 작품과 함께 실린 기수상작가의 작품을 보면서 새롭게 분발할 기회가 되지 않을까 생각한다.

작품에 대해 피차 모진 얘기를 긴 지면을 통해서 했다. 이런 말을 하는 걸 좋아하는 사람은 없다. 심사위원들 역시 함께 소설을 쓰고, 창작에 대해 고민하는 자이기에 어떻게 보면 난감하기도 한 이 긴 심사평에 이름을 함께 올리면서, 독자 제위와 수록작가들에게 이 심사의 공정성을 아프게 묻는다.

심사위원 오정희, 이순원, 박희섭

제13회 현진건문학상 추천작

시차

박주영

약력

부산 출생.
2005년 《동아일보》 신춘문예에 중편소설 「시간이 나를 쓴다면」이 당선.
2006년 오늘의 작가상, 2016년 혼불문학상을 수상.
장편소설 『숲의 아이들』, 『고요한 밤의 눈』, 『백수생활백서』, 『냉장고에서 연애를 꺼내다』, 『무정부주의자들의 그림책』, 『종이달』과 소설집 『실연의 역사』가 있다.

하얀 눈밭, 보이는 것은 작은 나무 한 그루뿐. 작은 나무 한 그루처럼 보이는 그 나무는 실은 아주 큰 고목의 가지에 불과할 수도. 마찬가지로 지금 우리가 누워있는 자리 아래가 천 길 낭떠러지이거나 아득한 호수일 수도 있다.

온 세상을 눈이 하얗게 뒤덮어버렸고 세상은 거의 백지에 가까워져 있었다. 우리 둘은 하얀 눈밭에 누워 팔을 퍼덕거렸다. 하얀 백지 위에 천사의 날개가 생겨났다. 날 수만 있다면 이곳을 벗어날 수 있을까. 수십 개월씩 눈이 내리더니 세상이 멈춰버렸다. 날씨는 겨울과 봄의 경계, 그렇지만 눈은 녹지 않고 그대로였다.

눈이 내리기 전까지 우리 둘은 모르는 사이였다. 눈이 내리는 사이에 많은 것들이 사라졌고 아직 돌아오지 않았다. 우리 둘은 왜 살아남았는지 몰랐다. 전혀 특별한 사람들이 아니었다. 어딘가에 우리들처럼 또 살아남은 사람들이 있을지도 몰랐지만 그런 생각으로 할 수 있는 것은 아무것도 없었으므로 그냥 이 세상에 둘뿐인 걸로 생각하기로 했다.

*

아침 8시 전화가 걸려왔다. 더 이상 잠이 오지 않을 줄 알면서도 침대에 멍하니 누워 너무나 생생했던 꿈의 장면들을 떠올리고 있을 때였다. 어머니의 소식을 전하기 위한 전화였다.

 그는 나에게 엄마를 마지막으로 볼 수 있는 기회라며 한국에 오는 것이 어떻겠느냐고 했다. 엄마가 결국 죄를 인정할 수밖에 없었다는 소식이나 보험사와의 소송에서 승소했다는 소식을 전할 때보다 그는 신중하게 말을 고르고 있었다. 나는 대답도 질문도 하지 않았다. 그가 말하고 나는 들었다. 무슨 말인지 점점 더 아득해졌다. 9시간의 시차만큼 나는 뒤처지고 있는 것일까. 그는 깊은 숨을 내쉬더니 건강하게 잘 지내라는 의례적인 인사를 건넨 뒤 전화를 끊었다.

 10월의 마지막 날이었다. 한국은 11월의 첫날일 것이다. 한국 시간은 저녁 5시. 그는 소식을 나에게 전하는 일을 최대한 미루다가 결국 퇴근 전에 처리했을 것이다. 부담스러운 임무를 비로소 끝내고 이제 그는 집을 향해 갈 것이다.

 15년 전 국선변호사로 엄마와의 인연을 시작했던 그는 아직도 엄마의 일을 처리해주는 의리를 변함없이 발휘해주고 있다. 아들인 나보다 이제 그가 엄마에게 더 가까운 사람이고 그 의리가 수수료로 유지되는 것일지라도, 어쩌면 그래서 엄마는 더 그에게 스스럼이 없을 것이다. 우리 엄마는 변함없이 그런 사람일 것이다. 세상에서 돈에 제일 무심했던 여자. 세상에서 돈이 제일 무서웠던 여자. 한 번도 자기 힘으로 돈을 벌어본 적 없던 여자. 나와 아버지밖에 모르던 여자.

 릴리아스가 잠에 취한 목소리로 물었다.

 "무슨 전화야?"

 "아무것도 아니야. 더 자."

 새벽까지 공부를 한 릴리아스는 다시 잠이 들었다. 나는 조용히 침실을 나와 부엌으로 걸어가 냉장고를 열고 물을 꺼내 잔에 따랐다. 냉장고를 닫은 다음에는, 잠시 멍해졌다. 변호사는 내가 모르는 것들이 있다고 했다. 내가 모르는 것들은 내가 알고 싶지 않은 것들일 수도 있었다. 그것을 그만 모르는 것은 아닐 것이다. 이제 와서 그런 이야기를 꺼낸 이유가 있을 테지만 그 역시도 알고 싶지 않았다. 얼마 후 투명한 유리 물잔 속의 차가운 온도가 손으로 전달되어왔다. 물을 한 모금 마시자 가슴으로 냉기가 서서히 퍼져나가는 것 같았다. 잔을 식탁 위에 내려놓고 창밖을 바라보았다.

창 안과 밖의 기온 차로 희뿌옇게 변한 창 너머로 옆집 남자가 파자마에 가운을 걸친 채 나와 신문을 가져가는 모습이 보였다. 이사 온 이후로 옆집 남자는 아침에 저런 모습으로 나와 신문을 가져갔다. 눈이 오나 비가 오나 캄캄하거나 환하거나 아침이면 변함없이. 그래서 옆집 남자를 떠올리면 저 모습이 가장 먼저 떠올랐다. 말끔하게 차려입고 출근하는 모습도, 이따금 바에서 마주칠 때의 편안한 캐주얼 차림도 잠옷 가운을 입은 저 모습을 이기지 못했다.

잠옷 가운……. 하나도 닮은 것이 없는데 엄마의 로브가 떠오른다. 색색가지의 실크 로브. 어릴 적 나의 하루는 매일 다른 로브를 입은 엄마로부터 시작되고 끝났다. 로브를 입은 모습으로 아침이면 나를 깨웠고 밤이면 잘 자라고 인사를 했다. 감옥에는 로브 같은 건 없었을 텐데, 아니 잠옷이나 입고 잘 수 있었을런지, 영화나 드라마에는 하루 종일 죄수복만 입던데……. 엄마와 연락할 수 있었다면 어떤 말들을 했을까. 그리고 지금 무슨 말들을 할 수 있을까.

사건 후 변호사에게 전해 들은, 엄마의 말은 자신을 잊고 잘 살라는 것뿐이었다. 그런 일을 벌여놓고 내가 잘 살기를 바라다니, 그런 시간을 내가 무슨 수로 잊을 수 있다고 생각한 것인가. 하지만 나는 엄마의 마지막 당부처럼 살았다. 엄마를 잊고 살기 위해 그 시간으로부터 최대한 멀리 달아났다. 한국에서 미국으로, 미국에서 영국으로, 영국에서 온 유럽을 돌아다니다가 아이슬란드로, 그리고 아이슬란드 인구의 3분의 2가 사는 수도 레이캬비크에서 더 북부인 아쿠레이리로.

릴리아스가 뒤에서 내 허리를 감싸 안았다. 시간을 확인했다. 10시가 지나고 있었다. 다시 시간이 사라지고 있었다.
"잘 잤어?"
릴리아스의 체온을 느끼며 내가 물었다.
"또 못 잔 거야? 아침에 그 전화는 뭐야?"
릴리아스에게 해야 할 말들이 있다. 나는 그 이야기를 제대로 할 수 있을까. 어떤 언어로.
처음 만났을 때 릴리아스는 아이슬란드어도 영어도 거의 하지 못했고 당연히 한국어도 몰랐다. 나도 아이슬란드어를 잘하지 못했다. 그렇지만 둘 다가 할 수 있는 공통분모가 제일 많은 언어는 아이슬란드어였다. 아이슬란드어는 우리 둘 다에게 모국어가 아니었기에, 우리는 오늘 뭐 해?, 네가 좋아하는 건 뭐야? 이런 기초 회화에 가까운 말들을 나누며 친해졌다.
기초 회화 수준을 벗어나자 릴리아스는 자신의 과거를 이야기하기 시작했다. 어렴풋이 알고 있던, 릴리아스가 난민으로 입국하기까지의 여정은 가장 단순한 아이슬란드어 문장 속에서도 참혹했다. 하지만 그 이야기를 나에게 할 수 있다는 것 때문에 릴리아스는 안심하는 것 같았다. 진짜 자기 자신을 이야기할 수 있다는 것. 그리고 릴리아스는 아이슬란드에 오기까지의 나의 여정을 궁금해했다.

영국에서 회사를 짤리다시피 그만둔 후 집을 정리하고 밴을 사서 개조해서 유럽을 떠돌았다. 밴에서 살면서 매일 다른 곳에서 깨어나고 잠들었다. 아무하고도 말하지 않는 날과 누구하고도 말하는 날이 있었다. 잠시 머물면서 일을 하고 돈을 벌 수 있다면 그렇게 했지만 많고 많은 날들 동안 아무 일도 하지 않았다. 운전을 하고 정차하고 가만히 있었다. 아무것도 하지 않는 날들에도 무엇을 하는 것만 같았던 것은 내가 머물지 않았기 때문이었다. 그렇게 죽을 때까지 떠돌아도 나쁘지 않다고 생각했던 것 같다. 아니 무엇이 좋은지 어떻게 살아야 할지 생각이라고는 하지 않던 날들이라고 하는 것이 더 정확할 것이다.
그렇게 3년 가까이 떠돌다가 어느 날 밴이 고장 났다. 미래 없는 인간답게 나는 그 일을 일종의 계시로 받아들였다. 신을 믿은 것이 아니라 미신을 믿은 것에 가까웠지만. 고장이 나서 움직이지 않는 밴 안에서 영원히 삶을 멈추거나 완전히 다시 시작해야 한다고 생각했다. 그러다가 어떤 영화에서 우주 공간이었던 곳이 사실은 아이슬란드라는 글을 읽었고 문득 그 우주로 사라지는 것도 괜찮겠다고 생각했다. 밴을 처리했고 배낭 하나만큼의 짐을 꾸려 아이슬란드로 왔다. 그러므로 나에게 아이슬란드는 세상의 끝이었고 막막한 우주였다. 시간이 멈추거나 다른 방식으로 흐르는 공간.
유엔 난민기구의 도움으로 입국한 릴리아스를 레이캬비크에서 만난 것은 우연이었지만 운명이었다. 내가 잠시 머물고 있던 집 주인이 난민에게 집을 내어주기로 했고 그렇게 릴리아스가 왔다. 릴리아스와 나는 주방을 공유했고 그녀는 내가 식사를 잘 하지 않고 술을 마신다는 것을 알아챘고 내가 쓰러졌을 때 나를 돌봐주었다. 가장 나쁜 상태에서 릴리아스와의 관계가 시작되었고 나는 조금씩 나은 사람이 될 수 있을 것 같았다.

우리는 함께 북극권 한계선에서 70㎞ 떨어진 아쿠레이리에 정착하기로 했다. 수도인 레이캬비크보다 한결 조용한 곳이었고 누가 봐도 이방인인 우리 두 사람은 더 눈에 띄었지만 상관없었다. 관광객이 지역민보다 더 많은 나라에서 그만큼 한국 사람을 만날 확률이 줄어드는 곳이라는 것만으로도 나는 충분했지만 그런 이유를 릴리아스에게 말하지는 않았다.

"한국에 잠시 다녀와야 할지도 몰라."
"무슨 일로?"
"만나야할 사람이 있어."
"누구?"
"……."
"왜?"
"상황이 좀 안 좋아서, 내가 가봐야 할 것 같아."
"언제?"
"……."
"나도 같이 갈까?"

나는 대답 대신 릴리아스를 세게 껴안았다. 아이슬란드에서 한국까지는 비행시간만 최소 14시간이 걸린다. 직항이 없어 유럽의 어느 나라를 경유해서 가야 한다. 릴리아스는 알까. 내 어머니의 나라가 그렇게 멀고 멀다는 사실을.

모국을 떠나 살아온 시간이 더 긴데도 나는 늘 시차에 적응하지 못했다. 북극권인 아이슬란드는 겨울은 하루 종일 어두운 날을 중심으로 여름은 하루 종일 밝은 날을 중심으로 밤과 낮의 길이가 달라졌다. 나는 이 이상한 밤과 낮이 마음에 들었다. 어둠이 밤이 아니고 밝음이 낮이 아닐 수도 있는, 이 특별한 시차에는 더 적응하기 어려웠지만 그래서 안심이 되었다. 누구든 그럴 테니까, 나는 특별하게 다른 사람이 아니었다.

*

아쿠레이리에서의 두 번째 가을이다.
따뜻하고 환한 긴 여름을 지나 긴 겨울로 접어들기 전, 변화무쌍한 날씨 가운데 아주 반짝 날씨가 좋은 시간들을 그러모아 나는 혼자서 가을이라고 불렀다. 실제로 얼음과 불의 나라인 이 나라엔 가을이 없다.
릴리아스는 수업을 받기 위해 학교로 갔고 나는 혼자 남았다. 평일 오후는 갈수록 가라앉는 기분을 감출 수 없었다. 오늘은 기온이 다른 날의 이 시간보다 낮게 느껴졌고, 어쩌면 비가 올지도 모르겠다고 생각했다. 거리의 나무들이 휘청거리는 것이 보였다. 하늘에는 구름이 가득하고 바람이 몹시 불었다. 아이슬란드에는 지금 날씨가 안 좋더라도 30분만 기다리라는 말이 있다. 곧 바람과 구름이 지나가고 갑자기 환한 하늘을 볼 수 있을지도 모른다.
이곳은 나에게 엄마와 처음 미국에 갔을 때 석 달 동안 같이 지내던 동네와 비슷한 정서를 자아냈다. 나라도 날씨도 언어도 다른데도 그랬다.

엄마, 여긴 이상해.

어린 내가 말했다.

뭐가 이상해. 사람 사는 데는 다 똑같아.

두리번거리는 엄마의 시선에서 어린 나는 나와 같으면서도 다른 두려움을 보았다.

엄마, 여긴 담이 없어.

그러네.

그 당연한 풍경을 우리 두 사람은 일주일이 지나서야 알아차리게 되었다. 그러고도 하루하루 지날 때마다 나는 내가 태어난 나라, 그 동네와 다른 것들을 하나씩 엄마에게 말하곤 했다. 신기했다. 사람 사는 곳이 다 똑같은 데 조금씩 다른 무언가가, 그리고 그 다름을 나보다 하나도 먼저 알아채지 못하는 엄마가.

엄마는 석 달을 나와 함께 지내고 한국으로 돌아갔다. 그 석 달 동안 엄마 눈에는 내가 영어로 사람들과 소통에 무리가 없는 것처럼 보였을 것이다. 엄마는 내가 길을 묻고 누군가가 하는 말을 알아듣고 심지어 엄마에게 알려주는 걸 대견해 하면서 떠났다. 하지만 엄마는 모를 것이다. 엄마가 떠나고 내가 사흘을 앓아누웠다는 것을.

그 후로도 나는 줄곧 엄마에게 보여주기 위해 영어를 했다. 스카이프 화면 속에서 영어로 말하지 않는다고 혼내던 엄마. 그러면서 정작 자기가 할 수 있는 영어는 어떻게 지냈니? 같은 추상적인 질문뿐이었던 엄마. 그 정답을 내가 미리 작문했다는 걸 엄마는 알까. 엄마, 내 친구는 영어도 잘 못 하는 일본 아이 하나뿐이고, 학교는 재미없고 영어는 힘들고 사는 건 더 어렵다고 말하고 싶었다는 걸 엄마는 알까.

나는 어렸지만 멀고 먼 거리에서는 전하지 말아야 할 소식이 있다는 것을 알았다. 나는 잘 지내고 있고, 이곳이 너무 좋다고, 나는 내 부모가 내게 기대하는 정답들을 이야기했고, 그래서 끝내 돌아갈 타이밍을, 이유를 놓치고 말았다.

어느새 바람이 잦고 햇빛이 나기 시작했다. 릴리아스의 잔소리가 들리는 듯했다. 하루에 한 번은 바깥에 나가려고 노력해봐. 바깥에 나가면 좀 더 걸으려고 노력하고 걸으면서는 하늘을 보려고 노력해봐. 거기다가 나는 아무 생각을 하지 않고 그러려고 노력한다. 노력하지 않으면 단 한 걸음도 움직이지 못할 만큼 나빠질 거 같은 위기를 느꼈다. 늘 그래왔듯이 달아나거나 숨을 수는 없다, 이번에는. 릴리아스를 만난 후 내 인생의 시간은 다시 움직이기 시작했으니까.

옷을 챙겨 입고 거리로 나왔다. 걷다가 카페에서 따뜻한 차라도 한 잔 마시면서 나만의 가을을 느껴볼 생각이다.

내 옆으로 갈색에 가까운 주황색 페이즐 무늬가 있는 미색 원피스를 입은 할머니와 페이즐 무늬가 있는 연두색 셔츠에 베이지색 바지를 입은 할아버지가 걸어가고 있다. 둘 다 백발이었지만 정정했다. 두 분이 씩씩하게 걸어 나도 덩달아 씩씩하게 걷게 되는 그런 느낌. 한때는 내 부모가 저렇게 늙어 가리라 믿었고, 이제는 내가 저렇게 늙어갈 수 있을까, 하고 생각한다.

어릴 때 내가 닮고 싶은 사람은 대개 이야기 속이나 티비 속 사람이었던 반면에 현재 내가 닮고 싶은 사람은 현실의 사람에 내 상상력을 가미한 그런 모습이다. 그러니까 오늘 본 노부부는……, 오랫동안 입어온 예쁜 옷을 무심히 입었을 뿐인데 작정하고 입은 커플룩보다 더 아름다운 조화를 보이는 스타일이다. 관광객과 젊은이들이 핫하다고 일부러 찾아오는 레스토랑을 그저 쓰윽 지나치는 동네 가게처럼 가는 사람, 그리고 그 무엇보다 씩씩한 걸음걸이. 그 나이에 둘이서 나란히 서로의 걸음을 걱정하지 않고 단단하게 걸어갈 수 있다는 사실. 나는 그렇게 늙어가고 싶다. 가능하면 릴리아스와 함께.

*

  나는 계속 걷는다. 소년 둘이 서서 하늘을 향해 휴대폰을 들고 사진을 찍고 있는 모습을 보았다. 조금 거리가 있었지만 관광객인 듯했다. 나는 멈춰 서서 하늘을 바라보았고 하늘은 붉은색으로 천천히 물들고 있었지만 특별히 아름답지는 않았다. 나는 계속 걸어 소년들이 떠난 자리에 도착했고, 혹시나 싶은 마음에 그 자리에 서서 소년들처럼 하늘을 바라보았다.
  내가 아까 본 자리에서보다 하늘은 두 배쯤 아름답게 물들고 있었다. 몇 발자국 차이에 똑같은 하늘이 달라 보일 수 있음이 신기했다. 나는 그렇게 하늘을 바라보다가 사진을 찍었다. 그리고 조금 걷다 뒤돌아보니 똑같은 그 자리에서 누군가 사진을 찍고 있었다. 우리는 같은 자리에서 몇 분 차이로 하늘 사진을 찍었지만 어쩌면 그 사진은 전부 다르게 보일 거라는 생각이 들었다.
  아이슬란드에 처음 왔을 때 나는 아무것에도 감격하지 않았다. 빙하와 화산이 만들어내는 기기묘한 절경도, 수시로 뜨는 무지개도, 노을도, 심지어 신의 그림 같은 오로라도. 내가 이곳의 자연에 감탄하게 된 것은 릴리아스와 함께 하면서였다. 정확히는 좋아하는 릴리아스를 보는 것이 좋았다. 인생의 모든 순간에 진심으로 감탄하고 감사하는 릴리아스에게, 그런 일을 겪고도 여전히 인간을 믿고 삶을 사랑하는 릴리아스에게 나는 감동했다.

카페에 들어가 커피를 주문한 후 릴리아스에게 노을 사진을 전송했다. 릴리아스에게 메시지가 왔다. 노을이 몹시 아름답고 그 노을을 네가 볼 수 있어 다행이야. 그리고 곧 도서관에서 공부를 해야 하니 늦는다는 메시지가 왔다. 그 메시지들은 아이슬란드어였다. 나는 열심히 공부하고 돌아오라고 아이슬란드어로 메시지를 보냈다. 그리고 사진 한 장이 전송되어왔다. 비뚤한 글씨로 쓴 '사랑해'는 한글이었다. 릴리아스는 한국어를 공부 중이다. 그것은 생활을 위해 모국어가 아닌 언어를 해야 하는 것과는 아주 다른 일일 것이다. 더 알고 싶고 더 사랑하기 위해서 하는 일.

내가 돕는다면 릴리아스의 한국어는 점점 더 늘 것이고 그녀의 질문은 점점 더 구체적으로 진지해질 것이다. 목숨을 걸고 태어난 나라를 탈출하는 과정에서 엄마까지 잃은 릴리아스에게 나의 엄마 이야기를 할 수 있을까. 자기 엄마는 어떤 사람이었어? 라는 릴리아스의 과거형의 질문에는 답할 수 있을지도 모른다. 하지만 어머니의 현재에 대해 나는 말할 수 없다.

내가 말할 수 있고 릴리아스가 지금까지 알아들을 수 있었던 것들은 내가 미국에서 거의 대부분의 학창시절을 보냈고 영국을 거쳐 아이슬란드로 왔다는 것, 아버지는 돌아가셨고 엄마는 한국에 있다는 것. 모두 사실이다. 릴리아스에게 나는 거짓말을 하진 않았다. 릴리아스와 나에게는 서로의 전부를 이해시킬 공통의 언어가 없었을 뿐이다. 나는 어떤 언어로도 나에게 일어난 일을 설명할 수 없었다.

그 일이 일어난 것은 내가 대학에 입학하던 해였다. 다행히도 부모 없이도 충분히 살 수 있는 나이라고 누군가가 말했다. 어처구니없다고 생각한 것은 그 이전에도 내가 부모 없이 살고 있었기 때문이다.

아버지와 어머니가 동반 자살을 시도했고, 아버지만 죽고 어머니는 목숨을 건졌다. 처음에 알려진 사실은 그랬다. 사회면에 잊을만하면 나오는 흔한 비극적인 뉴스였다. 흔하지 않은 건 그들에게 아들이 하나 있고 그 아들이 학비가 비싸기로 유명한 미국의 명문대학에 진학했다는 사실이었다. 그들이 내 부모라는 사실이 믿기지 않아 뉴스를 읽고 또 읽었다. 그리고 댓글들……. 세상 그 누구도 그들을 동정하지 않았고 보험금 때문에 학교 때문에 부모 잃은 나를 위로하지 않았다.

시간이 아주 많이 지난 후에도 사람들은 나를 기억했다. 비슷한 시기 한국에서 일어난 다른 사건과 혼동한 어떤 이들은 내가 유산 때문에 부모를 살해하고 무죄를 주장한 소년이라고 생각했다. 그 사건과 내 사건은 다르며 나는 부모를 죽인 소년이 아니고 내 어머니는 아버지와 함께 죽으려던 거라고, 어떻게 누구에게 말할 수 있을까. 그 오해를 바로잡는다고 해서 뭐가 달라질까. 부모를 살해했다던 그 소년은 어떻게 되었을까. 나는 가끔 그 소년이 되었다. 나도 내 부모를 죽인 거나 마찬가지 아닐까.

때로는 죽을 것처럼 살았고 때로는 살아도 죽은 것 같았다. 술을 마시기 시작했고 혼잣말을 하기 시작했다. 아주 오래전부터 내 속의 진짜 말들은 누구도 알아들을 수 없는 언어였다. 속에서 품어 나오는 언어로 이야기할 수 없게 되자 나는 내 안의 말들을 더 이상 언어로 정리할 능력을 잃어버렸고 문장이 되지 못한 생각만을 계속했다.

엄마를 생각하며 술을 마시기 시작했고 아빠를 생각하며 한 병을 더 마셨고 나를 생각하며 또 한 병을 마셨다. 뉴스 보도처럼 엄마는 정말 아빠를 죽이고 자신만 살 생각이었을까. 아빠가 죽어야만 보험금으로 엄마와 내가 살 수 있다고 생각했을까. 그 생각들이 더 이상 생각나지 않을 때까지 마셨다. 아무도 말리지 않았다. 사실은 같이 마셔줄 사람도 없었다. 술을 마시면 시간이 사라졌다. 술은 나에게 시차를 뛰어넘는 마법이었다.

내가 한국에 마지막으로 갔을 때 엄마는 나를 만나기를 끝내 거부했다. 그리고 다시 오지 말라고 했다. 나는 엄마의 말을 따랐다.

*

집으로 돌아가기 전 바에 들렀다. 늘 마시던 대로 브레니빈을 주문했다. 아이슬란드 전통주인 브레니빈은 37.5도로 옛날부터 아이슬란드 어부들이 추울 때 마시던 술이다. 얼음과 불의 나라에 산 이후 나는 이 독한 술을 마시기 시작했다. 한 잔은 두 잔이 되고 두 잔은 석 잔이 되고, 인사불성이 될 때까지 마시다가 알코올 중독 치료까지 받았다.

보통 사람이라면 술을 끊었을 것이다. 하지만 나는 술을 다시 마실 수 있는 건강 상태가 되자 술을 마셨다. 대신 딱 한 잔이었다. 브레니빈 한 잔을 바라보며 시간을 보내다가 원샷을 하고 미련 없이 바를 떠났다.

그러나 오늘은 그럴 수 없었다.

브레니빈을 단번에 마시고 잔을 내려놓는 찰나 누군가 말을 걸었다. 옆집 남자였다. 그동안 한 달에 한두 번은 바에서 스쳐 지났지만 한 번도 아는 체를 한 적이 없었다. 무슨 바람이 분 것인가. 그는 상냥하게 옆집에 살지 않느냐고 영어로 물었다. 자기는 일본에서 왔다면서 일본 이름을 말하더니 그냥 존이라고 부르면 된다고 한 후 나에게 어디에서 왔느냐고 물었다.

나는 어디에서 왔을까? 나는 미국과 한국 이중 국적이었지만 그 일이 있은 후 한국 국적을 포기했고 영국에서 일을 하면서 영국 국적을 취득했고 유럽을 떠돌다가 아이슬란드로 왔다. 언제부터인가 나는 릴리아스를 위해 내가 어느 나라 사람이면 좋을까, 릴리아스와 함께 어디서 살면 좋을까를 생각했다. 하지만 그런 생각은 어머니가 없다고 생각하며 살 때나 가능한 꿈이었다.

릴리아스에게 말하지 못할지도 모른다. 언젠가는 말해야 할 테지만……. 그녀에게 말할 수 없어 나는 그녀와 헤어질 수밖에 없을지도 모른다. 말하지 않기 위해 다시는 만나지 않을지도 모른다. 지금껏 살아왔던 것처럼 떠날지도 모른다. 이별을 받아들일 수 없는 그녀에게 충분한 대가를 지불할 것이다. 어쩌면 그 돈으로 그녀는 한국에 갈 수도 있을 것이다. 그리고 그곳에서 내가 살인자의 아들이자 살인 피해자의 아들임을 알게 될 수도 있을 것이다. 그곳에서는 그 사실이 나의 모든 것임을 알게 될 것이다.

내 앞의 빈 잔을 가리키며 옆집 남자 존이 물었다.

"한잔 더 할래? 내가 살게."

대답할 사이도 없이 그가 술을 주문했다. 나는 내 앞에 놓인 새로운 잔을 노려보았다.

존은 아이슬란드 북부에서 첫 겨울을 맞는다고 했다. 윈터 이즈 카밍, 이라고 내가 말했다. 존이 웃었다. 왕좌를 위해 싸우는 가문들이 등장하는 미국 드라마 '왕좌의 게임'을 존도 알고 있었다. 나는 너의 존이 존 스노우의 존이냐고 물었다. 존은 그렇다고 대답했다. 그러면 나는 스노우라고 했더니 존이 크게 웃었다.

윈터 이즈 카밍. 드라마의 맥락에서 겨울이 온다, 는 단순히 겨울이라는 계절이 온다는 의미가 아니다. 춥고 혹독해서 다시는 봄이 오지 않을지도 모른다. 누군가에게는.

나는 술잔을 다시 비웠다. 존은 영어도 잘 못하고 아이슬란드어는 거의 할 줄 모른다면서 혹시 일본어를 할 줄 아느냐고 물었다. 뉘앙스는 제대로 전달되지 않았지만 분명 농담이었기에 나는 존에게 한국어를 할 줄 아냐고 되물었다.

존이 영어로 자신의 상황을 느릿느릿 말하는 것을 듣다가 존이 술을 얼마나 마셨을까를 생각했다. 또 잔이 비었고 이번에는 내가 존의 것까지 술을 주문했다. 취한 존은 결국 일본어로 이야기하기 시작했다. 일본에 있는 아내가 바람을 피우고 있는 것 같다. 모른 척 넘어가야 하나, 아니면 아는 척해야 하나, 이러지도 못하고 저러지도 못하는 나약함과 이러고 싶기도 하고 저러고 싶기도 하는 충동에 대한 이야기였다.

그는 누구에게도 말하지 못했던 구구절절한 이야기들을 하고 싶었을 것이다. 내가 알아듣든 못 알아듣든 상관없었을 것이다. 아니 어쩌면 내가 알아듣지 못하기에 그는 하고 싶은 말을 다 하고 있는지도 모른다. 하지만 공교롭게도 중학교 시절 가장 친한 친구가 일본 아이였던 탓에 나는 일본어를 제법 알아듣는다. 내 유일한 친구는 끝내 유학 생활에 적응하지 못하고 아버지의 지사 근무가 끝나자 귀국했다. 그래서 내 생활이 한층 외로워졌던 기억이 이제야 난다. 얼마나 많은 것들을 지우면서 사는 것일까.

　존의 말을 하나도 못 알아듣는 척 제법 알아들으며 아침의 전화를 생각했다. 변호사는 엄마가 아픈 지 제법 되었는데 나에게 알리지 못하게 했고, 그 사이 병세가 악화되었다고, 엄마의 시간이 다해간다고 했다. 그리고 어떤 기억이 떠올랐다. 울기만 하던 엄마, 집에 도통 들어올 줄 모르던 아빠……. 그렇게 엄마와 나는 미국으로 떠났고, 미국에서 엄마는 자신이 할 수 있는 일을 알아보다가 결국 다시 아빠에게로 갔다. 그때 내가 혼자서 살지 못하겠다고 했다면, 엄마가 내 곁에 머물렀다면……. 그런 일이 일어나지 않았을까.

　엄마를 생각하면 눈물조차 나오지 않는다.

　릴리아스가 말했다. 엄마는 험한 세상에서 유일하게 끝까지 손을 잡아준 사람, 그러다가 자식의 목숨을 살리기 위해 손을 놓을 수밖에 없었던 사람이었다고. 릴리아스의 엄마의 손은 진짜 손이면서 은유의 손이다. 우리 엄마에게도 은유의 손이 있었을까. 인간의 체온이 느껴지는 다정한 진짜 손 없이 은유의 손이 가능할까.

　엄마가 나를 위한다고 자기 손으로 한 일이 정말 나를 위한 일이었을까. 아니, 나를 위해서 그랬다는 말마저도 하지 않았는데, 나는 무얼 생각하고 무얼 믿으면서 이 험한 세상의 바다를 건너가야 하나. 나는 왜 뒤늦게 이런 생각들을 하고 있을까. 엄마를 구하려면 그때 했어야 했다.

　한국은 아침 9시일 것이다. 나는 변호사에게 전화를 했다. 엄마가 그에게 준 마지막 임무는 자신의 죽음을 나에게 전하는 것이었다고 했다. 아니, 사실은 죽음마저 나에게 알리지 말라고 했다고도 했다. 하지만 법적으로 나는 여전히 엄마의 아들이었고 아빠의 아들이었으므로 내가 아니면 안 될 일들이 있다는 걸 엄마가 알고 있으니 죽음을 알리는 일이 불가피하다는 것쯤은 엄마도 알 거라고 했다. 그리고…… 그러나…….

내가 한국에 가는 것은 엄마를 위한 것이 아니라 나를 위한 것이 될 것이다. 그러니 나는 한국에 가서 엄마의 마지막을 지켜볼 수 없다. 내가 엄마를 위해 마지막까지 아무것도 하지 않았다는 것으로 엄마와 나는 서로에게 저지른 잘못을 상쇄할 것이다.

겨울이 오고 있다. 가을 하나 없는 진짜 겨울이. 이미 어둠이 찾아오고 점점 더 겨울이다. 윈터 이즈 카밍. 나는 내 이야기를 쏟아내기 시작했다.

*

눈을 뜨니 집이다. 필름이 끊겼다. 변함없이 내 곁에 릴리아스가 잠들어 있음을 확인했다. 조심스럽게 침실을 나와 부엌으로 가서 냉장고 문을 열고 차가운 물을 한잔 마셨다. 창밖으로 옆집 남자가 신문을 가지러 나왔다. 가운을 입은 채로. 그 신문의 날짜만 다를 뿐, 어제와 같은 장면이다. 그리고 그 날짜는 한국의 어제일 것이다. 나는 그 어제로부터 달아날 수 있을까.

존과 눈이 마주쳤다. 그 순간 사라졌던 필름 조각들이 돌아왔다. 한국에 걸었던 전화를 끊고 나니 갑자기 눈물이 쏟아졌다. 누군가 내 어깨를 토닥였다. 나는 그 어깨에 얼굴을 파묻고 울었다. 나도 나의 구구절절한 마음을 존에게 이야기했다. 한국어로. 알아듣지도 못하면서 존이 내 어깨를 토닥였다. 그리고 말했다. 그래도 살아야 한다고. 우리는 오늘보다 내일 더 나은 사람이 될 거라고. 분명 그럴 수 있을 거라고. 그는 그 말을 행여 내가 알아듣지 못할까, 영어로, 아이슬란드어로, 일본어로 했다. 할 수만 있다면 그는 한국어로도 이야기했을 것이다. 그리고 그와 나는 이 나라에는 없는 계절, 모국의 가을을 이야기했다. 어느새 봄도.

 그렇게 밤을 보내고 우리는 무사히 서로의 집으로 돌아온 것이다. 우리는 아무것도 나누지 않은 채로 모든 것을 나누었다. 창밖의 존에게 괜찮으냐고 손을 흔들었다. 존도 괜찮다고 무사하다고 손짓을 했다. 너무 많은 시간들이 지나갔고 아주 많은 시간들이 기다리고 있다. 어느새 창이 햇살로 가득 찼고 아주 먼 곳까지 선명하게 저마다의 미묘한 빛깔을 드러냈다. 나의 가을이었다.

제13회 현진건문학상 추천작

아이덴티티

박 해 동

약 력

경북 영천 출생.
영남대학교 일어일문학과 대학원 졸업.
2017년 《아람문학》에 「침묵」으로 신인문학상 우수상을 받으며 등단했고, 단편소설 「봄」으로 제5회 경북일보 문학대전 대상 수상했다.

　누구에게나 시간은 정해진 대로 흐른다. 공평한 건 그것뿐이다.
　올해는 내가 겪어본 여름 중에 가장 덥고 나는 약이 바짝 오른 상태로 스무 살 여름을 흘려보내고 있는 중이다. 시원한 나무 그늘에서 장기나 두는 일로 소일거리를 삼는 늙은이들은 입버릇처럼 젊은이들에게 부러움과 시기심을 담아 한창때라고 말하곤 한다. 가능성의 폭죽이 터지는 때라고. 누구에게는 기회가 자갈밭에 깔린 돌처럼 걸을 때마다 채일 테지만 내 인생에 허락된 기회는 아직 오지 않았다. 나는 갓 태어난 아기만큼은 아닐지라도 무능한 존재다. 그래도 이 사회는 나를 이용할 준비가 되었고 나는 할 수 있는 일을 하고 있다. 내가 정말 원하는 건 아무도 쑤셔보지 않은 곳을 쑤시고 아무도 밟지 않은 땅을 밟는 것이다. 그게 가능하다면 말이다.
　반면 내 생활은 언제나 뻔하다. 아침에 일어나 간단히 운동을 하고 대학에서 강의를 듣고 밤늦게까지 아르바이트를 한다. 시간은 여지없이 내 등을 떠밀고 나는 이따금 조급해진다. 늦지 않게 발을 들여놓아도 좋을 만한 곳을 찾아야만 한다.

　세상에는 많은 부자들이 존재한다.
　그들은 손쉽게 부유한 안락함을 누린다. 부자가 아닌 사람들은 더 많다. 우리 모두는 같은 세상에 살고 있지만 동시에 전혀 다른 세계에 존재한다. 나와 같은 존재는 대립된 위치에서 그들의 우월성을 부각시

킨다. 부자들의 근사한 집과 가족, 깨끗하고 건강한 먹거리, 번듯한 직장, 대단한 수입, 번쩍거리는 자동차와 고급스런 취미를 돋보이게 만들어주는 건 오로지 우리 같은 존재들이다. 물론 그게 다는 아니다.

그들의 인간관계는 특별히 정해져 있다. 끼고 싶다고 낄 수 있는 무리가 아니다. 허락받은 이들만 그 세계로 입장한다. 세상의 높고 웅장한 대문들은 아무나 드나들 수 없도록 철저히 관리되고 있다.

어느 책에서 읽은 적이 있다. 그들이 선호하는 음악과 영화와 음식과 언어 습관은 차별성을 갖는다. 내가 또 부자들에 대해 알아야 할 게 있나? 가능하다면 언젠가 부자가 되기를 바란다. 현재로서는 아주 막연하고 가능성이 희박하지만 말이다. 부자 친구를 가지는 건 그보다는 덜 막연하고 가능성도 덜 희박할 것이다.

나는 부자 동네를 돌아다니며 부자 냄새를 맡는다. 자작나무 숲길이 있고 바로 뒤편에 주민들을 위한 각종 편의시설과 공공도서관이 세워져 있는 곳. 그곳은 아파트 밀집 지역과는 근본적으로 다르다. 조용하고 모든 것들이 잘 다듬어져 있다. 그들이 키우는 애완동물들이 산책에 나선 주인 뒤를 순종적으로 뒤따르고 있는 모습을 보면 그런 생각이 든다. 길가의 나무 한 그루, 풀 한 포기조차도 그런 면이 있다. 그곳으로 한 젊은 남자가 이사를 왔다. 그 동네에는 비슷비슷하게 생긴 2층 목조 건물들이 일정한 간격으로 들어서 있고 그의 집은 독특한 황갈색 지붕널이 비스듬히 덮여 있다. 그 집에는 원래 음악을 하던 더벅머리가 혼자 살았다. 검은색 뿔테 안경을 끼고 슬리퍼를 끌고 돌아다니던 남자는 큰 키에 팔다리가 무척 길었다. 소문에 따르면 그는 나도 좋아하는 유명 여자가수에게 곡을 써주었다. 어쨌든 내 눈에 그는 별로 정상처럼 보이지 않았다. 자신과 얼굴이 똑 닮은 흰색 치와와를 키웠던

데 늘 끼고 산책을 다녔다.
"안녕."
그는 여자들처럼 살랑살랑 손을 흔들며 내게 인사했다. 그러면 나는 그냥 지나칠 수가 없어 고개를 숙여 인사를 해야 했다. 그의 집으로 자주 피자 배달을 가기 때문이다. 그가 키우는 개는 내가 배달을 갈 때마다 시끄럽게 짖어대고 내 바짓단을 물고 늘어지곤 했다. 망할. 아무리 흔들어도 물고 있던 바짓단을 놓지 않다가 더벅머리가 짧게 휘파람을 불면 냉큼 달려가 그의 두 다리 앞에 조아렸는데 그럴 때마다 그는 눈썹을 치켜세운 거만한 표정으로 웃곤 했다. 부자 앞에 조아리는 충실한 추종자. 개도 인간과 다를 바 없다.

더벅머리의 집에서는 때때로 늦은 밤까지 파티가 벌어졌다. 멋진 차들이 줄지어 들어섰고 예쁜 여자들은 가슴을 반쯤 드러낸 과감한 옷을 입고 드나들었다. 여자들은 죄다 젊고 팽팽한 젖가슴과 길고 미끈한 다리를 가졌다. 그들은 밤새 술을 진탕 마시고 다음 날이면 아무 데나 먹은 것들을 토해냈다. 물론 그걸 치우는 사람들은 따로 있다. 남이 소화시키다가 만 것을 해결해야 하는 사람들. 그들은 불평하지 않는다. 그다지 많은 돈을 요구하지도 않는다. 터무니없이 겸손하여 자신들의 배움이 짧기 때문에 어쩔 수 없다고 생각한다. 어쨌든 그런 일을 하는 사람들이 존재하기 때문에 이 사회가 그런대로 굴러가고 있다.

더벅머리는 몇 달 전 시세보다 완전히 싼 가격으로 집을 내놓고 프랑스 여자와 결혼하기 위해 파리로 떠났다. 그는 떠나기 전날 밤에도 피자를 시켰고 내가 거실 탁자 위에 피자를 내려놓자 무턱대고 나를 끌어안았다.

"친구, 이제 다시 못 봐. 난 파리로 간다네."

남자한테서는 술 냄새가 났다. 프랑스 파리. 단 한 번도 가보지 못한 곳. 나는 나를 벗어날 수 없듯이 이 나라를 벗어난 적이 없다. 운도 좋군. 하마터면 입 밖으로 이 말을 내뱉을 뻔했다. 그는 팔을 풀지 않고 계속 내게 엉겨 붙어 있었다. 생각 같아서는 그 냄새 나는 얼굴을 밀쳐내고 싶지만 손님에게 그럴 수는 없었다. 나는 다만 눈을 감고 취해서 정신이 나간 모양이라고 속으로 중얼거렸다. 다행히 더벅머리를 대신해 그 집을 소유하게 된 인물은 정상처럼 보였다. 그의 외모는 여자들이 좋아할 만했다. 키가 컸지만 어깨는 떡 벌어지지 않았고 전체적으로 몸이 웃자란 푸성귀처럼 호리호리한 편이다. 이목구비는 대칭이고 눈은 아몬드처럼 생겼는데 녹색 호수처럼 우울해 보였다.

어느 날인가 그의 집에 배달을 갔다가 조금은 황당한 일을 당했다. 어쩌면 아무 일도 아닌데 나 혼자서 그렇게 생각한 것인지도 모른다. 배달을 위해 집 안으로 들어갔을 때 남자는 선풍기 날개의 먼지를 닦아내고 있었다. 나는 그가 놓아달라는 곳에 피자 한 판을 내려놓았다.

"미안한데 말이야."

남자가 말했다.

"네?"

"내 손이 이 모양이어서 말이야. 호주머니에 돈이 있어."

남자 손은 더러웠다. 그는 자기 청바지 호주머니를 가리키면서 내가 거기서 돈을 꺼내가기를 기다렸다. 나는 꽉 끼는 그의 청바지 앞쪽 호주머니 안으로 손을 쑤셔 넣어 돈을 꺼내야만 했다. 맨살에 닿는 것이 아니었지만 타인의 몸이 만져지자 기분이 좀 이상했다. 맛있게 드세요, 라는 말을 남기고 현관문을 빠져나올 때까지 남자는 나를 바라보았다. 뒤돌아보지 않았지만 직감으로 그의 눈이 내 뒤통수에 머물고 있다는 걸 알 수 있었다.

피상적으로 남자는 지극히 정상적인 인물이다. 그것도 상당히 매력적인 배경을 가진. 내가 알아낸 건 그가 스물여덟이고 대학에서 영문학 박사 과정을 밟고 있다는 사실이다. 요즘은 더 자주 그의 집에 피자를 배달하러 간다. 가끔 내가 신경 쓰지 않을 때 그가 나를 빤히 바라보고 있다는 걸 알게 되었다. 어떤 여자를 그런 식으로 쳐다보고 있는 남자를 보았다면 그 여자에게 관심이 있다고 생각했을 것이다. 하지만 나는 그의 주의를 끌 이유가 없으므로 조금 당황했다. 어쩌면 나의 착각인지도 모른다.

어제도 그의 집에 배달을 갔다가 젠장! 그만 실수로 전봇대를 들이박고 오토바이와 함께 꼴사납게 길바닥에 나뒹굴었다. 해지기 직전이었던 청바지는 결국 그 순간에 무릎 부분이 시원스럽게 뚫려버렸다. 무릎에서는 선명한 피가 녹아내리는 초콜릿처럼 흘러내렸다. 남자가 집 밖으로 뛰어나왔고 나를 일으켜 세웠다. 사양했지만 그는 내 오토바이를 끌고 자신의 집으로 갔다. 나는 못 이기는 척 그의 뒤를 따라갔다. 길들여진 개처럼 아주 얌전하게. 그는 바닥에 앉아 진지한 얼굴로 피를 흘리고 있는 내 무릎을 치료해 주었다. 의도가 궁금했지만 의도랄 것이 있을 턱이 있나? 그는 그저 선천적으로 감상적이고 친절한 인간일 뿐이다. 그게 다일 것이다.

"제 이름은 윤기서예요."

묻지도 않았는데 나는 이름을 알려주었다. 믿기지 않는 일이었다. 나는 절대 누군가에게 나서서 이름을 불고 다니는 인간 유형이 아니다. 언제나 숨어 있고자 노력하는 인간이지.

"내 이름은 이재경."

낮고 울림이 좋은 목소리였다. 우린 통성명을 했다. 그런 일이 일어난 것은 어떻게 보면 그 집이 풍기는 분위기 때문이었는지도 모른다. 나의 반지하 방과는 너무나 다른 분위기. 거실과 반쯤 열려 있던 서재를 가득 채우고 있던 책들. 우주의 비밀을 알게 된 것처럼 나는 그 공간에서 뭔가를 느꼈다. 크나큰 욕망.

나는 평소보다 말을 많이 했지만 지금은 무슨 말을 했는지 거의 기억나지 않는다. 그는 살짝 윗니를 드러내며 미소를 지었고 또 다른 친절을 베풀었다. 옷장을 열어두고 옷을 골라보라고 했던 것이다. 얼떨떨해 있는 나에게 그는 새 옷이나 다름없는 청바지까지 내주었다. 지금에 와서 생각해도 이해할 수 없는 일인데 나는 예쁜 여자와 함께 있을 때처럼 갑자기 떨렸고 긴장했다. 그가 나를 좋게 보기를 바랐다. 그의 마음에 들어 친구가 되고 싶었는지도 모르겠다. 내 안에는 늘 부를 향한 욕망이 꿈틀대고 있었으니까. 나에겐 그런 친구가 없다. 내가 어려움에 처했을 때 도움을 요청할 만한 친구 말이다.

"여러모로 감사합니다. 혹시라도 제 도움이 필요하시면 가게로 연락을 주세요."

나는 그의 친절에 대해 어떤 식으로든 보답을 해야 한다고 생각했다.

"그렇다면 말이야. 가끔 놀러 와. 이사 온 지 얼마 안 되어서 이 동네에 대해서는 내가 잘 몰라. 친구도 없고 말이지. 와서 이런저런 얘기를 나눌 수 있으면 좋겠어. 동생 같아서 하는 말이야."

그가 나를 꿰뚫듯 빤히 바라보며 말했다.

어렸을 때 바람을 맞으며 달리는 걸 좋아했다. 길가에 무릎 높이로 자란 풀들을 되는대로 쥐어뜯으면서 말이다. 이름 모를 풀들은 손을 피하지 못하고 목이 달아났다. 나는 한번 뛰기 시작하면 숨이 차오르도록 달렸다. 폐 허탈 상태가 되기 전까지. 집으로 돌아와 대문을 쾅 닫을 때 내 손에서는 항상 아빠 손바닥에서 나던 아주 눅눅한 풀냄새가 났다.

어느 해 여름에 태풍이 불어 우리 집 화장실 지붕이 휙 날아갔다. 8월의 태풍은 그 위력이 무시무시했고 내가 살던 영남지역 촌구석은 물난리가 났다. 지금의 도시 생활에서 슬레이트 지붕을 얹은 화장실을 찾는 건 거의 불가능하지만 아주 오래전 내가 살던 동네엔 드물지 않게 존재했다. 더러는 지금처럼 집안에 화장실이 있는 집들이 있었다. 하지만 우리 집은 그런 행운을 갖고 있지 않았다.

그날 우리 가족들은 모두 집안에 머물렀고 TV를 보듯 그 장면을 지켜보았다. 다들 경직되어 처음에는 아무 말도 할 수 없었다. 분명 재난이었고 미화시킬 생각은 없지만 한편으로 성난 바람의 위력은 그야말로 경이로웠다. 화장실 지붕은 갑자기 바람을 타고 포탄처럼 날아 인근 전봇대와 부딪쳤다. 놀랄 정도로 큰 소리를 내며 부서졌고 바닥으로 떨어졌다. 작은 파편들은 좀 더 멀리 날아가 떨어졌다.

"이런, 하필이면 화장실 지붕이야!" 아빠가 크게 소리쳤다. 그 말을 듣는 순간 조금은 의아했다. 화장실 지붕이 아니고 집 지붕이 날아가는 게 낫다는 뜻인가? 당장 그날 밤부터 식구들은 지붕 없는 화장실에서 볼일을 봐야 했다. 아빠가 다음날로 고치겠다고 말했지만 약속은 이런저런 이유로 오랫동안 지켜지지 않았다.

나는 지금도 바람을 좋아한다. 배달 일을 자처한 건 돈도 벌고 바람도 만끽할 수 있기 때문이다. 여하튼 달리고 있을 때는 늘 조심해야 한다. 다치는 것도 문제지만 오토바이가 망가지는 건 생각조차 하고 싶지 않다. 다행히 아직까지 사고를 낸 적이 없지만 사고가 날 뻔한 적은 여러 번 있다. 그런 날은 죽음이 등 뒤에 달라붙어 있는 것 같다. 가끔은 달려오는 차와 부딪쳐 사고가 나는 상상을 한다. 몸이 가볍게 공중으로 붕 떠올랐다가 바닥으로 사정없이 내리꽂히는 것이다. 운이 나쁘면 죽을 수도 있고 척추를 다쳐서 다시는 걸을 수 없을지도 모른다. 어느 쪽이 더 끔찍할까? 왜 이런 기분 잡치는 상상을 하는지 모르겠다.

현실에 만족하지 못하는 사람들이 잠이 많다는 이야기를 들은 적이 있다. 어쩌면 책에서 읽은 내용인지도 모른다. 그 말은 내게 해당되는 것 같다. 나는 잠자는 시간을 아주 좋아하지만 잠을 줄여야 한다. 나는 스무 살이고 대학생이기 때문이다. 형편상 나가서 돈을 벌어야 하는데 대학을 다니고 있다. 대학을 나오면 언젠가 뭔가 할 수 있을 거라고 누나가 말했다.

엄마와 아빠는 내게 더 이상 그런 말을 해주지 못한다. 엄마는 내가 고등학생이 되기 전에 돌아가셨다. 어느 겨울밤에 마당에서 가슴을 부여잡고 쓰러졌지만 아무도 몰랐다. 협심증. 의사가 그렇게 말했다. 아빠는 엄마가 돌아가시고 술에 절어 살다가 몇 년 전에 집을 나갔다. 한동안은 아빠가 돌아오기를 기다렸던 것 같다. 그러다 내가 서울에 있는 대학에 붙고 나서 우린 서울로 이사를 했다. 이제 누나가 나의 유일한 가족이다. 나는 누나 말을 잘 듣는 편이지만 속으로 다른 생각을 할 때가 많다. 누나는 뭔가 잘못 알고 있다. 나더러 인생에 대해 쥐뿔도 모르고 있다고 말하지만 정말 모르고 있는 건 누나다.

나는 요즘 내가 서 있는 곳을 의식하려고 애쓴다. 집으로 돌아올 때마다 아주 늙은이가 된 기분이 들기 때문이다. 기진맥진 해도 아직 나는 젊다. 젊음은 기회가 있다는 걸 의미한다. 가끔 내게 주어졌거나 주어질 기회들에 대해 생각해본다. 기회라고 하지만 따지고 들면 변변치 못하다. 대부분 놓쳐버렸거나 빼앗겼다. 나보다 더 많이 갖고 있는 이들이 내 기회를 가져간다. 더 많다는 건 지식일 수도 있고 돈일 수도 있고 인맥일 수도 있다. 아무리 눈 씻고 찾아봐도 내 주변에는 자랑할 만한 인물들이 하나도 없다. 내 친구들도 마찬가지다. 그들도 나와 모든 면에서 수준이 비슷하기 때문이다. 별 볼 일 없는 인간. 사람들은 우리가 원하든 말든 우리를 규정짓는다.

막막하다는 감정에 대해서는 이미 잘 알고 있다. 어떻게 손을 써 볼 수 없는 감정들이 있다. 오래전 나는 가족들만 보면 뱃구레에서 분노가 치밀어 올랐다. 아빠와 엄마는 농사꾼이었다. 포도 농사를 지었는데 때로 수확을 앞둔 시기에 태풍이 모든 걸 망치곤 했다. 지금도 눈을 감으면 나는 포도밭 한가운데에 서 있다. 뜨거운 태양이 머리 위에서 이글거리고 고사리 같은 내 두 손은 포도 순을 정리하느라 바쁘다. 여름 방학 내내 알을 솎는 작업이 이어졌다. 모두의 피와 땀을 먹고 알알이 익어가던 포도알들. 포도밭에서는 미치도록 좋은 냄새가 났다.

그에게서 포도처럼 달콤한 냄새가 난다.

나는 이제 그를 재경 형이라고 부른다. 그가 그렇게 불러도 좋다고 말했기 때문이다. 어느 날인가 아주 늦은 시간에 그의 집으로 배달을 갔다. 무지막지 더운 날이었고 함께 일하던 현철이가 펑크를 내는 바람에 배달이 밀려 오후 내내 바빴다. 헬멧을 벗자 몸에서 땀 냄새가 진동을 했다. 그는 방금 샤워를 한 듯 완전히 젖은 머리로 현관문을 열었다.

"너로군. 잘 왔어."

그는 올리브색 수건으로 머리를 털었고 아주 작은 물방울들이 내 얼굴로 튀었다. 집안은 언제나처럼 조금은 어수선했다. 이사한 지 꽤 되었지만 상자들이 아직도 거실 한쪽에 쌓여있었다.

"어디다 둘까요?"

내가 물었다. 보통은 탁자 위에다 내려놓지만 그 위에 책이 잔뜩 쌓여 있었던 것이다.

"식탁에다 부탁해."

나는 그가 시키는 대로 식탁 쪽으로 걸어갔다. 그는 다른 사람들처럼 현관문 앞에서 받지 않고 항상 문을 열어두고 뒤로 물러났다. 처음에는 그런 행동이 자신의 우월한 위치를 마지막까지 만끽하려는 편협함으로 비춰지기도 했다.

"친구가 온다고 해서 큰 걸로 시켰는데 약속이 취소가 되어버렸어. 어때? 시간 있어?"

그가 말했다. 나는 조금 의아한 얼굴로 그를 바라보았다.

"지금쯤이면 배달일이 끝날 시간 아닌가?"

"맞아요. 마지막 배달이에요."

"그거 잘됐네. 같이 먹지 않을래?"

남자가 말했다. 나는 예의에 어긋나지 않게 거절할 만한 적당한 말을 찾았다. 조심스럽게 말을 꺼내려는데 그가 내 손을 잡고 식탁 의자에 앉게 했다. 금방 샤워를 한 탓에 그의 손바닥은 시원했다. 결국 그 다정한 손길을 뿌리치는 것도 이상하게 생각되어 그냥 앉아 있었다. 에어컨이 돌아가는 집 안은 시원했고 내 축 늘어졌던 몸도 순식간에 생기를 되찾았다. 나는 헬멧을 식탁 위에 두고 얌전하게 두 손을 무릎 위에 올려놓았다.
 남자가 편하게 해, 라고 말하며 내 어깨를 툭 쳤다. 너무 친숙한 행동에 나는 조금 어찔했다. 남자는 머리를 닦고 있던 수건을 의자에 걸치고 피자 박스의 뚜껑을 열었다. 바빠서 저녁도 굶은 데다 평소 새우가 들어간 피자를 좋아했기 때문에 식욕이 당겼다. 아직 따뜻했고 냄새가 아주 좋았다. 나도 모르게 얼굴에 흡족한 미소가 떠오르고 말았다. 싱크대 위쪽 서랍장에서 적당한 크기의 접시를 찾아낸 남자는 잘린 피자를 한 조각 담아 내 쪽으로 내밀었다.
 "식으면 맛없어. 어서 먹어."
 그는 자기 몫으로 한 조각을 들어내 접시에 담아놓고 콜라 뚜껑을 열었다. 탄산이 빠지며 시원한 소리가 들렸다. 더 참을 수가 없었다. 나는 먹기 시작했고 그는 반대쪽에 앉았다. 그는 서두르지 않았다. 동작은 느렸고 절도가 있었다. 내가 알고 있는 많은 사람들처럼 경박스럽게 움직이지 않았다.
 남자가 동네에 대해 이런저런 것들을 물었다. 이를테면 어느 세탁소가 세탁을 잘하는지, 주변에 공구상이 어디쯤 있는지, 빵 맛이 좋은 빵집과 분위기 좋은 카페의 위치도 물었다. 그에게 들려줄 이야기가 있어 기뻤다. 나는 피자를 우걱우걱 씹어대며 조금은 긴장한 상태로 사소한 정보들을 알려주었다. 그는 피자를 먹거나 콜라를 마시는 동안에도 내게서 눈길을 떼지 않았다. 배가 불러오자 나의 경계심은 점점 누그러졌다. 한편으로 그가 나를 좋아하고 있다는 사실에 우쭐해졌다. 어쩌면 그와 친구가 될 수 있을지도 모르겠다는 생각을 했다. 혼자 이런 좋은 집에서 살 정도면 가족들의 사회적 지위도 높을 게 뻔했다. 물어보고 싶었지만 그럴 수는 없었다. 다음에 기회가 있을 것이다.

나는 그가 이쪽을 보고 있지 않을 때 곁눈질로 집안을 훑어보았다. 더벅머리가 떠나면서 그대로 남겨놓고 간 가구들이 눈에 띄었다. 그는 집안을 꾸미는 것에는 관심이 없는 사람인 듯했다. 그건 마음에 들었다. 나는 부자들을 좋아했지만 사치스런 인간은 경멸했다.

그는 이따금 미소를 지었다. 가지런한 치아가 보기 좋게 드러났다. 어릴 때 교정을 한 것이 분명했다. 그렇지 않고 그런 치아를 가질 수는 없을 것이다. 남자가 나더러 친형이 있냐고 물었다. 돌발적인 질문을 받고 나는 사레가 들려 몇 번이고 캑캑거렸다. 그가 조용히 일어나 내게로 다가왔고 등을 두드려 주었다. 나는 누군가 가족에 대해 묻는 걸 좋아하지 않는다. 가끔은 거짓말을 한다. 가족에 관한 것이라면 그 어떤 이야기도 하고 싶지 않기 때문이다. 나는 작게 없다고 대답했다.

그 후로 그는 종종 늦은 시간에 피자를 시켰고 나는 그와 함께 피자를 나눠 먹었다. 그는 마치 내가 어떤 특별한 존재라도 되는 것처럼 나를 대할 때 정중하게 행동한다. 하루는 그의 소파에 나란히 앉아 함께 축구경기를 보았다. 한국과 세르비아 간의 친선 경기로 전반전에 각각 한 골씩 넣고 후반전에도 사이좋게 한 골씩 넣더니 결국 무승부로 끝나고 말았다. 우리는 경기가 끝나자마자 밖으로 나왔다. 그가 당구나 치러가자고 말했던 것이다. 달이 떠 있는 여름밤은 그다지 어둡지 않았다. 공기 속에서 희미하게 바람을 느낄 수 있었다. 우리는 새벽까지 영업을 하는 당구장에서 당구를 쳤다. 내 당구 실력은 형편없어서 그는 연속해서 게임을 죄다 이겨버렸다. 졌지만 기분이 나쁘지는 않았다. 돌아오는 길에 편의점에서 김밥과 라면을 먹었다. 게임 비용을 그가 계산했기 때문에 음식값은 내가 지불하겠다고 말했다. 그는 말리지 않았고 싱긋 웃으며 잘 먹겠다고 말했다.

"맥주도 한 잔 할까?"

그가 물끄러미 나를 바라보며 말했다. 그래서 우리는 맥주를 마시기 시작했고 각자 두 캔씩을 마시고 자리에서 일어났다. 그가 내 어깨에 자신의 팔을 둘렀다. 우리는 실제로 아주 가까워졌다. 그의 모든 행동은 호감을 사려는 거짓된 행동처럼 느껴지지 않았다. 목덜미에 그의 맨살이 닿자 뜨거운 여름 햇살이 닿은 것처럼 살갗이 몹시 뜨겁게 느껴졌다. 오랜만에 기분이 무척 들떠서 길거리에서 노래를 불렀다. 어느 집 앞을 지날 때 마당에 묶인 개가 벌떡 일어나더니 마구 짖어댔다. 우리는 웃었고 그의 집까지 뛰었다. 오토바이를 그의 집 앞에 세워 두었기 때문이다. 집 앞에 도착해서 내가 오토바이에 오르자 그가 만류했다.

"술기운이 남아 있잖아."

그가 말했다.

"멀쩡해요."

내가 말했다.

"사고라도 나면 큰일이야. 집에 연락하고 내 집에서 자. 빈방이 많아."

나는 괜찮다고 말했다.

"형 말 들어."

나는 더 거절하지 못하고 그의 집에서 잤다. 그가 서재 옆에 딸린 작은 방을 내주었다. 1인용 침대와 붙박이장이 있을 뿐 텅 비어 있는 방이었다. 내가 괜찮다고 말했지만 그가 침대 시트를 새것으로 바꿔 주었다. 갈아입을 옷이 필요하냐고 물었지만 나는 필요 없다고 말했다. 벗고 자면 그만이니까.

"잘 자."

그는 내 어깨를 툭 치고 나서 방을 나갔다. 더웠기 때문에 나는 침대에 눕기 전에 블라인드를 올리고 창문을 활짝 열어두었다. 그때는 이미 술이 완전히 깬 상태였다. 나는 티셔츠만 벗어 던지고 전등을 끄고 침대에 반듯이 누웠다. 이상하게도 쉽게 잠이 오지 않았다. 그와 나눴던 이야기들과 그의 행동들을 곱씹다가 눈을 질끈 감았다. 낯선 공간에 누워있으려니 기분이 묘했고 청바지가 몸에 끼어 한편으로 불편했다. 나는 결국 누운 채로 청바지를 벗어 침대 아래로 내던졌고 한동안 이리저리 뒤척이다가 잠이 들었다.

다음 날은 눈부신 햇살 때문에 눈을 떴다. 햇살이 침대 위로 곧장 떨어졌다. 내 방이 아니란 걸 알고 놀라 벌떡 일어났고 곧 상황을 제대로 파악했다. 밖에서 작게 노래를 흥얼거리는 소리가 들렸다. 나는 지난 밤 덮고 잔 이불을 말끔하게 개어놓고 밖으로 나왔다. 그는 부엌에 서서 아침을 준비하고 있었다. 시계를 보니 7시였다. 늦잠을 잔 건 아니었다. 하지만 오전 강의를 들어야만 했다. 나는 그만 가봐야겠다고 말했다.

"아침은 먹어야지."

그가 내 팔을 잡았고 식탁 의자에 앉게 했다. 그리고 구운 식빵과 계란 프라이가 담긴 접시를 내 앞에 내려놓았다. 갓 구운 식빵과 계란 프라이는 맛있었다. 그는 흡족한 얼굴이 되어 커피도 끓여 주었다. 지난 밤까지 나를 짓누르던 이상한 기분은 말끔히 사라지고 없었다. 내게 뭔가를 요구하지 않고 이토록 호의적으로 굴었던 사람은 없었다. 그는 정말 형처럼 행동하고 있었다. 나는 그를 기쁘게 해주고 싶어서 접시를 깨끗하게 비웠고 속으로 기회를 봐서 누나에게 그를 소개해 주면 어떨까? 하는 생각을 했다.

　이상하게 생각하면 한없이 이상한 일이다. 나는 이미 그에게 몇 번이나 나에 대해 말한 적이 있다. 대학에서 영문학을 전공하고 있다는 사실 말이다. 그런데도 그는 가끔 내가 성인이 아닌 것처럼 대한다. 마치 내가 열일곱, 열여덟 살밖에 되지 않았다고 여기는 것 같다. 어쩌면 그가 예전에 알고 지냈던 누군가와 나를 착각하고 있는 건지도 모르겠다. 나는 때로 그 점을 꼬집고 넘어가고 싶기도 하지만 그냥 내버려 두었다. 아무려면 어떤가, 하고 생각했다.
　처음부터 털어놓으려고 했던 것은 아닌데 어쩌다 보니 나는 그에게 많은 것들을 이야기하기 시작했다. 함께 술을 마실 때 그가 슬쩍 나와 내 가족에 관한 것들을 물어왔다. 사실 나는 가족들에 대해 말하는 것을 좋아하지 않는다. 상대가 나에게 선입관을 갖거나 동정심을 느끼는 게 싫어서다. 더 나쁜 경우는 나를 우습게 생각할지도 모르기 때문이다. 하지만 그는 낯선 존재이므로 그런 걸 신경 쓸 필요가 없었다. 그래도 한동안은 누나 이야기는 하지 않았다. 내 머릿속에는 언제고 두 사람을 만나게 해줄 생각이 있었다. 하지만 시간이 흐를수록 그와 누나는 전혀 어울리지 않는다는 걸 깨달았다. 그는 누나가 예쁜지조차 묻지 않았다. 어쩌다 보니 어느 날 나는 누나가 다니는 레스토랑과 누나가 만나고 다니는 남자들에 대해 털어놓고 말았다. 누나 방에 못 보던 물건들이 쌓여가고 있었다. 옷이나 구두, 가방이나 새 핸드폰 같은 것들이. 누나가 어쩌면 임신을 했을지도 모른다는 말까지 해버렸다. 그는 조용히 듣기만 했다. 그 때문에 나는 더 많은 이야기를 쏟아냈다. 가끔은 고향이야기도 꺼냈다. 고향에 있는 소나무 숲으로 둘러싸인 작은 저수지 이야기는 그도 무척이나 좋아했다. 어쩌다 여름철마다 저수지에 빠져 죽은 사람들 이야기는 단골 메뉴가 되었다. 언제고 함께 그곳으로 낚시를 가자고 그가 먼저 말한 적도 있다. 그는 내 삶에 아무 계획이 없다는 데 대해서도 놀라워하지 않았다.

  지난밤에는 그가 갑자기 내게 돈을 주었다. 음식값을 제하고 돈을 돌려주려 했는데 그가 억지로 내 호주머니 속에 집어넣었다.

  "네 생일인데 선물을 준비 못 했어." 그가 말했다. 생각해보면 내 생일을 어떻게 알았는지 궁금했다. 어쩌면 내가 말해줬을지도 모른다. 너무 많은 말을 한 것 같다. 나는 받을 수 없다고 거절했다. 실은 거절하는 게 의미가 있는지 알 수 없었다. 요즘 그는 나를 위해 많은 돈을 쓰고 있다. 그의 집에 나를 위한 물건들이 하나둘씩 늘어가고 있다. 그는 입버릇처럼 나를 친동생처럼 생각하고 있다고 말하면서 내가 원하지 않는 빚을 떠안으려고 하고 있다. 하지만 정말 내가 원하지 않는 건가?

  사람들은 항상 내 뒤에 있는 것들에 관심을 가진다. 나의 가족, 나의 배경. 나는 침묵할 수 있고 적당히 거짓으로 자신을 포장할 수도 있다. 나는 나 자신으로 평가받을 수 없다는 사실에 분노하며 나를 거짓 속으로 내던진다.

  그와 함께 할 때는 그럴 필요가 없다. 실종상태인 아버지와 임신을 했을지도 모르는 누나, 내게 들러붙은 가난은 그의 관심사가 아니다. 나는 나일 수 있다. 그의 행동 때문에 그렇게 느낀다. 그도 마찬가지다. 나를 받아들이기 위해 어쩌면 자신을 잊어버리기 위해, 오랜 세월 몸에 밴 것들을 내던졌다. 아무도 우리를 지켜보지 않기 때문이다.

우리는 식탁 대신 바닥에다 신문을 깔고 피자를 먹는다. 구겨진 휴지들이 휴지통 밖에 떨어져 있다. 샤워를 하고 타월을 소파 위에다 던져둔다. 어떤 행동도 받아들여진다. 그는 정말 나를 소중한 동생처럼 대한다. 언젠가부터 그의 것들은 모두 내 것이나 마찬가지다. 나는 그의 소파에서 자고 그의 화장실과 서재를 이용한다. 그의 서재에는 구하기 어려운 책들이 존재한다. 언제든 부탁하면 그가 내게 필요한 영문학 원서들을 구해준다. 의미 없이 내가 던진 말에도 그는 반응을 한다. 언젠가 그가 차고 있는 시계를 부러워하자 값비싼 시계를 내게 선물해 주었다. 또 어느 날에는 어울릴 것 같다면서 자신의 것과 똑같은 구두를 선물해 주기도 했다. 이쯤 되면 정말 친형이라고 해도 좋지 않을까? 그는 정말 내 모든 것들에 신경을 써 준다. 우리는 함께 게임을 하고 영화를 보고 음식을 만들어 먹는다. 그는 요리를 할 줄 모른다.

"난 요리에 재능이 없어. 어머니가 부엌을 어지럽히는 행동을 용납하지 않았지."

언젠가 그는 말했다. 그 역시 평소 가족에 대한 이야기는 별로 하지 않는다. 말투에서 그가 부모를 별로 좋아하지 않는다는 걸 느낄 수 있다. 이 사회를 인내하는 것보다도 어쩌면 가족을 인내하는 쪽이 더 힘들다. 그 점에 대해서는 비난할 생각이 없다. 하지만 한편으로 조금 의아했다. 내가 보기에 그들은 그를 돋보이게 만드는 훌륭한 후광이기 때문이다. 그의 아버지는 대학교수이고 어머니도 한때 번역가로 활동했다고 들었다. 그런 분들을 어떻게 존경하고 사랑하지 않을 수 있는지 말이다. 내게 그런 부모가 있었다면 나는 분명 달라졌을 것이다. 나는 항상 내가 가진 불리한 조건들 때문에 더 넓은 세상으로 나아갈 수 없다고 생각한다.

그의 어머니와 내가 만나게 되는 상황을 그가 꺼려하기 때문인지 아님 내가 단지 운이 없어서인지 나는 그의 어머니를 직접 만나 볼 기회를 얻지 못했다. 한 달에 두어 번쯤 그의 어머니가 집에 들른다는 사실은 알고 있다. 냉장고 안이 가득 채워져 있다. 그는 어머니가 만든 음식을 좋아하지 않기 때문에 그런 날에도 음식을 배달시킨다. 나는 배달음식이 몸에 악영향을 미친다는 걸 알고 있다. 전적으로 그런 이유 때문은 아니지만 가끔 내가 요리를 한다. 물론 대단한 요리는 아니다. 그가 좋아하는 음식은 기름진 음식들로 바로 튀겨낸 것들을 특히 좋아한다. 균형 잡힌 그의 몸은 규칙적인 운동으로 유지하고 있는 셈이다.

지글지글 기름이 끓는 튀김 냄비에 새우를 넣으면 그가 탄성을 지른다. 나는 그를 위해 아카시아 꽃을 튀긴 적도 있다. 우리는 우리가 원할 때 튀김 요리를 배불리 먹는다. 또 어느 날에는 만두를 빚은 적도 있다. 언젠가 TV 프로그램에서 만두를 빚고 있는 가족을 본 적이 있는데 꼭 한번 직접 만들어 보고 싶었다. 누나와 함께 만들 수는 없었다. 누나는 음식 만드는 걸 싫어한다. 그는 달랐다. 그는 내가 원하는 일이라면 뭐든 찬성이다. 그는 도움이 필요하냐고 묻지도 않고 손을 씻고 거들었다. 처음 하는 것치고는 제법 그럴싸한 모양이 나왔다. 이따금 우리는 직접 만든 만두를 보고 탄성을 질렀다. 그는 내게 솜씨가 좋다고 말했다. 나중에 그것들을 죄다 튀겨냈고 선 채로 먹어치웠다. 주방이 그야말로 난장판이 되었지만 그는 전혀 신경 쓰지 않았다.

그와 있는 시간은 즐겁고 그는 내 삶의 일부가 되어간다. 사람들에게 그의 이야기를 한다.

"내가 아는 형이 거기 살아."

"아는 형 차야."

"아는 형이 사줬어."

그의 모든 것이 나의 위치를 수직 상승시켜준다. 하지만 한편으로 조금 이상한 기분에 사로잡힐 때가 있다. 그와 점점 가까워질수록 빠져나올 수 없는 늪에 빠져들고 있다는 생각이 든다. 나는 항상 자유롭지만 그렇지 않기도 하다. 나는 그가 싫어하는 행동을 하지 않으려고 노력한다. 나를 아끼고 사랑하는데 실망을 안겨줄 수 없기 때문이다. 우리의 관계가 언제까지고 이런 식으로 흘러가기를 바란다. 그런데 그는 아닌 것 같다. 그는 자꾸만 다가오고 있다. 우리의 거리距離는 점점 좁혀지고 있다.

가끔 우리는 신체적으로 접촉한다. 어쩌다 식탁 아래쪽에서 다리가 부딪치고 그가 내게 뭔가를 말하며 내 팔이나 어깨를 가볍게 건드린다. 아니면 물건을 주고받다가 손가락끼리 맞닿기도 한다. 뭔가 자연스럽지가 않다. 그가 나를 만지고 싶어 한다는 생각이 들고 그럼 나는 내 자신이 이상하게 생각된다. 다른 친구들과 있을 때 느끼는 감정과는 사뭇 다르다. 그들은 노골적으로 내 어깨에 팔을 두르고 목을 조이는 장난을 치기도 한다. 하지만 그들의 몸은 내 몸의 일부와 다를 바가 없다. 나는 내 감정에 대해 잘 모르겠다.

그는 나의 모든 말을 흘려듣지 않는다. 지난밤 나는 그의 집에서 저녁 늦게까지 술을 마셨고 밤이 깊어 우린 완전히 감상적인 기분에 취하고 말았다.

"나가자."

갑자기 그가 말했다. 술도 깰 겸 잠시 나가서 공원이라도 한 바퀴 돌 모양이라고 생각했는데 차를 몰고 나왔다. 이 밤에 대체 어디 갈 생각이냐고 묻자 그가 빙긋 웃었다.

"네 고향으로 가보는 건 어때? 항상 그리워만 하지 말고." 일단 내일은 아르바이트가 없었다. 그래도 너무 늦었고 술도 취했으니 다음번에 가는 게 좋겠다고 말했다. 그러나 그는 미루다 보면 영원히 할 수 없는 일들이 있다고 말했다. 나는 조수석 쪽에 앉았고 차는 천천히 국도를 따라 달렸다. 운이 나쁘면 어쩌다 경찰 단속에 걸릴지도 몰랐다. 우린 둘 다 아주 취한 상태였다. 그래도 그의 운전 솜씨는 나쁘지 않았다. 나는 그의 옆얼굴과 차창 밖으로 휙휙 지나가는 거리를 바라보며 내 어린 시절 이야기를 했고 라디오에서 흘러나오는 노래를 흥얼흥얼 따라 불렀다. 실내등을 켜놓았기 때문에 거울처럼 차창에 내 얼굴이 비쳤는데 입술 꼬리가 말려 올라간 입술이 보였다. 그도 평소답지 않게 들떠서 자기 이야기를 많이 했다. 유년 시절 친했던 친구의 배신 때문에 안 좋은 선택을 할 뻔했다는 이야기였다. 술에 취해서인지 아님 고의적으로 숨기는 것인지 이야기에 핵심이 빠져 있다.

"우리 저수지부터 가보자." 그가 화제를 바꿨다. 나는 고개를 끄덕였고 그의 이야기는 듣는 둥 마는 둥 다른 생각에 빠져들었다. 며칠 전 길거리에서 그를 본 적이 있다. 대학가에 있는 원룸에 배달을 하고 나와서 오토바이에 오르기 직전이었다. 그는 여자들과 함께였다. 키가 크고 날씬한 여자들 사이에서 걷고 있었는데 두 여자 모두 관심을 끌기 위해 대화 도중에 그의 어깨를 가볍게 치거나 손을 잡기도 했다. 한 여자가 그와 이야기를 나누느라 길 위에 파인 곳을 못 보고 그만 다리를 삐끗하고 말았다. 여자는 작게 비명을 지르며 급하게 그를 붙잡았고 여자의 긴 갈색 머리카락은 춤을 추며 그의 손 등 위로 떨어졌다. 지겨움이 묻어나는 차갑고 몰인정한 얼굴. 지금껏 보지 못했던 그의 또 다른 얼굴을 보게 되었다. 다른 여자가 괜찮으냐고 물으며 손을 뻗었기 때문에 긴 갈색 머리가 그에게서 몸을 뗐다. 그는 두 여자에게서 시선을 돌렸고 어쩌다 그 순간에 우리의 눈이 마주쳤다. 복잡한 눈빛. 그는 짧게 어색한 미소를 지었고 나를 외면했다.

이런저런 생각이 엎치락뒤치락했고 하루의 피로가 갑자기 몰려왔다. 어쩌면 술기운 때문이었는지도 모른다. 결국 나는 낯익은 거리로 들어서기 전에 잠이 들고 말았다. 아침에 일어나 보니 예전에 내가 살던 동네에 도착해 있었다. 우리 집과 이웃하던 다섯 채의 집들은 몽땅 철거되고 그 자리에 대형 마트가 들어서 있었다. 많은 것들이 변했지만 변하지 않은 것도 있었다. 우린 차에서 내려 큰길을 따라 조금 걸었다. 원래는 작은 섬유공장이 있던 자리에 갈비탕 가게와 핸드폰 가게가 생겨나 있었다.

"갈비탕 먹을까?"

그가 물었다. 우리는 진하게 우려낸 국물에 고기도 듬뿍 들어간 갈비탕으로 느긋하게 아침을 해치우고 가게를 나왔다. 배가 부르자 졸음이 몰려왔다.

"저쪽이에요." 나는 저수지 쪽으로 앞서 걸었다. 도중에 편의점에 들러 음료수와 아이스크림도 샀다. 어쩌면 개발을 이유로 사라졌을지도 모른다고 생각했는데 저수지는 그대로였다. 뜨겁고 하얀 해가 우리 머리 위에 떠 있었다. 바람이 불었지만 더운 바람이었다. 여러 개의 텐트와 낚시를 즐기는 사람들이 보였다. 젊은 여자들이 근처에서 배를 타고 있었다. 나무로 만들어진 작고 그림 같은 배였는데 예전부터 저수지 한쪽에는 늘 배가 존재했다. 그것도 변하지 않았다. 재경 형은 평소답지 않게 여자들에게 관심을 보였다. 그는 주위에 다른 사람들이 있으면 단둘만 있을 때와는 완전히 달라지기도 한다.

"어디서 그런 멋진 배를 구할 수 있죠?"

그가 여자들을 향해 묻는다. 나는 뒤로 조금 물러났다. 그는 마치 호색한처럼 여자들에게 농담을 걸었고 여자들 비위를 맞추며 시시덕거렸다. 어느 것이 진짜 그의 모습인지 알 수 없었다. 갑자기 그가 아주 낯설게 느껴졌다. 여자들은 배 위에서 그와 이야기를 나누며 비명소리처럼 크게 웃음소리를 질러댔다.

"형제?"

내가 계속 형이라고 그를 부르는 소리를 들은 모양이다. 여자들 중의 한 명이 우리를 향해 물었다. 그는 망설임 없이 그렇다고 대답했다. 그러자 여자들은 우리가 아주 많이 닮았다며 입을 모았다.

그와 나는 배가 나아가는 방향 쪽으로 함께 움직였다. 저수지 둑을 따라 아주 천천히. 그러다 적당한 자리에 앉아 아이스크림을 빨며 그녀들을 구경했다.

"왼쪽 검지는 왜 그래요?"

나는 그의 손을 잡아당겼고 자세히 들여다보았다. 검지 끝쪽으로 희미하게 꿰맨 상흔이 남아 있었다. 그는 추억을 더듬는 얼굴로 중학교 때 화장실 문 앞에서 친구들과 장난을 치다 문틈에 끼인 적이 있다고 말했다. 담임이 깜짝 놀라서 병원으로 데려갔고 치료를 받은 후 초콜릿을 사주었다는 이야기였다. 이야기를 하는 도중에도 내내 입술에 미소가 걸려있다.

"남자였어요?"

"누가?"

"담임."

"그래 맞아. 그건 왜 물어?"

"그를 좋아했어요?"

그는 대답하지 않는다. 나는 시선을 돌려 여자들을 바라보았다. 여자들은 얼굴이 검게 탈 것을 염려한 것인지 모두 모자를 쓰고 있다. 두 개의 커다란 밀짚모자와 흰 모자. 그 때문에 여자들의 표정은 정확히 읽을 수 없다. 배는 점점 저수지 한가운데로 나아갔고 바람이 조금 거세졌다. 여자들의 원피스와 머리카락이 바람에 날렸다. 여자들은 요란스럽게 비명을 지르며 급히 손으로 모자를 눌렀다. 하지만 흰 모자가 이미 바람에 날아올랐다. 모자는 마치 날다람쥐처럼 높게 튀어 오르더니 물 위로 떨어졌다.

"내 모자."

모자 주인이 소리쳤다. 모자는 주인을 피해 달아나는 것처럼 물살을 따라 흘러가기 시작했는데 멀리서 바라보자 마치 살아있는 생물체처럼 보였다. 한 명이 노를 이용해 모자를 건져 올려보려고 노력했지만 모자는 요리조리 피해 더 멀리 달아나 버렸다. 고작 모자인지라 저수지 둑에서 시간을 보내던 사람들은 모두 고개만 빼고 구경할 뿐 물속으로 몸을 던지지 않았다. 저수지 가장자리였다면 모자 주인의 환심을 사고 싶어 한 명쯤 뛰어들었을지도 모르겠다. 하지만 저수지 중심은 생각보다 훨씬 깊다. 그 사실을 모르는 그는 갑자기 돈키호테처럼 저수지로 뛰어들려고 했고 난 그를 막으려 했다. 하지만 이미 늦고 말았다. 첨벙거리는 소리가 주위로 울려 퍼졌다. 내게 뭔가 보여주려고 했던 것 같다. 자신이 여자를 좋아한다는 걸 말이 아니라 행동으로 말이다. 그는 기계적으로 팔을 뻗어 앞으로 나아갔고 모자를 낚아챘다. 그리고 마치 금빛 트로피처럼 모자를 높이 치켜들었다. 주변에 있던 모든 사람들이 박수를 쳤는데 다음 순간 갑자기 그가 물속에서 허우적거리기 시작했다. 갑작스런 변화에 뭔가 꿍꿍이가 있는 것처럼 느껴졌다. 마치 구경꾼들을 물속으로 유인하려는 속셈처럼. 하지만 아무도 속을 사람이 없었다.

그의 머리는 공처럼 떠 있다가 물속으로 가라앉기를 반복했다. 나는 매년 여름 저수지에 빠져 죽은 이들을 떠올렸고 겁에 질려서 그를 구해야 한다고 소리쳤다. 사람들이 몰려들었고 주위가 술렁였다. 배에 타고 있던 여자들이 갑자기 비명을 질렀다.

"구조대를 불러!"

누군가의 외침 소리가 들렸다. 근처에 있던 근육질의 남자가 그를 구하기 위해 물속으로 뛰어들었다. 남자는 전력을 다해 헤엄을 쳤고 그가 물속으로 가라앉은 지점에 도착했다. 그는 이미 그 자리에 없었다. 마치 빨려들듯 그의 몸은 저수지 아래로 사라졌다. 나는 완전히 패닉 상태로 그 광경을 지켜보았다. 뭐가 잘못되었는지 알지 못했다. 한가하고 태평한 날이 될 뻔했는데 말이다. 햇살이 수면 위로 뜨겁게 쏟아져 내렸다. 누군가 신고를 했고 수색작업이 이뤄졌다. 구조대원들이 일사불란하게 움직였다. 마침내 그는 겨우 물 밖으로 나올 수 있었다. 푸르죽죽하지만 마치 잠을 자고 있는 듯한 모습으로 저수지 둑으로 건져 올려졌다. 나는 차가워진 그의 몸을 끌어안고 울었다. 형이라 부르는 아주 새된 내 목소리가 들렸다. 그에게 해주고 싶은 말이 있었다. 세상에 자신을 증명할 필요가 없다는 것을, 우린 그저 모두 자신일 뿐이란 걸 그에게 말해주지 못했다.

제13회 현진건문학상 추천작

나야

서 유 진

── 약력

대구 출생.
2013년 《전북도민일보》 신춘문예에 「총각선생, 짱생의 하루」로 등단했다.
2015 소설집 『하프턴』이 세종나눔도서로 선정되었고,
2019년 「나비의 새벽」으로 경주문학상 수상.
2021년 장편소설 『내가 외로울 때』를 출간했다.

나는 어느 날 처절하게 우는 한 여자의 입속으로 들어가 그녀의 몸속에 내 보금자리를 만들었다. 여자가 흘리는 눈물의 양만큼 내 점령 구역이 넓어져 갔다. 여자는 내가 침입한 초기에는 약을 먹고 나의 공격을 막아냈지만 이제는 그 어떤 약도 소용없다. 그저 진통제로 나를 버티고 있다. 내가 공격할 때마다 여자는 이렇게 말했다. 네가 아무리 강해도 우린 함께 소멸할 뿐인 존재야. 내가 살아야 너도 사는 거야. 그러니까 우리는 살아 있는 동안 서로를 배려해야 해.

우리는 오랜 시간 싸우며 서로를 이해하게 되었고 대화도 허물없이 나누게 되었다. 여자가 물었다.

내가 너에게 몸을 내주었으니 너도 내게 뭔가를 해줘야 한다고 생각하지 않니? 뭘 원하는데? 내 이야기를 들어줘. 별것도 아닌 요구였고 실제로 여자에게는 이야기할 상대가 없었다.

여자 몸의 단내를 맡고 뇌척수액을 한 모금 빤 날이었다. 여자가 발작을 일으키더니 자신에게 시간이 얼마나 남았는지 물었다. 나는 네가 믿는 하나님만 알 거라고 대답했다. 여자가 손톱 끝을 세워 관자놀이를 꾹꾹 누르며 말했다.

하나님은 나를 사랑하지 않는 것 같아.

넌 매일 주여, 주여, 하면서 그런 말을 함부로 뱉니?

하나님이 나를 버릴 수밖에 없거든.

왜 그렇게 생각하니?

하나님은 나처럼 죄를 인정하지 않는 인간은 구원해주지 않거든.
 여자는 긴 한숨을 뱉고는 나의 소망이 뭔지 물었다. 자기 소망에 대해 말하려고 내게 운을 떼는 거였다. 우리 같은 바이러스야 그저 오래 존재하고 싶을 뿐이지만, 여자는 죽기 전에 죄 문제를 해결하고 싶어 했다.
 죄 때문에 하나님이 너를 내게 붙이셨다고 믿을 수만 있다면 얼마나 좋을까. 참회를 하고 그분을 믿으면 천국에 간다니까 회개만 하면 간단한데, 문제는 내가 내 죄를 알지 못한다는 거야. 사랑받고 싶어하는 마음이 죄야? 그분이 가르치는 사랑의 진리에 지치고, 사랑에 굶주리고, 그분보다 이성의 사랑에 인생 전부를 걸고, 사랑에 굴욕적인…… 이런 인간이 바로 나야. 그리고…… 죽음이 가까이 오고 있어도 죄를 인정하지 않고 뻗대는 인간이 바로 나야.
 여자는 '어떠어떠한 인간, 이런 인간이 바로 나야'라는 식의 문장을 자주 열거했다. 그래서 나는 여자를 나야로 불렀다. 나는 지금, 나야의 이야기를 하려고 한다. 나야는 다변증 환자처럼 굴었고 나는 그녀의 이야기를 잘 들어주었다. 우리의 친화력은 놀라웠다. 때로는 내가 또 하나의 그녀가 된 듯 착각했으니까. 누가 나만큼 시도 때도 없이 나야의 이야기를 들어줄 수 있을까. 끝없이 지껄이는 나야의 이야기가 나도 지겨운데, 누가 마음으로 들어줄 수 있을까. 예수가 귀 있는 자는 들으라고 했다. 귀가 있어도 듣지 못하고 눈이 있어도 보지 못하는 사람이 많다는 것을 나야에게 들었다.

 나야가 베란다에 서서 바깥을 내려다보며 말했다. 그가 자지 말고 기다리래. 무슨 의미겠어? 우리가 함께 자지 않은 지 석 달이 지났어.

아까 전화를 받자마자 샤워를 하고 오래간만에 향수를 뿌렸어. 그가 좋아하는 라벤더 향이야. 그가 올 때까지 향이 바람에 날아가지 않았으면 좋겠어.

밤이 깊었고 바람이 세차게 불었다. 아파트 정문 옆에 서 있는 소나무의 허리가 휘청거렸다. 남편을 기다리는 나야를 보면 죄 문제는 멀리 있어 보인다. 인간은 죽기 전에 대개 잘못을 뉘우치기 마련인데 나야는 그렇지 않다. 사랑에 대한 환상을 가지고 이 세상을 떠나고 싶어 한다. 가만 생각해보면 그 환상은 사랑을 표방한 섹스에 다름 아니다. 섹스를 표방한 사랑이나 사랑을 표방한 섹스나 모두 나야에게는 목마른 환상이다. 안달하는 나야……. 목에 사랑의 쇠사슬을 걸고 죽어가는 나야…….

베란다가 너무 추웠다.

나야, 어서 안으로 들어가자.

조금만 더 있다가. 저 하늘 좀 봐.

바람이 불 때마다 차가운 별들이 후드득 떨어질 듯했다.

너 아니? 별들은 각자 다른 방향으로 운동한다는 거.

네가 페르세우스란 남자와 채팅할 때 말했잖아. 그 말이 슬프게 들린다고.

근데 내 별이 너무 밝으면 네 별이 잘 보이지 않겠지?

나야, 너 몇 살이니?

서른일곱인데 왜?

솔직히 말해서 내 별, 네 별, 하니 유치하게 들려. 자신에게 집중할수록 상대가 잘 안 보인단 말을 왜 그렇게 어렵게 하니?

넌 너무 건조해.

건조한 게 아니라 명료한 표현을 좋아할 뿐이야. 이왕 말 나온 김에 하는 얘긴데, 너도 집에만 있지 말고 좀 바깥으로 나가. 그림이나 바이올린 같은 거도 배우고, 영화관에도 가고, 봉사활동도 하고. 우리, 이 세상을 떠나기 전까지 최선을 다해야 하지 않겠어? 네가 말했잖니? 히스기야라는 어떤 왕이 병에 걸려 죽게 되었는데 하나님에게 간청하여 십오 년이나 수명을 더 연장했다고 말이야.

다 부질없는 짓이야. 이제 교회도 안 나가는데 남의 믿음을 내게 강요하지 말았으면 좋겠어.

그럼 남편에게 집착하지도 말아!

나도 안 그러고 싶어서 너한테 계속 얘기하는 거잖아. 내 이야기를 끊지 말고 제발 좀 들어줘.

나야의 마지막 말은 애원에 가까웠다.

나야는 별의 색깔과 사랑의 색깔이 같다고 했다. 수많은 별이 온도와 밝기가 가지가지이듯 사랑의 모습도 각각 다른 존재방식을 가진다고 했다. 나야는 사랑에 만큼은 인내심이 대단한 여자다. 사랑의 빛에 눈이 먼 맹아였다.

우리는 스스로 빛을 내는 별이다. 책에서 본 문장인지 내가 만든 문장인지 모르겠어. 이 말이 위로가 되지 않니? 어떻게 하면 내가 빛날 수 있을까. 나는 결혼 후 오랫동안, 너무 많은 노력을 해온 지 몰라. 그는, 나를 만난 처음이나, 십 년이 지난 지금이나 여전해. 변하고 있는 것은 나 자신이야. 변한다는 건 스스로 빛을 내기 위해서라고 생각하지 않니?

바람이 나야의 긴 머리칼을 흩트리고 지나갔다. 그 머리칼을 빗겨주고 싶었다. 윽! 나야가 가슴을 움켜잡고 가만 기다리더니 나를 몰아

세웠다.

　넌 모질게 들볶고 달래며 나를 질기게도 단련시켰지. 내가 습관적으로 발작을 해도 이 만큼 견디어내는 것을 네가 나를 봐주는 거라고 생각해? 흥, 그건 면역이란 거야. 이제 우리, 완전한 친구가 되었는데, 나를 좀 배려할 수 없겠니?

　미안해, 나야. 우린 둘 다 미궁에 빠졌어. 네가 죽으면 나도 죽는 거야. 봐주는 게 아니라 우린 공생하는 거라고. 너도 인정했잖아.

　사실 나야를 죽음의 골짜기로 유인하는 것은 내가 아니라 남편인지 모른다. 남편은 나야에게 관심이 없었다. 그는 경건한 육체의 소유자였다. 나야는 그의 몸의 생리를 이해하려 애썼다. 하지만 비정상일 정도로 말을 하지 않는 그를 견디기 힘들어했다. 어느 날 나야가 남편에게 왜 그렇게 말을 안 하느냐고 물었다. 남편은 나야의 말을 듣는 것 같지 않았다. 그러자 나야가 남편의 입술을 손가락으로 꾹 누르며 말 좀 하라고 재촉했다. 남편이 나야를 떠밀었다. 나야는 넘어지며 탁자에 얼굴을 부딪쳤고, 뾰족한 모서리 유리에 찔려 피를 꽤 흘렸고 흉터가 생겼다. 왜 싫다는 사람의 얼굴에 손을 댔느냐고 물으니 장난을 치면 남편 기분이 좋아질까 싶어 그랬다나. 내가 봐도 남편에게 고의성은 없었다. 그저 순간적으로 귀찮아서 나야를 밀었던 것 같았다. 나야의 설명이 가관이었다. 내가 잘못한 거야. 원래 말이 없는 사람이라는 걸 곧잘 잊어버려. 피곤한 남편을 귀찮게 하는 것도, 사람을 피곤하게 만드는 것도, 그래서 폭발하게 만드는 것도 바로 나야. 또 자책하는 나야를 어떻게 하나.

　현관 도어록 누르는 소리가 들렸다. 나야가 쏜살같이 달려나갔다.

남편은 평소처럼 자기 방으로 들어갔다. 나야가 따라 들어가 저녁은요, 물었다. 남편은 한번 만에 대답하는 법이 없었다. 나야가 다시 물었다. 밥 차려야 돼요? 남편이 컴퓨터 전원을 켜고 돌아서며 고개를 까딱, 했다. 빌어먹을 까딱이었다. 나야가 내게 속삭였다. 자정인데 밥을 차리라네. 나는 제기랄, 하고 맞장구쳐 주었다.

나야는 식사하는 남편 옆에 서서 종달새처럼 재잘거렸다. 별다른 이야기는 아니었다. 낮에 봤던 드라마며 며칠 후에 있을 친척의 결혼식 같은 것. 남편은 듣고만 있었다. 식사를 끝낸 남편은 거실로 가 텔레비전을 켜고 리클라이너 소파를 완전히 뒤로 젖혀서 거나한 자세로 몸을 뉘었다. 음량을 완전히 줄인 채 화면을 보다 책을 보다…… 뒹굴뒹굴.

침대 끝에 앉아 남편을 기다리는 나야. 붉은 수면등이 나야의 초조한 얼굴을 비추고 있었다. 삼십 분쯤 지나 남편이 들어왔다. 남편은 침대에 반듯하게 누워 이불을 머리끝까지 끌어올렸다. 나야는 이불자락을 들치고 남편 옆으로 기어들어갔다. 조금 후 남편이 나야 쪽으로 돌아누웠다. 나야는 남편의 목을 꼭 끌어안았다. 흔들림은 금방이었다. 아파트 입구에 활짝 핀 꽃을 툭 건드리며 안부를 묻는, 서름한 이웃의 인사 같았다. 그리고 남편은 다시 반듯이 누웠다. 간혹 위층에서 내려보내는 물소리와 냉장고 돌아가는 소리가 들렸다. 나야가 남편의 새끼손가락을 만지작거리며 말했다. 추워요. 창틈으로 바람이 들어오나 봐요. 남편이 벽으로 돌아누웠다.

너 지금 듣고 있니? 그는 기준점이야. 어느 쪽으로도 쏠리지 않고 중심을 잘 잡고 사는 사람이야. 좋아하는 것도 싫어하는 것도 없어.

감정의 흐름이 정지된 고요가 반듯한 이마 위에 늘 드리워져 있어. 그러니까, 내가 춥다고 말했는데 대꾸가 없어도 서운해하면 안 된다는 뜻이야. 나는 때때로 그가 서 있는 기준점에서 마이너스 쪽으로든 플러스 쪽으로든 멀리멀리 달려가고 싶어져. 나는 종종 나 자신이 그의 차 트렁크 바닥에 보관해둔 스페어타이어처럼 여겨져. 스페어타이어도 꼭 필요한 때가 있잖아. 오늘 밤이 바로 그때인데, 이제 불필요해진 타이어는 곧 트렁크 속에 묻히는 거지.

나야는 잠들지 못했다. 금방 잠이 든 남편은 가위에 눌린 듯 다리를 꿈틀했다. 나는 보이는 것만으로는 믿을 수 없다는 생각이 들었다. 나야에게 보이지 않는 것을 볼 수 있는 눈이 있었다면 남편과 결혼하지 않았을지 모른다. 나야의 남편은 선량한 폭군이다. 강하고, 차갑고, 고요하고, 숨 막히는 침묵. 그건 잔인한 폭력이다.

나야는 일어나 욕실로 갔다. 거울 앞에 서서 자신의 벗은 몸을 바라보며 말했다. 사랑은 받는 것보다 하는 게 더 아름답다지. 아름다운 것들의 배후에는 비극적인 요소가 깃들여 있는 법이라고 오스카 와일드가 말했어. 가장 하찮은 꽃이라도 그것을 피워내기 위해서 세계가 산고를 치른다고.

나야가 목을 움켜잡고 윽, 윽, 했다. 나는 쪼그리고 앉은 나야의 목구멍을 세게 쳐주었다. 울음이 터져 나왔다. 듣기 거북해도 좀 이해해주면 좋겠어. 가슴에 막혀 있던 돌덩이가 쑥 빠져나오도록, 꽉 막혔던 코가 뚫리고, 곪은 고름이 빠져나오도록 시원하게 울고 싶어. 넌 눈물 콧물 흘리며 울었던 경험이 없으니 내 심정을 이해할 수 없을 거야. 나는 목이 쉬게 울도록 나야를 내버려 두었다. 우리가 욕실을 나왔을 때는 새벽 네 시였다.

나야, 오늘은 아침밥 차리지 말고 그냥 자.
그럴 수는 없어.
흐, 나야는 그 몸으로 아침을 차려주었는데, 남편이 말 한마디 하지 않고 밥을 먹고 집을 나갔다. 내게 어떤 격렬한 감정이 차올랐다. 나야는 늘 두통에 시달렸다. 아무리 아파도, 아무리 화가 나도, 나야는 감정을 다스릴 줄 알았다. 아내라는 의무가 두통을 견디게 해주었고, 두통과 약이 만사를 너그럽게 해주었다. 두통이 나면 나야는 늘 소파에 누워 잠을 잤다. 남편의 차지인 일인용 리클라이너 소파 옆에 로즈 레드 빛 패브릭 소파베드가 놓여 있었다. 약을 먹은 후 몽롱해지기 시작하면, 난 이 소파가 너무 좋아. 폭신한 게, 몸을 부드럽게 감싸 안거든, 하면서 나야는 잠에 빠져들었다. 방금 나야는 세 번째 약을 먹었다. 조금 자고 일어나 설거지를 할 테니 깨워달라고 했다. 나도 허기 때문에 나야의 뇌실 맥락총까지 들어갔다. 뇌척수액이 점점 탁한 우윳빛으로 변해간다. 내가 허겁지겁 목을 축일수록 나야가 더 고통스럽다는 것을 알지만 나로서도 어쩔 수가 없다. 우린 적인 동시에 벗이었다. 쌍생하는 거니까 죄책감은 던지자. 나야가 덮고 있던 카디건이 소파 밑으로 미끄러져 내렸다. 주워서 덮어주고 싶지만 내 능력 밖이고 약 효과 때문에 나도 널브러졌다. 나야의 말이 어렴풋이 들려왔다. 신경을 갉아대던 통증이 없어졌어. 이제 잠이 와. 나야가 또 뭐라고 말을 걸었지만 나는 대꾸하지 않았다.
비밀번호 누르는 소리가 들렸어. 드르륵 중문이 열리는 소리야. 그가 온 걸까. 왜 왔지?
거기까지 듣고 나는 완전히 곯아떨어졌다. 밤을 새웠으니 나도 피곤했다. 얼마나 잤는지 모르겠다. 나야가 나를 깨웠다. 창밖이 캄캄한 걸 보니 낮부터 저녁까지 잔 것 같았다.

　일어나 봐. 네가 잘 때 누가 왔었어. 바깥에서 묻어온 찬 공기가 얼굴에 끼쳤는데 난 그가 뭘 가지러 집에 들른 줄 알았어. 일어날 수가 없어 자는 척했어. 바닥에 떨어진 카디건으로 내 몸을 덮어주며 또 아프냐고 물었어. 곧 안방으로 들어가는 발소리가 들렸는데 조금 후 인기척이 나더니 바닥에 무릎을 꿇고 속삭였어. 약은 먹었어? 너무 창백한데, 하며 이마 위에 흘러내린 머리카락을 걷어 올려주었어. 전율을 느꼈어. 남편이 아니었어. 이마를 짚어보고 열은 없다면서 볼을 쓰다듬어 주대. 그리고는 푹 자라면서 발소리가 멀어져 갔어. 누구였는데? 모르겠어. 안 무서웠어? 어, 가슴이 설레던걸. 많이 아프면 전화하랬어, 금방 달려온다고.

　나야는 그 정체 모를 자의 말투가 어찌나 살갑던지 옛날에 키웠던 강아지가 제 얼굴을 핥는 것 같았다고 했다. 자를 수 있다면 싹둑 잘라 남편의 굳은 혀에 붙여주고 싶다고도 했다. 뒷이야기를 기다렸지만 그뿐이었고 나야는 머리가 으깨지는 듯 아프다, 배고프다, 하며 징징거렸다. 주방으로 가다가 주저앉은 나야에게 방에 들어가서 쉬라고 하는데 나야가 별안간 후다닥 뛰어나갔다. 얼마나 빨리 달려나갔는지 남편이 문을 여는 동시에 나야가 얼굴을 내밀었다. 늦었네요. 남편이 머리를 끄떡였는지 모르겠다. 움직임이 조용한 사람이었다. 가방을 받아주려고 나야가 손을 내미는데 남편은 바로 돌아서 자기 방으로 들어 가버렸다. 조금 후 거실로 나온 남편은 티브이를 켰다. 왈칵 소리가 쏟아져 나오자 나야가 어깨를 움찔했다. 음량 막대 눈금이 모두 사라질 때까지 리모컨을 누른 후 남편이 식탁에 와 앉았다. 이제 일어나서 밥을 아직 못했는데……. 나야는 잔뜩 주눅이 든 얼굴로 남편을 바라보았다. 남편은 말없이 시선을 돌렸다. 차가운 눈빛이었다.

　요리가 끔찍해. 나야가 고개를 절레절레 흔들며 내게 동의를 구했다.
　넌 남편을 사랑한다면서 그런 말을 하니?
　요리하기 싫어한다고 남편을 사랑하지 않는다는 법이 어디 있어. 고작 십 분이면 채울 배를 위해 그 잘고 귀찮은 일을 나 혼자만 매일 반복하는 건 불공평하잖아.
　사랑하는 사람에게 요리해주는 게 즐겁지 않아?
　아니. 사랑은 사랑이고 힘든 건 힘든 거지. 난 수고하는 것도 먹는 것도 다 징글징글해.
　나는 나야의 사랑이 모순적이라는 생각이 들었다. 말은 그렇게 해도 나야는 쌀을 씻고 불려 놓은 검정콩을 섞어 압력밥솥에 안쳤다. 또 된장찌개를 해야 하나. 한숨을 쉬던 나야의 몸이 갑자기 빳빳해졌다. 왜 그래? 구, 구더기……. 예전에 시댁에서 얻어 온 된장 안에 가시가 꿈틀거리는 것을 보고 기절한 적이 있다던 말이 생각났다. 굼벵이를 키워 약해 먹는다는데, 가시야 골라내면 되지. 그래도 꿈틀거리는 벌레는 너무 징그러워. 삶은 콩에서 떨어져 나온 허연 씨눈이 드문드문 섞여 있었다. 나야가 유리 된장 통을 노려보더니 고개를 끄떡이며 말했다. 맞아, 생명 있는 것들은 다 꿈틀거리며 살아. 나야는 자신도 가시라고 말했다.

　갑자기 거실에서 소리가 왕왕 울렸다. 나야의 목소리도 커졌다. 그가 티브이 볼륨을 올리면 사람 사는 집 같아. 나야는 찌개 냄비를 가스 불에 올렸다. 와와! 함성이 터져 나왔다. 축구 경기의 열기가 뜨거웠다. 나야의 머리도 불덩어리였다. 찌개는 끓는데 아직 마늘을 준비하지 못했다며 허둥대는 나야에게 나는 미리 마늘을 갈아놓지 않은 게으름을 타박했다. 맞아. 이렇게 게으른 인간이 바로 나야. 하지만 난 아픈 몸이잖아. 빨리빨리! 발암물질 때문에 마늘 꼭지를 잘라내야 하거든. 열에 들떠 몸을 후들후들 떠는 나야가 마늘 꼭지를 한 알, 한 알, 칼로 도려내는 꼴이 손가락을 찌를 듯 위태로웠다. 에라, 모르겠다. 암에 걸리려면 걸리라지. 나야가 마늘을 꼭지 채 그대로 분쇄기에 넣었다. 남편은 배가 고픈지 다시 주방에 들어와 우두커니 서 있다가 나갔다. 나야는 손을 더 바삐 움직였다. 오이를 무치려고 양념을 꺼내 싱크대 위에 늘어놓았다. 진간장, 조선간장, 식초, 마늘, 고춧가루, 설탕, 깨소금, 매실 청, 참기름……. 여덟 가지가 넘었다. 이 징그럽게 많은 양념들이 어울려 맛을 내잖아. 양념 같은 여자라는 말이 떠올라. 그가 오이라면 나는 양념인 거야. 그럴 수만 있다면 마늘이 되거나, 설탕이 되거나, 식초가 되거나……. 말하고 보니 하필 모두 그가 싫어하는 양념이야. 나는 그에게 너무 신 식초인지 몰라. 요리가 싫다면서, 불공평하다면서 스스로 굴종하는 나야의 자책을 이해할 수 없다.

남편은 찌개를 보더니 눈살을 찌푸렸다. 젓가락으로 멸치볶음을 뒤적뒤적, 콩자반을 깔짝깔짝 뒤집고 한 알씩 입에 넣더니 김. 치. 했다. 집에 돌아온 후 처음 하는 말이었다. 잘 안 먹기에……. 나야의 짧아진 말도 점점 남편을 닮아가는 것 같다. 나야가 남편의 뒤쪽에 있는 김치 냉장고로 갔다. 머리를 김치 냉장고 속에 넣고 용을 썼다. 내가 말했다. 남편에게 부탁하지 그래. 내시가 임금한테 업어 달라고 하라니? 나야는 커다란 김치통을 복잡한 싱크대 위에 위태롭게 올려놓고 묵은김치 한 포기를 꺼냈다. 김치를 썰다 팔꿈치가 김치통을 건드렸다. 김치가 쏟아져 탁한 핏물 같은 양념 물이 개수대 안으로 줄줄 흘러 내려갔다. 나야가 김치를 끌어 담으며 말했다. 진상아, 진상아……. 그 진상이 나야 자신을 가리키는지, 남편을 가리키는지 아리송해서 돌아봤다. 남편은 심각한 얼굴로 오이무침을 씹고 있었다. 나는 나야가 김치를 접시에 담는 모습을 보니 조금 화가 났다. 접시 가장자리에 양념이 조금 묻었다고 새 접시를 꺼내 다시 담는 것이다. 내가 빈정거렸다. 그리 유난 떨게 뭐람? 지저분해 보이잖아. 새 접신데 어때서! 그가 질색을 하거든.

앗, 넘쳐! 남편이 외치는 바람에 내가 놀랐다. 압력밥솥이 엉덩이를 들썩이며 숭늉을 토하고 있었다. 나야는 기쁜 듯 조잘거렸다. 방금 그 소리, 생기 넘치지? 난 그가 소리를 지르면 막 신이 나. 살아 있는 사람 같잖아. 전기 압력밥솥을 쓰면 숭늉을 끓일 수 없어서 스테인리스 압력밥솥으로 밥을 짓는 나야. 유난 제곱을 떤다. 해명하는 게 가관이다. 그는 국이나 찌개가 있어야 하고, 또 숭늉이 있어야 해. 나는 금방 끓인 숭늉을 보온병에 넣어줘. 벙어리장갑을 끼고, 뜨거운 밥솥 손잡이를 두 손으로 힘겹게 들고, 보온병에 붓고, 밥이 조금 남은 그의 밥공기에 붓고, 남은 것을 머그잔에 부어. 밥솥을 놓칠까 봐 온 신경을 집중하느라 팔이 아파. 에그, 가지가지하고 산다. 누가 요즘 그리 힘들게 사니? 아침밥은 물론이고 밥을 안 해주는 아내도 많은 세상인데, 아니, 남편이 해서 바치는 세상인데……. 사람이 다 같니? 나는 그녀들이 아니야. 나는 '나'야.

이제 나야는 온몸이 쑤시고 떨린다고 했다. 머리가 흔들리고 어지럽다면서 밥솥 바닥을 주걱으로 긁었다. 뜸이 덜 든 상태에서 밥솥 뚜껑을 열어서 밥이 빠짝 눌어붙었다. 나야는 아, 팔 아파, 하면서 밥솥을 긁었다, 자신이 깡순이라면서. 사랑과 헌신이라는 노동의 위선을 긁고 있었다. 남편이 땀을 흘리며 숭늉 한 대접과 밥 한 공기를 다 비운 후 식탁에서 일어났다. 나야도 나도 배가 고팠다. 나야는 숟가락을 들고 지저분해진 식탁을 보고 코를 찡그렸다. 들쑤셔놓은 반찬을 보니 구역질이 난다면서도 남편이 빤 숟가락으로 남편이 먹다 남긴 된장찌개 건더기를 건져 먹으며 말했다. 어떻게 생각해? 그의 입속에 들어간 숟가락을 꺼리지 않는 나를. 그이라면 아마 토할걸. 나야가 가진 사랑의 빛깔이라고 해석해야 하나? 상대의 침을 먹는다는 것은 상당한 애정 표시라고 나야가 말할 때 나는 위생에 대한 개념 차이라고 언급했다.

수북이 쌓인 설거짓거리를 보고 한숨을 쉬는 나야에게 이왕 하는 거 좀 즐겁게 하라고 통을 주었다. 너라면 즐겁겠니? 네가 좀 해줘. 내가 해줄 수 있는 것은 네 말을 들어주고, 할 수만 있다면 네 마음을 붙들어 주는 것뿐이야. 잊어버렸니? 사랑은 자기의 유익을 구하지 않는다고 네가 그랬잖아. 맞아, 내가 게을러서 그래. 아니야, 네가 아파서 그런 걸 나무랐구나. 아냐, 내가 게으르긴 해. 게으른 자는 그 부리는 사람에게 이에 초 같고 눈에 연기 같다지? 내가, 그가 싫어하는 식초가 되어 그의 이를 시리게 할 수는 없는 거잖아. 나야가 자조적으로 중얼거리면서 수세미에 세제를 묻혔다. 거품이 부글부글 일어났다. 부풀어 오르는 건 모두 근사해 보였다. 거품이 접시를 닦는다. 나야도 하얗게 빛나는 접시가 되었으면 좋겠다.

속이 울렁거려. 나야가 아프면 나의 상태도 좋지 않았다. 이번의 공격은 내가 아니다. 스트레스라는 침입자가 나야를 공격할 때는 나도 속수무책, 나야의 폐나 뇌에서 웅크리고 있을 뿐이다. 할 수만 있다면 좀 더 천천히, 오래오래, 나야와 함께 여기 존재하고 싶다. 뇌에서 발작이 일어날까 두려웠다. 나야가 방에 들어가 문을 잠갔다. 불을 끄고 어둠 속에 누웠다. 나야는 머리를 움켜쥐고 침대 바닥에 머리를 박았다 들었다 하며 견딘다. 차라리 죽는 게 낫다면서 신음했다. 그러나 아직 나야의 고통이 절정에 이르지 않았다. 사람은 고통의 한계점에 이를 때 비로소 진실을 말한다. 나야는 지옥문 앞까지 가야만 하나님께 살려달라고 소리를 지르니까. 나야가 침대 위에서 뒹굴다 말고 남편을 부른다. 아무리 소리쳐도 남편은 달려오지 않는다. 나야가 엉금엉금 기어나가 남편 앞에 쓰러진다. 티브이 음량을 죽인 채 소파에 앉아 있던 남편이 조용히 일어선다. 서두르는 법이 없는 그의 행동은 침착하고 매우 느리다. 차에 시동이 켜질 때까지 나야는 오래, 오래, 오래, 기다렸다. 내가 나야의 하나님이라면 남편의 엉덩이에 불을 붙였을 테다. 그러면 그는 아, 뜨거워! 하며 냅다 뛰어갔을 테지. 나야는 응급실 침대에 누워 남편을 찾았다. 그가 없어졌다. 한순간도 곁을 지켜줄 수는 없는 것일까. 나야는 멍하니 링거를 바라보다 눈을 감았다. 나야의 의식이 약물의 평화 속으로 빠져들었다.

우리는 새벽 네 시에 병원에서 돌아와 또 잤다. 문소리에 잠을 깼을 때 나는 나야의 뇌 속에 들이찬 뿌연 재를 보았다. 우윳빛 액체가 탁해 보였다. 나야가 거실로 나갔을 때 남편은 여행 가방을 들고 막 현관을 나가는 참이었다. 엘리베이터 앞에 선 남편의 등이 강철판 같았다.

그는 어젯밤 나 때문에 너무 피곤했던 거야. 나도 나른하고 무기력해. 손끝도 까딱하고 싶지 않아. 나야는 소파에 누워 계속 지껄였다. 듣고 있니? 그가 어디로 출장 갔을까? 만약에 그가 영영 돌아오지 않는다면……, 나는 그에 대해 아는 것이 없어. 연락해볼 곳도 없어.

남편에게 친구가 있는 듯했지만, 전화를 거는 일도 받는 일도 드물었다. 오래전 대학 동기에게 전화가 걸려온 후 나는 남편이 좀 이상하다고 생각했다. 남편은 수화기를 귀에 댄 채 상대의 말을 묵묵히 듣고 있을 뿐 자신은 거의 말하지 않았다. 간혹 어, 그래, 하다 전화기를 내려놓았다. 드물게 걸려온 전화여서 나야가 물었다. 누구예요? 대답이 없었다. 원래 한 번 만에 대답하지 않는 사람이었다. 누구냐고요? 대학 동기. 왜 전화했대요? 몰라. 뭐라는데요? 나도 몰라. 무슨 말을 했으니 어, 그래, 했을 거 아니에요? 아, 씨발. 나도 모른다니까. 그 새끼 혼자 지껄이는 거 내가 어찌 알아. 그렇게라도 말을 시키려는 나야의 노력이 애처로웠다. 다시 입을 다문 남편. 나야의 입이 씰룩거렸다. 나는 나야가 영어단어 암기하듯 되뇌는 말을 듣고 놀랐다. 씨발씨발씨발씨발씨발씨발씨발씨발씨발씨발. 정확히 열 번이었다. 남편은 텔레비전을 보고 있었다. 주식시장을 설명하고 있는데 역삼각형만 눈에 띄었다. 주식 잘 돼요? 나야가 또 물었다. 참 어지간한 나야, 배알도 없이 힐끗힐끗 눈치를 보며 묻는 기죽은 목소리가 굴욕적이다. 남편은 대답하지 않았다. 나야가 주뼛거리며 말했다. 내 친구가…… 주식하다 반 토막…… 주식하지 말라고……. 빡! 벼락 치는 소리가 났다. 남편이 들고 있던 두꺼운 책을 바닥에 내리쳤다. 『월스트리트 제국』이었다. '금융자본 권력의 역사 350년'이란 부제가 붙어있었다. 내가 뭘 하든 간섭하지 마. 주식이 노름인 줄 알아? 주식은 투자라고 투자. 하지 말라고? 너도 아무것도 하지 마. 막장드라마도 보지 말고, 드라마 보며 눈물 찔찔 흘리지 말고, 채팅도 하지 말고, 인터넷도 하지 말고, 나한테 아무것도 묻지 마. 제발 묻지 마. 나 다른 사람한테 관심 없어. 그렇게 희희낙락할 시간도 없고 마음의 여유도 없어. 그새끼가 전화 걸어와서 친구들 험담하는 것까지 내가 다 기억하고 말해야 해? 나는 나 자신 지탱하기도 버거워. 애 안 만드는 거 보면 몰라? 여태 나랑 살며 아직도 나를 몰라? 제발 날 좀 내버려 둬. 씨바. 나는 그렇게 말 잘하는 남편인 줄 몰랐다. 나야가 화도 내지 않고 다시 아첨한다. 비굴하게시리. 그 친구가 남 험담해요? 난 남 헐뜯는 사람과는 상종 안 해. 전에 남편의 자리를 대학 동기가 차지했다는 소문을 우연히 들었던 나야. 한 번도 내색하지 않던 남편에게 존경심을 가졌던 나야. 하지만 '씨발' 만은, 씨발로 폭발할 수밖에 없는 남편의 무의식만은 견딜 수가 없다고 했다.

 나야, 그만 말해. 나야는 끙끙 앓으면서도 입을 다물지 않았다. 통증을 견디는 비법이라나. 고통스러운 지난날을 생각해서 무슨 이로울 게 있다고. 병원에서 처방해온 1회분의 약으로는 턱없이 모자랐다. 잠을 자려면 진통제를 3회분, 아니 더 이상이라도 먹어야 했다. 나야가 몇 번이나 약상자를 열었는지 모르겠다. 저렇게 계속 약을 먹어도 될까 싶다가도, 나도 덩달아 달뜨고 아리아리한 기분에 취하는 게 좋아서 만류하지 않았다. 마지막 약을 삼키고 잠잠한가 싶더니 그 다변증이 또 시작되었다. 잠이 오지 않아. 이럴 때는 너랑 얘기하는 게 좋아. 머리는 어질어질하지만 묘하게 기분이 좋아져. 약 효과가 나타나기 시작했어. 그를 처음 만나 데이트할 때처럼 마음이 붕 떠. 저기 결혼사진 좀 봐. 그때가 생각나. 우린 가로등도 없는 캄캄한 길을 걸어갔어. 버스 종점의 후미진 화단가에 앉아 막차를 기다리며 우린 말없이 어둠을 바라보고 있었어. 11시 2분 전. 그가 일어났어. 그가 기습적으로 입을 맞추고는 버스로 뛰어갔어. 입맞춤은 그때가 처음이자 마지막이야. 버스 꽁무니를 멍하니 바라보다 걸음을 옮겼어. 손가락으로 내 입술을 만지는데 분노에 가까운 야릇한 감정이 차올랐어. 그러나 나는 과묵한 남자의 특징이라고 생각하고 그를 잘 알지 못한 채 순식간에 결혼해버렸어. 프렌치 키스를 꿈꾸었던 것은 결혼하고 나서야. 소설, 뭐야, 그, 『채털리 부인의 사랑』에서와 같은……. 에로틱한 환상을 가지기 시작했어. 그런데 그와 십 년을 살면서 아직도 키스 한 번 하지 못했지 뭐야.

키스에 너무 집착하는 거 아니야?

우리 부부의 현실을 말하려는 거야. 현실이라는 단어가 떠오르니 정말 현실이 벌떼처럼 달려드네. 알랭 드 보통의 소설 『우리는 사랑일까』에 씌어 있었어. 남녀가 관계를 맺는 게 할리우드 영화에 나오는 키스 같은 거라고 생각한다면 꿈이나 꾸라고. 나는, 꿈이라도 꾸고 싶어.

오한이 멈추었다. 약 효과가 나타나고 있었다. 나른해지기 시작하면 나야는 솔직해진다. 어제 낮에 왔던 남자 봤어? 참 넌 잤지? 그 남자가 왔으면 좋겠어. 전화하면 금방 달려온다고 했거든. 전화해볼까? 그런데 남자의 얼굴을 상상하는데 남편 얼굴이 떠올라. 그는 미남이지만 영혼이 사라진 얼굴이야. 성실하고, 차갑고, 엄격해. 제우스의 삼지창으로 찔러도 끄떡없어. 나야의 끝없는 다변에 지친 나는 내 보금자리로 돌아가겠다고 말하고 입을 다물었다. 그러나 나야의 말이 계속 들려왔다. 그 남자가 왔으면……. 그 남자가 왔으면……. 나야는 눈을 감고 주문을 외웠다. 세이렌, 마법의 노래를 불러줘. 열 번, 스무 번, 서른 번 주문을 걸더니 곧 잠든 듯했다. 나도 잠들었는데 조금 후였다. 나야가 눈을 번쩍 떴다. 가슴 위에 올려놓았던 핸드폰으로 전화를 걸었다. 상대가 받았다. 놀란 목소리가 금방 달려오겠다고 한다. 조금 후 나야의 말소리가 들렸다. 남자가 온다는데 잠들면 안 되는데……. 아……, 잠들면 안 되는데……. 꾸벅꾸벅 졸던 나야가 어딘가로 메시지를 보냈다. 페르세우스라는 채팅 상대였다.

「손님을 기다리는데 자꾸 잠이 와요. 얘기 좀 해주세요. 북동쪽 모서리, 동쪽으로 뻗은 두 줄기의 별들이 왕녀 안드로메다가 누운 모습인가요? 우주 사진에서는 안드로메다와 페르세우스의 거리가 그다지 멀지 않아 보였어요.」

「몇백만 광년의 거리요. 그 시간이 지나면 다시 서로 가까워지는데, 결국 충돌해서 우주 속에 티끌로 흩어지지요.」

「몇백만 광년이라니 너무해요. 겨우 만나서 헤어진다니 ㅠㅠ.」

「안드로메다님, 손님 기다리는 동안 진짜 페르세우스를 만나보시겠소?」

「장난치지 말아요.」

「장난 아니오. 우리는 때때로 환영으로 소망을 이루지요. 한 번 따라 해 봐요. 눈을 감고 페르세우스를 열 번 스무 번 계속 불러요.」

나야가 페르세우스를 불렀다. 나는 묶인 안드로메다를 풀어주는 페르세우스를 그린 루벤스의 그림을 떠올렸다. 생각해보면 나야의 꿈속 신화일 뿐이다. 나야, 네 우물의 물을 마셔. 남편이 투기로 분노하여

원수 갚는 날에 용서하지 않을 거야. 나야가 늘 내게 말해 주었던 잠언이다.

　나야가 들이부은 약은 내게도 치명적이었다. 나도 내 숙주의 영혼에 사로잡힌 것일까. 몽롱한 상태였다. 어떻게 나야를 따라 집을 나섰는지 모르겠다. 나야는 날개 같은 케이프를 입고 도시 한가운데의 빌딩 숲으로 들어갔다. 엘리베이터를 타고 5층에 내려 유리문을 열고 들어갔다. 좁고 밀폐된 방안은 끈적거리고 바닥의 검붉은 카펫에서는 퀴퀴한 냄새가 났다. 방 안은 무척 캄캄했다. 이곳이 신비로웠다. 처음 와 본 나야도 놀라면서 화면을 응시했다. 화가 프리다가 상영되고 있었다. 프리다가 정말 그랬을까? 바람둥이 남편을 사랑한 프리다는 동성애자가 아닌데 파리의 여자와 안고 서로 애무했다. 나야가 입술을 지그시 깨물고 화면을 보고 있을 때 페르세우스의 입술이 나야의 귓바퀴에 닿았다. 나야의 독백에 내 가슴이 철렁 내려앉았다. 꿈속이라도 좋아. 할리우드 영화 속이라도 좋아. 남자의 거친 턱수염이 나야의 뺨에 닿았다. 나는 남자의 목을 졸라 죽여 버리고 싶은 충동으로 나야를 떨쳐냈다. 나야가 빨강 그림물감 같은 피를 쏟아냈다. 심장에 경련이 일어났다. 화면은 사라지고 캄캄한 우주 공간에 좌우로 끝없이 뻗은 기차선로, 그 한가운데 나야의 남편이 굵은 쇠사슬을 들고 서 있었다. 나야는 남편을 똑바로 노려보더니 찬바람이 나도록 쌩 돌아서서 전속력으로 달렸다. 나야, 돌아가자! 안 가! 사랑받고 싶은 마음이 죄야? 그게 죄라면 난 이 우주에서 지옥 끝으로 뛰어내릴 거야. 나야의 말이 메아리치고 밤하늘이 굉음을 일으키며 사방으로 빛을 흩뿌렸다. 협곡 위에 무지개가 걸렸다. 우리는 무지개를 향해 끝없는 협곡 사이로 떨어져 내렸다. 천국과 지옥 사이의 어느 지점에서 무중력 상태로 떠 있었다. 어디선가 경건하고 감미로운 합창 소리가 들려오고 나야가 입은 케이프에서 날개가 빠져나왔다. 나야는 노래에 맞춰 드높은 창공으로 천천히 날아올랐다.

가거라 생각이여 금빛 날개에 얹혀, 가서 산기슭이나 언덕에 앉아 보라.
따뜻하고 부드러우며 흙냄새 나는 조국 땅 산들바람 부는 곳에.
내 조국, 참 아름다우나 잃어버린. 추억이여!…… 참 아름다우나 비참한…… 우리 가슴속에 추억을 되살리며…… 그 운명적인 솔로몬이 했듯이…… 비참한 소리의 비탄을 회고하든가…… 아니면 주님께서 우리에게 영감을 주시어…… 우리가 이 고통을 견디게 하든가.
베르디 오페라 나부코(Nabocco)에 나오는 「노예들의 합창」이 토막으로 흘러나왔다. 우상을 섬김으로 하나님께 벌을 받아 바벨론에 끌려가 칠십 년 동안 노예 생활을 한 히브리 민족이 고국을 그리워하며 부른 노래이다. 나야가 늘 유튜브로 감상할 때 나는 뉴욕 메트로폴리탄 오페라 합창단 단원들의 손과 발을 유심히 보았다. 바닥에 지친 몸이 널브러져 있거나 누워 있거나 서 있거나 한쪽 무릎을 세우고 앉아서 노래를 불렀다. 사슬에 묶여 있지는 않았다. 어쩐지 나야보다 그들이 더 자유로워 보였다
합창이 끝남과 동시에 우리는 지상의 드림파크맨션에 떨어졌다. 현관 도어록 번호 누르는 소리가 들렸다. 그 남자가 왔나 봐. 나를 좋아하나 봐. 나야는 무의식의 상태에서 중얼거렸다.

나야! 나야! 제발!

남편이 나야에게 인공호흡을 하느라 내 숨이 막혔다. 사색이 된 그가 나야의 가슴팍에서 손을 뗐다. 나야의 눈이 크게 열렸다.

어? 어떻게 왔어요?

네가 빨리 오라고 전화했잖아! 차가 너무 밀려서 늦게 온 거야.

남편의 이마에 땀방울이 맺혀 있었다. 그는 두 손으로 머리를 감싸 안은 채 꼼짝하지 않았다. 버려진 시온 탑처럼 황폐한 얼굴이었다. 낮에 나야를 찾아왔다던 그 남자를 기다린 나야, 페르세우스와 함께 밀폐된 방으로 갔던 나야, 네 영혼의 조국은 어디니?

제13회 현진건문학상 추천작

수영장

이 소 정

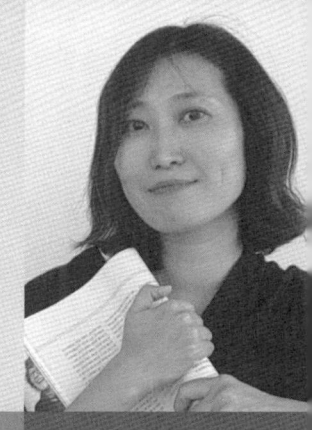

── **약 력**

울산 언양 출생.
2020년 《부산일보》 신춘문예에 「앨리스 증후군」으로,
2021년 《동아일보》 신춘문예에 「밸런스 게임」으로 등단했다.
2020년 《문장웹진》 「테라스」,
2021년 계간 《백조》 여름호 「배드민턴」, 《문장웹진》 7월 「수영장」을 발표했다.

 판을 다시 만난 곳은 수영장이었다. 그곳에서 그 아이를 만날 수 있으리라고 나는 한 번도 생각해 본 적이 없다. 마치 물속에 표지판이 없는 것처럼 말이다. 수영장은 구 소방서를 개조해 만든 청소년수련관 안에 있었고 담쟁이넝쿨이 화상 환자의 핏빛 거즈처럼 건물의 반을 덮고 있었다. 판은 늘 그 앞에 서 있었다. 마치 소방서가 옮겨간 것이 그것 때문인 것처럼 말했다.
 더럽게 불을 못 끄잖아요.
 그걸 어떻게 알아? 내가 묻자 판은 그냥 알아요, 나는, 이라고 말했다. 한번은 세상의 모든 소방관들에 대해 생각할 때도 있다며 내 어깨를 쳤다. 해봐요, 라고 했다. 나는 소방관이 아니었다. 될 마음도 없었다. 체력 테스트가 문제구나, 라며 판은 웃었다. 나는 웃지 않았다. 대신 판과 함께 담쟁이 넝쿨을 바라보는 시간이 조금 더 길어졌다. 차마 구하지 못한 사람과 목숨은 구했지만 인생의 절반을 날려버릴 만한 흉터가 남은 사람 중 누가 더 그들의 마음을 찢어 놓을까 궁금했다. 생각을 하는 동안 계절은 또 여름에서 가을로 넘어가고 있었다. 담쟁이 넝쿨은 불타올랐고 종종 우리는 영영 구조되지 못한 사람처럼 멍하니 그 앞에 서 있었다.
 수영장은 오래된 지린내와 소독약 냄새의 완벽한 콜라보였다. 월요일은 문을 닫았고 자유 수영은 이천 원이었다. 수영강습이 많은 주말에는 입장이 제한된다는 안내판이 있었다. 하지만 우리는 무료였다.

우리는 항상 입장이 가능했다. 그냥 그랬다.

평일이라 한산하군.

평일의 수영장은 한산했고, 마치 그것을 증명이라도 하듯 바닥은 일관된 하늘색 타일의 지루한 동어반복 같았다. 수영장 물은 늘 사분의 삼쯤 차 있었고 약간 따뜻할 정도로 데워져 있었다. 수영장 물을 도대체 언제 가는지에 대해 판과 실랑이를 한 적이 있었다. 나는 일주일에 한 번이라고 했고 판은 계절이 바뀔 때마다 라고 했다. 우리는 자주 그 일로 싸웠는데 그때마다 물어볼 사람이 마땅치 않았다. 우리는 하루 정도 작정하고 수영장에서 밤을 새울 계획도 갖고 있었다. 별이 뜨면 수영장이 천문대 같을 거야, 판은 신이 나서 말했다.

그건 사실이었다. 별관 수영장 천장은 거대한 돔이었다. 돔은 반구형으로 된 지붕이나 천장을 말했지만 나는 돔을 말할 때면 늘 물고기가 떠올랐다. 수영장을 볼 때도 그랬다. 그건 『우리나라의 물고기들』이라는 책 때문일 거라고 생각했다. 나는 그 책을 쌍둥이에게 읽어 준 적이 있다. 생각보다 자주 그랬다. 『우리나라의 물고기들』의 구성은 단순했다. 참돔, 감성돔, 돌돔, 자리돔처럼 같은 종에 대한 사진을 주고 그 옆에 간략한 설명과 삽화를 곁들이는 식의 담백한 책이었다.

돔은 가시 지느러미를 가지고 있대. …… 모든 아름다운 것들이 그런 것처럼.

수영장에서는 평소보다 큰 목소리로 말해야 했다. 목소리가 울려 왕왕거렸다. 이런 얘기를 그때 쌍둥이에게 해주었다면 어땠을까? 그랬다면 지금의 판처럼 못 들은 척했을까? 나는 이제 그 일을 알 수 없다. 다만 지금 내 옆에는 대답 없이 돔 모양의 천장을 바라보며 수영을 하는 판이 있고, 판은 물고기 돔 같다. 아니면 부록에서 봤던, 제주에서 돔을 잡을 때 사용했다는 테우라는 배 같다. 투명한 돔 모양의 천장으로 구름이 배회하자 수영하는 판의 몸 위로 전혀 다른 방식의 모자이크가 새겨졌다. 판이 너무 멀리 가지 않도록 나는 다급하게 이름을 불렀다.

판! 판! 너 진짜 몇 살이야?

5학년이요.

한참 후 판이 대답했다.

몇 살?

판은 할 수 없다는 듯 수영장 바닥에 발을 대려고 애쓰면서 오! 손바닥을 펼쳐 보였다. 판은 늘 5학년이었다. 어제도, 그저께도, 작년에도. 가끔 학교에 가지 못했다고도 했다. 내가 보기에 판은 다섯 살이나 여섯 살처럼 보였다. 판은 아주 작았고 너무 말라 수영을 할 때면 물 위에 꼭 종이 인형을 띄워 놓은 것 같았다. 5학년은 아직 누군가의 보살핌이 필요한 나이였고, 나는 그 사실이 안심이 됐다. 아저씨 심심해요, 그날에 대해 말해 줄래요? 나는 기억이 하나도 안 나요, 판은 또 졸랐다.

잘 들어 마지막이야. 이제 나도 점점 희미해져.

마지못해 들려주는 것처럼 했지만 나는 그 이야기를 좋아했다. 다시 그날을 이야기하면 다시 그 시간을 사는 것 같았고 어쩌면 다시 돌아갈 수 있을 것 같았다.

진짜 마지막이야!

네, 네.

판이 대답했다. 하지만 판도 나도 진짜 마지막을 몰랐다. 사람들이 언제 마지막이라고 하는지, 마지막 순간에 뭘 해야 하는지, 마지막을 알 수 없을 때는 뭘 떠올려야 하는지. 아무것도 모르면서 우리는 늘 마지막이라고 말했다. 그렇게 하면 마지막이, 마지막이 아닌 게 되는 것처럼. 마지막이 영원히 복기라도 되는 것처럼.

판은 이제 몸을 뒤집어 배영을 하고 있다. 나는 사각의 수영장 모서리에 앉아 발만 첨벙거렸다.

*

그날 아침 아내는 오믈렛을 만들고 있었다. 쌍둥이는 숟가락으로 경쟁하듯 식탁을 마구 두드렸다. 한 명이 시작하면 무조건 다른 한 명이 따라하는 게 쌍둥이의 룰 같았다.

그만하지 못해!

아내가 비명에 가까운 소리를 질렀지만 아이들은 말을 듣지 않았다. 쌍둥이는 또래 아이들이 그렇듯 버릇이 없었다. 오히려 아내가 분개할수록 그 일을 더욱 즐겼다. 나는 아내의 말을 늘 못 들은 척 넘겼다. 하나를 궁지에 몰아넣을 수는 있지만 동시에 둘은 힘들었다. 나는 아내의 눈치를 보며 비트코인 시세를 확인했다. 비트코인은 개장과 폐장이 따로 없었다. 낮과 밤이 없었다. 쥐새끼들처럼 돈을 퍼갔다. 아내는 그런 나를 신경 쓸 여유가 없었다. 베이컨, 양파, 양송이, 피망, 토마토를 미리 볶아 소를 만들었다. 식용유를 팬 전체에 코팅하듯 바르고 버터를 크게 한 숟갈 떨어뜨렸다. 싱크대에 바짝 붙어 서서 내용물이 고루 익도록 주의를 기울였다. 중간중간 쓰다 남은 버터를 은박지에 싸두고 계란물을 풀었던 볼을 싱크대에 던지듯 넣는 것도 잊지 않았다. 아내는 앞치마에 물기 묻은 손을 닦고 정신을 집중해 스크

램블 된 계란을 럭비공 모양으로 접으려고 노력했다.

삐—익!

그때 아파트 안내방송을 알리는 신호음이 울렸다. 낡고 오래된 주공아파트 인터폰은 시도 때도 없이 울렸다. 분리수거 날짜를 공지하거나 옥상에 고추를 말리지 말라는 경고, 어떤 날은 주차선 가운데 주차한 입주민을 찾는 방송이 이어졌다. 소매치기가 가방을 낚아챌 때처럼 매번 소리는 거칠다 못해 신경질적이었다. 쌍둥이는 으윽- 거리며 귀를 막았다. 기다렸다는 듯 숟가락 장난을 멈췄다. 그게 다였다. 귀에 거슬리는 삐- 이후 방송은 없었다.

누가 실수로 스피커를 켰나 봐.

아내가 말하자 무슨 신호처럼 아이들은 동시에 식탁에서 일어났다. 순식간에 바닥에 콩 자루를 쏟아부은 것처럼 거실을 뛰어다녔다.

늦었어. 좀 잡아 앉혀 봐.

아내의 말에 나는 아이들을 붙잡으려고 했지만 젓가락으로 콩을 집을 때처럼 잘되지 않았다. 판은 늘 이 타이밍에서 웃었다. 젓가락으로 콩을요? 애들 이름이 뭐예요? 라고 물었다. 나는 매번 아이들의 이름이 기억나지 않았다. 나를 뚫어져라 쳐다보는 판을 향해 애매하게 웃었다. 기억은 공간, 시간, 인물 순으로 사라진다고 했다. 나는 반대였다. 공간과 시간 속에 인물들이 흐릿했다. 마치 물속에서 말을 할 때처럼 나는 누군가의 이름 앞에서 자주 숨이 찼다.

*

너도 들었니? 판?

판은 물 위에서 고개를 흔들었다.

그날 오후 뉴원의 공식적인 발표가 없었다면 우리는 아무도 그 일에 대해 알지 못했을 거야.

아무것도요. 아무것도 기억나지 않아요.

괜찮아.

늘 그렇듯 판은 조금 상심한 것 같았다. 처음 내 이야기를 듣고도 판은 믿지 않았다. 지금도 판이 그 일을 완전히 이해하고 있는지 알 수 없다. 다만 판은 이제 팔다리를 거의 움직이지 않고 죽은 사람처럼 물 위에 떠 있다. 처음 그 모습을 봤을 때 얼마나 놀랐는지 지금도 생생하다.

생존 수영 시간에 배웠어요.

판은 진짜 나뭇잎처럼 둥둥 떠 있었다. 습기를 잔뜩 머금은 썩은 나뭇잎처럼. 판은 일주일에 한 번 생존 수영 수업을 위해 청소년수련관에 왔다고 했다. 수요일 아침마다 판은 등교와 동시에 수영복을 챙겨 스쿨버스를 탔다. 판은 몰랐다. 그저 지루한 수업이 아니어서 좋았다고 했다. 낡고 해진 수영복이 조금 걱정됐지만 어차피 같은 반 아이들은 판에게 관심이 없었다고 했다.

버스 창으로 파란 하늘이 지나가잖아요. 여름의 끝자락이었는데, 건물 옥상에서 빨간 잎 하나가 차창으로 떨어졌어요. 돌아보니 정항우케와 올리브영이 있는 건물이었어요. 건물 옥상에 나무 한 그루가 불타오르고 있었어요. 그게 참…… 신기했어요. 붉은 잎이 파란 하늘을 타고 내려오는데 물고기 한 마리가 내게 헤엄쳐 오는 것처럼. 중국 단풍나무였어요.

판의 좋은 기억은 거기까지였다. 판에게 생존 수영은 다른 의미로

판을 구했다. 하지만 시간이 흐른 후 판은 생존보다는 실존을 원했다. 생존 이후의 실존을 말이다. 생사 확인을 해줄 동사무소 복지과 직원의 정기적인 방문이 아니라 함께 밥을 먹어 줄 사람이 필요했다는 것을 아무도 몰랐다. 사람들은 동정심을 종종 자신의 인품으로 착각한다고도 했다.

판, 우리 이제 밥 먹을까?

조금만, 조금만 더 있다가요.

수영복을 갈아입는 라커룸에서 수영강사는 조용히 판의 몸에 난 멍자국의 개수를 셌다고 했다. 그건 계단에서 넘어진다거나 축구를 하다 생길 수 있는 상처가 아니었다. 그는 신고했고 판은 수업이 끝나고도 학교로 돌아가지 못했다. 처음 판은 사고라고 했다. 달려오는 차에 뛰어들어 길을 건너는 위기 탈출 게임을 하다 사고를 당했다고 말이다. 하지만 금방 들통이 났다. 그런 일은 없었다. 거짓말 때문에 이후 판은 위센터에서 심리 상담을 받았다. 판의 아버지는 아동학대와 주취폭력으로 집행유예를 받았고 판은 다시 집으로 돌려보내졌다. 센터장은 판이 정서불안 증세를 보이며 오랜 방치의 결과로 학습부진이 심각한 상태라고 평가하고 사인했다. 그녀는 판을 딱 한 번 본 적이 있었고 그것만으로 다 안다고 생각했다. 그녀는 지겹도록 그런 아이를 봐왔다. 안 봐도 알 수 있었지만 직업윤리 때문에 판을 만났다고 했다.

아버지가 때릴 때 어땠니?

대답이 없자 그녀는 아버지를 죽이고 싶었니? 라고 물었다. 판은 고개를 저었다.

그래, 착하구나. 상처 좀 보여줄래?

상처는 없어요.

왜 없니? 넌 매일매일 아버지에게 맞는 아이야.

저기요, 아줌마, 고통은 늘 정면으로 마주해야 해요. ······제대로 맞기만 하면 돼요. 잘못 맞으면 상처가 나고 더 아파요. 나는 이제 그걸 알아요. 그걸 터득하는 데 시간이 좀 걸렸지만요.

그녀의 얼굴은 심하게 일그러졌다. 이후 꽤 긴 시간 동안 판은 홀로 상담실에 앉아 파란 하늘을 봤다. 물고기가 다시 헤엄쳐 오지는 않았다고 했다.

*

붉은 지느러미로 헤엄치는 물고기처럼 노을이 지고 있었다. 아이들은 욕조에서 오래 첨벙거렸다. 아내와 나는 저녁 뉴스를 통해 그 사실을 알았다. 그건 시계가 7시 20분을 가리킬 때쯤 나온 속보였다. 뉴원에서 누출 사고가 있었고 처리 중이라는 짧은 자막이 다였다. 이후 숨 가쁘게 뉴스가 전송됐다. 뉴원은 발전소 사고 이후 상황 파악이라는 명목으로 12시간 만에 공식발표를 했다는 비난에 대해 그건 사실이 아니라고 했다. 백색비상이 발표되고 예비현장지휘센터를 발족했다며 현재 상황을 설명하기에 바빴다. 아나운서는 평상시와 같이 생활할 것을 당부했지만 목소리에는 다급함이 실려 있었다. 뉴스를 보던 아내는 놀란 목소리로 아침이야, 라고 말했다.

뭐?

아침에 아파트 안내방송 말이야. 이게 그거였나 봐.

방송은 없었어.

그래, 그런데 왠지 이거 같아.

아내는 불안한 듯 거실을 서성거렸다.

확실해! 오늘 아침 어린이집 차를 기다릴 때 들었어, 관리소장이 출근 직후 서둘러 퇴근을 했다고 말이야.

다른 일이 있었겠지.

그때 뉴스는 재앙이라는 말을 처음 내보냈다. 몇 분 후 공영방송으로서 단어 선택이 적절치 못했다는 사과 자막이 나왔다. 나는 창밖을 봤다. 재앙이었지만 폭발 같은 건 아니었다. 찢어지는 폭발음도, 홀로코스트를 연상시키는 목욕탕 굴뚝의 치솟는 연기도 없었다. 저녁 식탁 위에는 아이들이 먹다 남긴 밥과 미처 뚜껑을 닫지 못한 김치통이 그대로였다. 식은 콩나물국과 진미채, 계란말이가, 아이들의 숟가락에 들러붙은 흰 밥풀들이 오히려 처참하게 보이는 저녁이었다.

8시, 청색비상이 발효되자 아내는 이제야 생각났다는 듯 관리소장의 친척이 국회의원이라고 했어. 그래도 어떻게 그럴 수 있지? 어떻게 혼자 퇴근을 할 수 있지? 라고 중얼거리며 창가 쪽으로 갔다.

하늘이 온통 핏빛이야.

꿈을 꾸듯 아내는 말했다. 그건 아주 잠시 그랬다. 하늘은 이내 검붉은 오디색으로 변했다. 서둘러! 내가 말하자 돌아선 아내의 얼굴은 사색이 돼 있었다. 한여름 잘 익은 오디를 먹으면 입술이 검게 변했다. 마치 죽은 사람처럼 보였다. 그날 저녁 아내는 그렇게 보였다.

서둘러! 물속에 너무 오래 있으면 네 입술도 그렇게 될 거야.

그러니까 배가 고프네, 라며 판은 수영장 밖으로 나왔다. 판의 손발이 어제보다 더 심하게 부풀어 있었다. 곧 미쉐린의 심벌이 될 것 같앉다. 판의 머리카락에서는 물이 뚝뚝 떨어졌고 나는 잠시 그것이 판의 눈물인 듯 착각이 들었다. 나는 수건으로 판의 몸을 닦았다.

미진이 엄마 보러 갈까? 판이 말했다.

그 여자 미친 여자야.

알아요, 그런데 안 보면 보고 싶어.

판은 엄마가 없었다. 네가 엄마가 없어서 그래, 라고 말하자 그래요, 난 엄마가 없어요. 그래도 우리 엄마는 좋은 사람이었어요. 판이 나를 쏘아봤다.

신이 왜 엄마와 아빠를 주고 매번 한쪽을 망가뜨리는지 알아요?

왜?

신은 완벽을 사랑하지 않아요. 자신이 완벽하지 않다는 것도 알고요. 결핍이 있어야 자신이 더 많이 자주 호명될 테니까. 그래서 아무 죄도 없는 애들을 자꾸 괴롭히는 거예요.

우리는 수영장을 나와 텅 빈 도시를 배회했다. 발밑으로 뜨거운 바람이 불었고 어디서 날아왔는지 모를 전단이 굴러다녔다.

1,000만 명 가운데 100명꼴로 발생하는 소아 갑상샘암이 인구 200만 명 도시에서 170배에 달하는 3,300명에게 발병. 수산물 오염도 CSS-1377 수치 치솟아 전량 폐기⋯⋯ 그곳은 안전한가요? 스스로 살아남아야 한다! 1. 마스크 쓰기 2. 긴 소매 옷 입기 3. 외출을 자제하고 외출 시 입었던 옷은 바로 벗고 버리기 4. 자주 샤워하기 ⋯⋯ 비 맞지 않기.

전단 속 알 수 없는 숫자와 글자들을 밟고 우리는 알 수 없는 방향으로 계속해서 걸었다.

우리는 배가 고프면 아무 집에나 들어갔다. 냉장고를 열고 음식을 꺼내 먹었다. 음식들은 아직 먹을 만했다. 운이 좋으면 치킨이나 피자 같은 것들이 식탁에 그대로 있을 때도 있었다. 판은 그런 것들을 좋아했다. 내가 인상을 찌푸리자 아무것도 모르면서 원래 피자랑 치킨은 식은 게 더 맛있어요, 라고 말했다. 치킨과 피자는 그렇다 쳐도 김빠진 콜라는 영 아니었다.

오늘은 어느 집에 들어가 볼까? 신김치 같은 게 먹고 싶어. 아주 짠지가 된.

아저씨 집에 가면 안 돼요?

불쑥 판이 말했다. 나는 대답 대신 멀리 귀환곤란구역 표지판을 쳐다봤다. 붉은 글씨로 더 이상 들어갈 수 없으니 유턴해 주세요, 라고 적혀 있었다.

네?

……안 돼.

왜요? 가보고 싶어요. 아저씨가 어떻게 살았는지 보고 싶어.

우리 집엔 아무도 없어.

아저씨 지금 장난해요? 이 도시에는 아무도 없어요. 개미 새끼 한 마리 없다고요!

판이 소리쳤다. 회전교차로의 신호등이 깜박거렸다. 우리는 아무도 없는 도시의 꺼지지 않는 신호를 지켜 길을 건넜다.

다른 집은 다 돼도 우리 집은 안 돼.

그러니까 왜요?

그러니까 왜? 나는 딱히 할 말이 없었다. 대출이 많아……. 딱 현관까지만 우리 집이야, 우리 나이가 되면 집이 그냥 짐이야. 판이 나를 뚫어져라 쳐다봤다. 거짓말이었다. 아침에 나왔다 저녁에 들어가는 것처럼 집으로 가는 길이 익숙할까 봐 두려웠다. 거짓말이었다. 판을 따돌리고 나는 매일 집으로 갔다.

아파트 현관문을 열면 방치된 재활용 쓰레기들이 보였다. 연두색 고무공이 신발장 아래 처박혀 있었고 슬리퍼가 벗어 던진 그대로 놓여 있었다. 나는 마치 그 집을 처음 가보는 사람처럼 굴었다. 목욕탕 입구에는 물기를 닦고 던진 수건과 갈아입은 빨랫감이 뭉쳐져 있었다. 아이들 방문을 열자 읽다 던져둔 책과 장난감이 방 한가운데 덩그러니 놓여 있었다. 똑같은 침대에 똑같은 시트, 똑같은 베개와 잠옷. 똑같은 두 개의 물건들이 불필요한 삶의 한 부분인 것처럼 느껴졌다. 그래서 아이들에게 잘해주지 못한 것 같았다. 아내가 쌍둥이를 임신했다는 것을 알았을 때 이후로 그건 언제나 선택이 아니란 생각이 들었다.

안방에서는 아내가 금방이라도 문을 열고 나올 것 같았다. 화장대에 아내의 가죽시계가 그대로 있었다. 아내는 액세서리를 좋아하지 않았다. 유일하게 시계에 대해서는 탐을 냈다. 때가 되면 새로운 시계를 하나씩 샀고 나는 늘 그걸 물욕으로 치부하고 한심하게 생각했다. 집 안을 다 돌아볼 때까지 울지 않았다. 냉장고에 붙은 아이들의 그림이나 가족사진 같은 것을 볼 때는 주먹을 꽉 쥐었다. 하지만 거실에는 한쪽 면이 꺼진 소파가 주인을 기다리는 것처럼 놓여 있었고 그곳에 앉자 눈물이 났다. 거푸집처럼 꼭 맞는 어떤 시간이 나를 가만히 껴안는 것 같았다.

시간이라는 상이 있다면 얼마나 좋을까?
아이들의 초등학교 입학식이 끝나고 교문을 나올 때 아내가 쓸쓸한 목소리로 했던 말이 떠올랐다. 마치 아내가 바로 옆에 있는 것처럼. 그 말이 지금 내게 가장 필요한 것처럼.

구시가지 쪽으로 가보자. 거기 시장도 있어.
긴급보호조치 지정구역은 사고 발생지로부터 30km였다. 도시 외곽으로 높은 담장이 쳐졌다. 판은 마름모꼴 모양의 철조망을 막대기로 툭툭 치며 걸었다. 더 이상 신간이 들어오지 않는 시립도서관을 지났다. 판은 심심하면 그곳에 가서 책을 읽었다. 가끔 어떤 페이지들을 찢어 호주머니에 넣었다.
한번은 도서관에서 돌아온 판이 개구리 한 마리를 발견하고 신이 나서 뛰어온 적이 있었다.
아직 살아 있어요.
개구리는 이상한 파란색이었다. 머리부터 물갈퀴까지 모두 비닐처럼 얇고 투명한 피부에 둘러싸여 있었다. 언제나 그런 것들이 있었다. 작고, 미끄럽고, 축축한 것. 이제 막 태어난 것 같은 것들.
만져 봐요.
싫어.
징그러워서 그래요?
아니.
무섭구나?
놀리듯 판이 말했다.
아니.

그럼 왜요?
살아 있으니까.
왜 살아 있는 게 싫어요?
죽을 거니까.
그게 무섭다는 거예요.

*

8시 15분 적색비상이 선포됐다. 집은 고요했지만 더 이상 고요는 고요하지 않았다. 이후 안전 매뉴얼에 따른 혼란스러운 대피가 이어졌다. 저녁 8시 30분. 도시의 모든 사람이 차를 몰고 나왔다. 민방위 경보, 방송의 긴급속보, 휴대전화 재난문자, 차량 가두방송이 온 도시를 덮쳤다. 그에 비해 대피 요령은 간단했다.

1. 집 안의 모든 전원을 차단할 것.
2. 개인물품과 귀중품, 평소 먹는 약, 갈아입을 옷, 휴대폰 및 충전기를 챙길 것.

실제상황은 간단하지 않았다. 통신은 폭주했고, 두절됐고, 사람들은 미친 듯이 누군가의 이름을 불렀다. 미처 출발하지 못한 사람들이었다. 나는 아내와 아이들을 차에 태우고 라디오를 켰다. 단출한 차림이었고 쌍둥이는 밤 외출에 신이 났다.
놀이터에 나간 아이가 아무리 찾아도 없어요. 아이는 다섯 살이고, 파란색 줄무늬 티셔츠에 노란 샌들을 신었어요…… 아니, 나이키 운동화예요. 아니 샌들…… 나이키…… 나이키!

　라디오를 통해 여자는 미친 듯이 울었다. SUV 차 안에서 아내는 다급하게 뒷좌석의 아이들을 확인했다. 아이들은 안전벨트를 매고 어리둥절한 표정으로 애벌레 모양의 젤리를 뜯어 먹었다. 아내는 부스러기가 남는 과자를 잘 사주지 않았다. 아내는 불안한 표정을 숨기지 못했다. 불과 몇십 분 전 아이들의 머리카락에서는 물이 뚝뚝 떨어지고 있었다. 비상 대피 매뉴얼이 발표되자 아내는 욕조에서 놀고 있던 아이들을 억지로 건져냈다. 나는 생각보다 당황하지 않았고 두렵지 않았다. 정확한 상황을 알 수 없기도 했고 무엇보다 우리는 그 시간에 같이 있었기 때문이었다. 그게 안심이 됐다. 늦어도 내일이나 모레쯤 다시 돌아올 것처럼 우리는 가볍게 아파트 현관문을 닫았다. 지난 몇 년간 몇 번의 지진 대피가 있었고 그때마다 별다른 일 없이 상황은 정리됐다.

　다행이야.

　차가 아파트 단지를 빠져나가자 아내가 중얼거렸다. 마치 새로 뽑은 차 안에 아무런 부스러기도 흘리지 않아 다행이라는 표정으로. 그런 작은 일에 큰일을 숨기는 건 아내가 상황을 처리하는 방식 같았다.

　집으로 가라고 해주세요. 빨리! 제발, 엄마가 기다린다고…… 두희야! 두희야!

　소리가 갑자기 끊어졌다. 차량용 라디오를 통해 삐-익 소리가 끔찍하게 흘러나왔다. 살면서 누군가의 불행이 그만큼 지척에 있었던 적이 없었다.

　이후 재난방송에서는 냉철한 집단 이성을 강조했다. 국가 운명공동체 존폐의 차원에서 긴급 비상회의가 이어지고 있으며 유일한 대책은 긴급한 대피뿐이라고 했다. 국가 차원의 주민 소개로 확대 정비와 주민 운송 수단 확보, 보호소 운영 등의 대책이 마련됐다고 했다. 몇 분 후에는 바람의 영향을 받아 빠르게 확산할 수 있으니 풍향의 직각 방향으로 되도록 멀리 대피해야 한다는 방송을 내보냈다. 다행히 당분간 비 소식이 없을 거라고도 했다. 그리고 여러 번, 가족의 안부는 일단 대피 후 구호소에서 확인하라는 메시지를 내보냈다.

이 현대적 재앙은 무색무취가 특징이었다. 오감으로 감지할 수 없으며 어떤 징후를 통해 인지한 순간은 이미 당한 후였다. 더 이상 방송에서는 두희야를 울부짖는 감정적인 내용을 다루지 않았다. 차들은 꼼짝하지 않았다. 시간은 아주 느리고 지루하게 흘러갔다.

*

판과 나는 화학단지 주변을 헤매고 있었다. 언제나 걷다 보면 그곳이었다. 거대한 배관과 검은 연기가 구불구불하게 뒤섞여 있었다. 이제 그런 것들은 아무 소용이 없는 것처럼 구시대적인 위험을 알리는 표지판은 보이지 않았다. 우리는 철조망 경계 가까이 갔다. 바닥에는 석회 가루가 잔뜩 뿌려져 걸을 때마다 버석거렸다. 뜨거운 공기가 커다란 공처럼 바닥에서부터 부풀어 올랐다. 입안에서 모래 알갱이가 씹히는 것 같았다. 미진이 엄마였다. 커다란 배낭을 메고 방독면을 쓴 채 여전히 그 자리에 서 있었다. 꽃무늬 치마가 바람에 날렸다. 그녀는 우리만 보면 방독면을 벗고 소리를 질렀다.

미진이, 우리 미진이 좀 찾아 줘요! 나는 그곳에 못 가요. 아직 그곳은 안전하지 않아요.

그러니까 개요?

나는 항상 그렇게 물었다.

아니, 미진이, 우리 미진이를 나는 한 번도 개라고 생각해 본 적이 없어요.

미진이 엄마는 개엄마였다. 사고가 있던 날, 그녀는 자신의 딸 같은—아니 딸이라고 했다—미진이를 깜박 잊었고, 그 사실을 대피소에 도착해서 알았다. 그건 그녀에게 큰 충격이었다. 시츄 미진이를 그녀는 평소 가족이라고 생각했다. 그녀는 가장 가족이 필요한 순간 가족을 버리고 나왔다는 죄책감에 시달렸다. 그녀는 매일 가족을 찾아 달라고 울부짖었다. 그녀는 오랫동안 체육관에 임시로 설치된 수백 개의 다닥다닥 붙은 텐트 중 하나에서 생활했다. 각 구호소의 대피 명단이 매일 업데이트됐지만 미진이는 없었다. 개는 없었다. 지금 당신 개가 중요해? 그게 중요해? 당신이 사람이야? 사람들은 그녀를 욕했고 한밤중에 그녀의 텐트에 불을 질렀다. 그들은 미칠 듯이 두려웠다. 그들에겐 무색무취한 공포보다 미진이 엄마의 눈물이 훨씬 더 다루기 쉬웠다.

아줌마, 그냥 아무 일 없다는 듯 잊어버리고 살아요.

어쩌면 그건 그녀에게 한 말이기도 나에게 하고 싶은 말이기도 했다. 또 그 말은 살아남은 사람들이 습관적으로 매일같이 하는 말이었다. 그 말을 할수록 그 일은 더욱 불가능한 일처럼 여겨졌기에 어쩌면 그 말은 이미 오래전에 이 도시에서 죽은 말이었다.

아무 일 없다는 듯 당신은 그게 돼요?

미진이 엄마는 악을 썼다. 정부는 대형 축사의 소와 돼지들을 모두 안락사시켰다. 가축들은 영문도 모른 채 죽었고 한 구덩이에 묻혔다.

애완동물들은 자생 능력이 부족해 굶거나, 야생동물의 습격을 받아 일찌감치 죽었다고 했다. 살아남은 동물들도 치명적인 질병에 걸려 죽은 거나 마찬가지였다.

……그냥 잊어요.

그게 돼? 어떻게 그게 그렇게 쉽게 돼? 당신은 부모도 없지. 자식은 더더욱. 있다면, 만약에 그렇다면 그럴 수 없지! 그건 인륜이거든! 버린다고 버릴 수 있는 게 아니거든!

미진이 엄마는 여느 때처럼 울부짖었다. 나는 매번 인륜이라는 말이 인류라는 말처럼 들렸다.

아무 일 없다는 듯, 당신은 그게 돼?

미진이 엄마가 주먹으로 철조망을 내리치며 울부짖었다. 어제도, 그제도, 작년에도.

……한번 버려진 걸 또 어떻게 버려…… 어떻게 그래.

*

아무래도 안 되겠어.

그냥 다 같이 가. 조용히 있을게.

아내는 뒷좌석에서 터닝메카드 카드를 만지작거리고 있는 쌍둥이를 불안하게 쳐다봤다. 조용히 해, 라고 말했다. 아이들은 떠들지 않았다. 과자 부스러기도 없었다. 하지만 아내는 여러 번 흘리지 마, 라고 소리쳤다. 아내가 그렇게 말할 때마다 정작 놀라는 건 나였다. 긴 줄은 줄어들지 않았다. 꾸역꾸역 차들이 늘어 갔다.

안 되겠어! 먼저 가. 이대로는 다 제시간에 도착 못 할 거야.

비상 깜빡이를 켜고 차에서 내려 트렁크를 열었다. 다행히 얼마 전 대형마트에서 새로 산 쌍둥이의 자전거가 실려 있었다. 그리고 반으로 접힌 전문가용 자전거 한 대가 있었다. 지난해 오 월 한 달 동안 거의 매일같이 타다 방치한 내 것이었다. 나는 아내에게 맞춰 안장 높이를 조절했다.

……이건 미친 짓이야.

뾰족한 안장을 아내는 불안한 듯 쳐다봤다. 빨리 타! 아내는 망설였다. 억지로 차에서 끌어낸 쌍둥이가 울기 시작했다. 매달리는 아이들을 사납게 떼어내 자전거에 앉혔다. 안전모를 씌웠다. 아이들을 한번 안아줄까 생각했지만 그만뒀다. 마지막처럼 굴고 싶지 않았다.

앞만 보고 가. 전화할게. 길이 뚫리면 중간에서 만나면 돼.

나는 아무렇지 않게 말했다. 아내는 한참을 머뭇거리다 빨리 와, 라고 말했다. 소실점처럼 자전거가 점점 더 작은 점이 되었다가 완전히 사라졌다. 나는 시내로 다시 돌아가기 위해 차를 돌려야 했다. 사방에서 클랙슨 소리가 한꺼번에 울렸다. 멀었지만 나는 사고지역을 관통해 도시 외곽의 해안도로로 돌아가기로 마음먹었다. 시간이 얼마나 걸리든 다시 만나야 했다. 입술이 바짝 타들어갔다. 목이 말랐다. 생수가 있었지만 그걸 마실 생각도 들지 않았다.

중앙선은 이미 의미가 없었다. 차들은 모두 한 방향으로 움직였다. 차는 한동안 단단한 진흙 속에 발을 집어넣고 걷는 것처럼 좀처럼 방향을 바꾸지 못했다. 나는 차에서 내려 일일이 돌아다니며 사정했다. 죽고 싶어요? 미쳤어요? 사람들이 말했다. 그렇게 천천히 도시의 경계지역에서 멀어졌다. 다행히 사고지역에 가까이 다가갈수록 차량은 서서히 줄었고 어느 순간 도로는 텅 비었다. 군데군데 버려진 차들이 보였다. 주인들은 다 어디로 갔을까? 그런 생각을 할 시간조차 아까웠다. 천천히 액셀을 밟아 속도를 최대치로 올렸다. 아버지를 찾아 구치소에 갔다 사고 소식을 듣고 갑자기 뛰어나온 판을 치었다. 차는 오래 미끄러져 가드레일을 들이받았다.

판, 그날 넌 죽었어.
아저씨도요?
……그래.

노을이 우리를 가만히 덮쳤다. 머리 위로 대형 전광판에서 영상과 자막들이 뒤엉켜 송출됐다. 화면은 드론을 띄워 촬영한 폐쇄지역을 천천히 비췄다. 텅 빈 도시가 화면 가득 나타났다. 불 꺼진 도시와 문 닫힌 상점들, 은행과 공원이 차례로 스쳐갔다. 페인트가 벗겨진 도시는 한 가지 색깔로 통일됐다. 주유소는 흉물스럽게 방치돼 있었고 주택의 유리창은 모두 깨져 있었다. 먼지를 뒤집어쓴 의자들이 녹슨 자판기 옆을 지켰다. 드론은 시 외곽의 넓은 들판으로 계속해서 날았다. 우리는 한동안 멍하니 서서 그것을 바라봤다. 폐기물들이 일련번호를 붙인 검은 포대에 담겨 줄지어 서 있는 도로와 학교와 집, 논밭을 지나 빈 옥수숫대가 흔들리는 곳에 이르자 화면에 검은 점들이 생겨나기 시작했다. 드론이 빙글빙글 돌며 지상으로 바짝 몸을 낮추자 여러 개의 소실점이 점점 커졌다. 점점 가까워졌다. 점점 불어났다.

그곳에는 너무 많은 미진이들이 있었다.

너무 많은 배고픔과 추위와 공포가 옥수수밭에서 드론을 쫓아 달려나왔다. 개와 고양이와 소와 닭, 염소들이 버려진 시간 속에서 버려진 것들이 제시간을 다하고 있었다. 나무와 꽃과 강물이, 폐허를 공격하는 시간의 불복처럼 살아 있는 것들이 살아 있었다. 미진이 엄마가 미친 듯이 미진이를 불렀다. 하지만 그건 모두 미진이이기도 했고 전혀 미진이가 아니기도 했다.

판은 5학년처럼 울었다. 미진이 엄마는 가방에서 전지가위를 꺼내 철조망을 자르기 시작했다. 어디선가 비상 사이렌 소리가 울렸다. 찢어진 세계의 한 페이지가 너덜거리며 바람에 펄럭거렸다.

*

아스팔트 위로 천천히 피가 스며들고 있었지만 판은 아직 죽지 않았다. 판은 물 밖으로 튀어나온 물고기처럼 오래 팔딱거렸다. 판은 작았고 쓰러진 채 나를 쳐다봤다. 이상하게도 판과 눈이 마주쳤을 때, 정작 그 순간 도움이 절실한 사람은 나 같았다. 어떤 이유로도 지체할 수 없다는 생각이 들었다. 나는 시간이 없었다. 기다리는 사람이 있었다. 도로는 텅 비었고 공단의 굴뚝들은 여전히 검은 연기를 내뿜고 있었다.

괜……찮니?

나는 서너 걸음 떨어진 곳에서 판을 내려다봤다.

목이, 목이 말라요.

판이 헐떡거리며 말했다. 차 안에 있는 생수병이 떠올랐다. 나는 천천히 차를 향해 걸었다. 운동화 바닥이 끈적거렸다. 판이 내게 원한 것은 고작 생수 한 병이었다. 나는 그것을 가지러 가기 위해 차로 돌아갔고 그 모습을 판은 바닥에 얼굴을 붙이고 엎드린 채 줄곧 쳐다보고 있었다. 그때 판이 나를 불러 세웠다. 아저씨! 나는 붙잡히고 싶지 않았다.

아저씨…… 머리에 피…… 피나요.

판은 희미하게 나를 향해 웃어 보였다. 나는 이마를 만지며 고개를 끄덕였다. 판은 그제야 안심이 된다는 듯 작은 한숨을 쉬었다. 나는 다시 차로 향했다. 운전석 차 문을 열자 따지 않은 새 생수병이 보였다. 나는 그것을 못 본 척하며 운전석에 올라탔다. 안전벨트를 맸고 다시 시동을 걸었다. 차를 출발시켰다. 차가 달리기 시작하자 백미러에 비친 판의 머리가 살짝, 1~2센티미터 정도 바닥에서 떴다 다시 내려앉는 것이 보였다.

계속해서 119에 전화를 걸었지만 모두 통화 중이었다. 초과 연결음의 삐-익 소리만 귀를 찢었다.

그날 타오르는 재를 뿌리는 검은 비도, 끔찍한 비명도, 흰 담요를 덮고 길가에 버려진 주검도 보이지 않았다. 매운 떡볶이 집에는 여전히 손님이 들끓었고, 세탁소의 빨래들은 오래전에 죽은 자의 명부처럼 어떤 감흥도 주지 못했다. 오히려 너무 고요했다는 말이 맞았다. 오히려 너무 무료했다. 지난 평범한 날들과 전혀 다를 바가 없었다. 그날 사람들은 아무것도 느끼지 못했다고 한결같이 말했다. 전광판에서는 이제 사고 이후 인터뷰가 전송되고 있었다. 화면 속 남자는 거의 울 것처럼 말했다. 조금만 더 일찍 대피가 시작됐다면 모두 살았을 거래요. 그의 말 속에는 여전히 평범을 가장한 불안이 묻어났다. 연신 땀을 흘리는 그의 모습은 흡사 인질극의 인질 같았다. 그날 이후 모두가 그랬다. 온 나라가 정신없이 겁에 질렸다. 고요한 그날이 지나고 모두 그 고요한 공포에서 놓여날 수 없었다. 조그만 여자 아이는 수돗

물은 마시지 않고 오염된 공기를 피하기 위해 종일 마스크를 쓰고 생활한다고 했다. 또 앞으로 아이를 무사히 낳을 수 있을지에 대한 불안감을 안고 있으며 아이를 낳는다고 해도 이런 고통이 대물림되는 것이 몹시 두렵다고 말하고는 울었다. 화면은 계속해서 지직거렸다.
　다시 태어나면 뭐가 되고 싶어요?
　…….
　착한 신?
　아니.
　…….
　소방관.

*

　하늘을 헤엄칠 수 있으면 좋겠어요. …… 그렇게 집에 가고 싶어요.
　오래 부식된 물마개가 뽑히자 녹슨 배관에서 끄륵-끄끅 같은 소리가 났다. 흡사 살 속에 단단히 박힌 덫을 빼낼 때 짐승이 내는 소리 같았다. 판은 물의 진동을 느끼고 잠시 휘청했다. 바닥과 천장을 공명하던 소리가 사라지자 수영장은 다시 고요해졌다. 하늘색 타일 바닥에서부터 작은 소용돌이가 바람개비 모양으로 빠르게 돌아갔다. 나와 눈이 마주치자 판은 내게 손을 높이 쳐들었다. 팽팽한 고무줄을 억지로 잡아당길 때처럼 판의 몸은 늘어났다. 국가대표 수영선수 같다는 생각이 들었고, 더 이상 판이 아이처럼 느껴지지 않았다. 잘 자랐구나, 라고 생각한 순간 판은 눈부시게 탄력 있는 몸으로 숨을 한 번 크게 들이마시고 천천히 수영장 바닥으로 고꾸라졌다.

판! …… 판! 판!
대답이 없었다.
판 …… 판.
나는 천천히 수위를 낮추는 수영장을 오래 바라봤다. 천장에 맺힌 물방울이 머리 위로 떨어졌고 자꾸만 얼굴 위로 흘러내렸다. 판은 물 속에 완전히 잠겨버렸다. 오랫동안 올라오지 않았다. 조용한 소용돌이만 누군가 입을 모아 부는 휘파람처럼 어떤 음을 만들어냈다.

물이 빠진 수영장처럼 도시는 텅 비었다.

제13회 현진건문학상 추천작

X의 세계

이은유

— 약력

전남 장성 출생.
2005년 《전남일보》 신춘문예 「달의 나무」로 등단.
청소년 평전 『조선의 국모 명성황후』, 『현대물리학의 별 이휘소』, 소설집 『손』, 『모든 고양이의 이름은 다 나비다』가 있다.

　현관문을 여는 순간 주방과 화장실 사이의 천장에서 샤오미가 붉게 빛났다. 집 안으로 진입하는 내 존재를 감지하고 쏘는 빛이었다. 나는 현관에 들어서서 붉은 빛을 쏘는 샤오미를 노려보았다. 하루 종일 일을 하고 돌아오자마자 마주 보게 되는 대상이 샤오미라는 사실은 그리 기분 좋은 일이 아니었던 것이다.
　나는 일주일에 오 일 동안은 군내 담배 판매 지정업소마다 돌아다니며 담배를 주문받고 주문받은 담배를 가져다주는 일을 한다. 특별한 일이 없는 한 그 일은 보통 오후 네 시나 다섯 시 정도면 끝난다. 직접 현금을 만질 일이 없으므로 지점으로 복귀한 뒤에는 담배 판매 지정업소에서 주문한 담배 양을 보고하고 나면 하루 일과가 끝나는 셈이었다. 말로는 이렇게 간단한 일이 사실은 그렇게 간단하지 않았고 만만치 않게 피곤한 일이 또 그 일이었다. 직접 담배를 만드는 제조창의 생산라인에서 일하던 때는 사람을 만나는 일이 이렇게까지 피곤한 것인지 몰랐다. 이백스물몇 가지의 자재를 다루던 자재과를 벗어나 영업 일선에서 뛰어보고 나서야 사람을 상대하는 일이 얼마나 피곤한지 알았다. 그렇게 종일 일을 하고 지친 몸으로 귀가하는 나를 아내가 맞이하는 게 아니라 어느 때부터 샤오미가 맞이하기 시작했다. 불편한 사실이었다. 샤오미는 나를 맞이하는 게 아니기 때문이었다. 그러니까 집안으로 들어오는 존재를 감지하고 전파 수신자에게 전송하는 것이 샤오미의 일이었다. 또 그 일은 수많은 CCTV 카메라

들이 하는 일이었다.
　거실의 전등을 켜는 순간 샤오미의 붉은 빛은 사라졌다. 대낮의 환한 햇빛 아래 휴대용 가스레인지 불빛처럼 아무 빛도 보이지 않았다. 이제 나는 샤오미 앞에 적나라하게 드러났다. 아내는 여수에서 핸드폰을 통해 성냥개비로 만든 집을 안고 있는 나를 보고 있을 것이었다. 처음엔 아내도 나도 샤오미를 통해 핸드폰으로 서로를 보는 게 재미있다고 생각했다. 하지만 샤오미와 함께 있는 사람은 샤오미와 함께 있지 않은 사람을 볼 수 없었다. 샤오미가 보는 사람은 샤오미가 지켜봐야 하는 곳에 있는 사람이기 때문이었다. 처음에는 아내도 나도 이런 현대문명에 감사하면서 샤오미를 극찬했다. 그런 샤오미가 언젠가부터 나는 회사나 공공장소의 CCTV 카메라처럼 점점 불편해지기 시작했다. 그 시기는 대략 B를 만나게 되면서부터였다.
　나는 작은 탁자 위에 성냥개비로 만든 집과 핸드폰을 내려놓고 셔츠와 바지를 훌렁 벗어서 화장실 앞에 놓여 있는 빨래 바구니로 던져 넣었다. 그리고 두 손으로 마른세수를 하고 머리를 몇 번 헤적거린 뒤 화장실로 향했다. 옷을 벗어서 빨래 바구니로 던지고 머리를 헤적이는 따위의 행동은 나름 치밀하게 계산된, 아내에게 보여주기 위한 행동이었다. 내가 샤워를 마친 뒤 차가운 물 한 잔을 마시고 있으면 언제나처럼 아내는 전화해서 이렇게 말할 터였다. 오늘도 시골 노인네들 상대하느라 고생 많았어. 얼른 자. 사랑해. 그러면 나는 핸드폰을 입에 바짝 대고 이렇게 속삭인다. 당신 없는 집에서 오늘도 혼자 잠잘 생각하니까 또 끔찍해진다.
　화장실 겸 욕실로 들어선 나는 세면대 위의 거울을 들여다보았다. 기름기로 번들거리는 중년 남자가 거울 속에서 착한 눈으로 나를 마주보고 있었다. 거울 속의 나는 샤오미 앞에서 피곤한 척 옷을 벗어 던지고 마른세수를 하던 내가 아니었다. 내 얼굴은 어느 때보다도 생기가 넘쳤고 눈빛은 어둠 속의 샤오미보다 더 빛나고 있었다. 샤오미가 없는 공간 안에서 나는 내 나이 또래의 어떤 남자보다 남자다워 보였고 자신감이 넘쳐났다. 아내가 이런 나를 알게 된다면 우리 집의 샤오미는 한 개로 끝나지 않을 터였다. 내 방과 주방과 화장실까지, 모든 공간에 샤오미가 설치될지도 몰랐다. 그러니 나는 앞으로도 샤오미 앞에서 어떤 방심도 하면 안 될 터였다.

나는 머리에 찬물을 끼얹었다. 그러자 온몸으로 찬 기운이 빠르게 퍼졌다. B와 함께 성냥개비로 집을 만든 뒤 섹스를 하고 나서 마신 맥주가 깨는 기분이었다. 열여섯 평의 공간에 나 혼자뿐이라는 현실이 피부로 느껴졌다. 티브이 소리도 들리지 않는 집은 내가 손을 멈추는 것과 함께 바로 적막감에 휩싸였다. 언젠가부터 나는 이런 저녁이 정말 싫었다. 가족이 있는데도 혼자 저녁을 먹고 잠자리에 들어야 한다는 사실이 점점 넌더리가 났다. 아내는 멀리서 샤오미를 통해 혼자 밥을 먹고 커피를 마신 뒤 티브이를 보다 잠을 자러 들어가는 내 모습을 볼 수만 있을 뿐, 주말이 아니면 아무것도 함께 할 수 없었다. 날마다 이런 나를 번번이 깨닫게 하는 것이 바로 샤오미였다.

샤오미는 장모가 이 집을 사줄 때 달게 된 카메라였다.

장모는 아들이 미국으로 유학 간 지 일 년쯤 지났을 때 소읍의 변두리에 이 작은 집을 사줬다. 장모가 사주는 집이 나는 처음부터 마음에 들지 않았다. 커다란 공장이 이차선 도로 건너편에서 산을 가리고 있는 데다 주위는 사람이 사는 집보다 빈집이 더 많았던 거였다. 한때는 논과 밭이었던 곳에 공장이 들어서자 사람들이 하나둘 이사를 가버렸기 때문이다. 이렇게 외진 데다 빈집이 많은 곳은 우범지대가 되기 십상이었다. 그런데 장모는 왜 이런 곳에 집을 사준 것인지 나는 도무지 그 이유를 알 수 없었다. 그러나 한 가지는 알 수 있었다. 장모는 장인이 남긴 유산 가운데서 아내에게 줄 수 있는 돈에 맞춰 이 집을 사준 것이었다. 장모가 그냥 우리에게 집을 사준 것이 아닌데도 나는 장모에게 큰 빚을 지는 느낌이었다. 이런 느낌도 사실은 집을 보기 전까지 뿐이었고 막상 집을 보자 나는 불안한 마음이 더 컸다. 마을에는 주로 노인들뿐이었고 사람이 사는 집은 얼마 되지 않았던 것이다.

그런데도 나는 장모가 사주는 이 집을 싫다고 할 수 없었다. 그때 나는 집이 없었다. 직장생활을 한 지가 얼만데, 그것도 맞벌이하는 아내를 둔 남자가 그 나이 되도록 집이 없다는 건 누가 들어도 말이 안 되는 소리였다. 하지만 나는 첫째를 미국으로 유학 보낼 때 광주에 있는 아파트를 팔았고 그 뒤로 다시는 집을 살 수 없었다. 장모가 이 집을 사주기 전까지 군청 뒤쪽에 있는 주택을 겨우 전세로 얻어 살 수 있었을 뿐이었다.

리모델링을 마친 집으로 이사하기 며칠 전 나는 아내와 이런 집의 허점을 보완할 방법을 의논하기 위해 고흥에서 올라왔다. 주 오 일 근무였으므로 내가 올라온 날은 금요일 저녁이었고 나는 늦은 저녁을 먹으며 아내에게 단도직입적으로 물었다.

"우리 이사할 집, 있잖아? 주위에 빈집이 많아서 좀 불안해 보이지 않아? 도둑도 있을 것 같고, 주중에는 당신 혼자 지내야 하는데 말이야."

그러면서 나는 장모가 이런 집을 사주는 대신 현금으로 줬다면 얼마나 좋았을까 하고 생각했다. 이 집을 살 돈에 적금을 보태서 다른 곳에 집을 산다면 이런 걱정을 하지 않을 텐데. 그러나 나는 이런 내 생각을 말할 수 없었다. 무슨 대답이 나에게 돌아올지 듣지 않아도 빤히 알 수 있기 때문이었다. 아내는 이런 나를 슬쩍 쳐다보고는 개키고 있던 빨래를 마저 갰다.
"나도 그 생각은 했어. 근데 가져갈 것도 별로 없는 집에 설마 도둑이 들어오겠어? 리모델링을 하는데 집값의 절반이나 들어갔는데도 집이 전혀 괜찮아 보이지 않잖아?"
이 말에 나는 아내가 아직도 세상을 이렇게 순진하게 생각하고 있다는데 속으로는 조금 놀랐다. 하지만 나는 언제 또 어디로 발령이 날지 알 수 없고 월요일부터 목요일 밤까지 혼자 지내야 하는 아내 때문에 내 생각을 밀어붙이기로 작정했다.
"그렇게 단순하게 생각할 일이 아니야. 아무리 없어도 도둑이 가져갈 건 있다고 하잖아? 그러니까, 우리 카메라 하나 달자."
"당신 말을 들으니 겁이 나긴 난다. 도둑이 가져갈 건 나밖에 없는 것 같아서."
이렇게 아내는 천진난만하게 대꾸하면서도 카메라를 달자는 내 말에는 더 이상 반대하지 않았다. 그러니까 처음 이 집에 카메라를 달자고 한 사람은 아내가 아니라 나였던 거였다. 아내가 먼저 카메라를 달자고 했어도 아내와 두 아들의 가장인 나는 아내보다 먼저 말하지 못한 것을 아쉬워했을지 몰랐다. 그때 아내의 입장과 내 입장은 그렇게 서로 다른 것 같으면서도 다르지 않았다.
아내와 나는 장모가 사준 집으로 이사한 첫 주 토요일 광주에 나갔다. 그리고 영화를 보기 전에 집에 설치할 카메라부터 알아보았다. 우리 같은 소시민들이 부담 없이 설치할 수 있는 카메라의 종류는 다양했다. 그렇게 작은 것으로 사람들의 삶을 구석구석 살펴볼 수 있다는 사실에 아내와 나는 놀랐고 우리는 그렇게 다양한 카메라 중에서 샤오미를 선택했다. 샤오미는 브랜드 이름이었다. 나는 브랜드명을 듣자 어렸을 때 들었던 나오미가 생각났고 그 이름이 너무 사랑스럽게 느껴져서 그 자리에서 현금으로 결제했다.

우리는 샤오미를 어디에 달까 생각하다 화장실과 주방 사이의 천장 가운데 달았다. 그곳이 현관문 바로 맞은편이었기 때문이다. 아내와 나는 샤오미를 달아놓고 대문 밖에서 번갈아 가며 핸드폰을 들여다보았다. 내 핸드폰 속에는 샤오미를 향해 손을 흔들며 현관을 들어서는 아내가 선명하게 보였고 아내의 핸드폰에서는 주먹 쥔 손을 흔드는 내가 보인다고 했다.

샤오미를 달고 난 그날 밤 아내와 나는 아침까지 진짜 깊은 잠을 잤다. 새벽에 고흥까지 가야 하는 월요일이었다면 늦었다고 허둥거릴 정도로 깊은 잠을 잔 것은 정말 오랜만이었다. 하지만 우리가 늦잠을 자고 일어난 것은 일요일 아침이었다. 아내는 잠을 푹 자서 해맑아진 얼굴로 늦은 아침을 차리면서 나를 쳐다보지도 않고 말했다.

"확실히 마음이 놓이긴 놓였나 보네. 많이 의지가 되나 봐. 당신하고만 잠을 잘 때보다 훨씬 더 잘 잔 것 같아. 진짜 푹 잤어."

밑반찬 몇 가지를 싸 들고 온 장모도 샤오미를 보고 만족스러운 웃음을 지었다.

"최근에 자네가 한 일 가운데서 가장 잘한 일 같네. 고맙네."

나는 오랜만에 듣는 장모의 칭찬에 기분이 조금 들떴다. 맏사위로서 다른 동서들에게 모범을 보인 것 같기도 하고 장모에게 제대로 믿음을 준 것 같아서 뿌듯하기까지 했다. 그런 한편으로는 내 부모님에게 손주 둘을 안겨 드린 것 외에는 별다른 기쁨을 안겨드리지 못했다는 아쉬움도 떠올랐다.

  샤오미를 달아놓은 뒤 한동안 나는 퇴근하고 돌아오는 아내를 핸드폰으로 들여다보며 저녁 시간을 보냈다. 처음 얼마 동안 아내는 퇴근해서 돌아오면 샤오미를 향해 손을 흔들며 현관을 들어서곤 했다. 샤오미를 처음 설치할 때 시뮬레이션을 했던 대로였다. 나도 핸드폰 속의 그런 아내를 보며 손을 흔들었다. 하지만 아내는 나를 볼 수 없었고 상대를 볼 수 있는 사람은 나뿐이었다. 그것을 새삼스럽게 깨닫자 서로 빤한 게임을 하는 기분이 들었다.
  핸드폰 속의 아내는 가끔 아내가 아닌 것처럼 보였다. 어느 날부터 아내는 샤오미를 향해 환호하듯 만세를 부르기 시작했고 어떤 날은 샤오미를 향해 삿대질을 했으며 또 어떤 때는 샤오미를 향해 두 손을 벌리며 다가오기도 했던 것이다. 이런 행동들은 쇼처럼 나에게 보여주기 위해 하는 행동 같았다. 나는 이런 아내에게 적응하기 어려웠다. 미국에서 유학 생활을 하고 있는 아들과 대학원에서 박사 과정을 밟고 있는 아들을 두고 있는 아내가 처음 연애할 때처럼 천진하게 구는 게 낯설기만 했다. 하지만 이런 아내의 행동도 그리 오래가지는 않았다. 그도 그럴 것이, 아내도 날마다 하루하루가 피곤했던 거였다. 어느 순간부터 아내는 현관에서 샤오미를 쳐다보지도 않았고 노곤한 걸음으로 거실에 들어서자마자 화장실에 들렀다가 곧바로 불을 끄고 방으로 들어가곤 했다. 나는 그런 아내를 이해했다. 초등학교 개구쟁이들을 가르치는 일은 생각보다 훨씬 힘들다는 것을 나는 아내와 연애할 때부터 이미 알고 있었던 것이다. 왜 말을 많이 하면 배가 빨리 고픈지를. 아내가 왜 밥을 많이 먹는지를. 나는 자동차로 두 시간 반이 넘는 거리에서도 아내의 피곤함을 충분히 느낄 수 있었고 흐느적거리는 걸음으로 방에 들어가는 아내를 볼 때마다 이렇게 전화했다.

"오늘도 힘들었지? 따뜻한 물에 좀 담그지 그랬어?"

그러면 아내는 어두운 침대 속에서 졸리는 목소리로 이렇게 대답했다.

"따뜻한 물에 담그고 있을 시간에 조금이라도 더 자고 싶은 거야. 괜찮아. 당신도 힘들었잖아? 빨리 자."

이것이 그즈음 퇴근 후에 전화로 나누는 아내와 나의 대화였다. 그렇게 아내가 전화를 끊고 잠들어버리면 그때부터 사원 사택에서 내가 할 수 있는 일은 몇 가지 없었다. 혼자 술을 마시거나 책을 읽거나 뭔가를 쓰거나 아니면 뭔가를 만들거나. 이 중에서 내가 하고 싶은 것은 술을 마시는 것뿐이었다. 읽고 쓰는 것은 담쌓은 지 오래고 여자 친구에게 푹 빠져 있는 어린 동료와 여자들, 코인에 빠져 사는 같은 나이의 동료 C와는 저녁 시간을 함께 하기 힘들었다. 두 아들이 미국과 서울로 떠난 뒤 제조창에서 영업지점으로 발령이 난 나는 함께 시간을 보낼 사람이 필요하고 몰두할 수 있는 뭔가가 필요했지만 저녁 시간에는 거의 늘 혼자였다. 그런데다 주말에만 아내를 볼 수 있는 생활이 오래 지속되다 보니 내가 느끼는 허전함은 생각보다 훨씬 컸다. 그것은 허전함을 넘어선 공허에 가까운 것이었다. 핸드폰으로 퇴근한 아내를 보고 난 뒤 술을 마시면 가슴에 커다랗게 뚫린 구멍이 보이는 것 같았다.

그렇게 아내가 샤오미에게 반응하는 횟수가 줄자 나도 차츰 핸드폰으로 아내를 들여다보는 일이 줄어들었다. 원래 호기심이라는 게 그런 것 같았다. 낯선 것이 익숙해지고 편안해지면 자연히 관심은 줄어드는 것이었다. 사람의 감정에 왜 유효기간이 있는 건지를 나는 그때 비로소 이해했다. 이런 생각은 핸드폰으로 아내를 보고 난 뒤 소주를 마실 때 주로 떠올랐고 술을 마시고 난 뒤에는 정체를 알 수 없는 우울함이 찾아오곤 했다. 이런 나를 보고 동료 C는 이제야 제2의 사춘기가 찾아온 모양이라며 놀렸다. 난 벌써 다 지나갔는데, 무슨 사람이 이렇게 늦돼? 그제야 알았다. 남자 나이 마흔이 된다는 것은 제2의 사춘기가 시작된다는 것이라는 걸 말이다. C가 짐 콘웨이의 말을 알려줬다. 공감이 가긴 갔다. 하지만 남자 나이 마흔은 질풍노도의 시기가 아니었고 나는 오십을 코앞에 두고 있는 나이였다. 나는 C의 말에 웃었다. 무슨 말 같지도 않은 말이야? 짐 콘웨이는 또 뭐고? 그러면서도 나는 날마다 퇴근 후에 밀려오는 감정을 주체할 수 없어 술을 마셨고 그러던 어느 날 티브이에서 성냥개비로 만든 집을 보게 되었다.

  사십 대 중반의 남자가 만든 집은 꽤 큰 규모를 짐작하게 하는 저택이었다. 집은 삼층 구조였고 한눈에 헤아리기 어려울 정도로 창문이 많았다. 그런 집을 하나하나 머리 없는 성냥개비를 붙여서 만들었다는 게 믿어지지 않았다. 대저택을 실물처럼 미니어처로 만드는 일이 전혀 가능할 것 같아 보이지 않았다. 하지만 화면 속의 남자는 자신이 여러 달에 걸쳐 그것을 만들었다고 말했다. 나는 남자의 말이 맞는지 시험해보고 싶었다. 나는 그 자리에서 인터넷으로 머리 없는 성냥개비와 하드보드지 같은 것들을 주문했다. 그리고 C가 다른 여자를 만날 때, 혹은 제 아내에게 전화로 사랑한다 말할 때 성냥개비로 집을 만들었다. 처음 만든 집은 어설펐다. 하지만 몇 채의 집이 완성되는 동안 내 손은 제법 능숙해졌다. 나는 집을 만드는 일에 몰입하면서 점차 공허함을 잊어갔다. 그리고, 샤오미가 무엇인지도 모르는 C가, 광주의 신시가지에 아파트를 가지고 있는 C가, 광주의 국립대학에 다니고 있는 제 아들과 딸은 유학이나 박사 학위 같은 것은 생각도 하지 않는다고 하는 말을 흘려들었다.

그런 C와는 한 이 년 정도 함께 지냈다. 그곳은 소록도가 바로 코앞에 있는 고흥이었지만 낯선 곳에서 겨우 지리를 익힌 나는 담배만 주문받고 배달하다 돌아와야 했다. C보다 이 년 먼저 그곳에 내려갔던 나는 소록도엔 가볼 사이도 없이 C보다 이 년 빨리 발령을 받았기 때문이었다.

내가 발령을 받은 곳은 뜻밖에도 집에서 가까운 담양이었다. 담양으로 온 뒤 얼마 동안 가끔 나는 C를 떠올리곤 했다. 집에서 출퇴근을 해도 된다는 사실을 깨달았을 때, 더는 핸드폰으로 아내를 볼 필요가 없다는 것을 깨달을 때, 퇴근해서 집에 들어오는 순간 샤오미를 보게 될 때, 내가 C와 고흥을 떠올리는 때는 주로 이런 때였다. 고흥을 떠난 뒤 나는 C에게 한 번도 전화하지 않았다. 언젠가, 내가 돌던 구역을 맡게 된 C가 전화해서 유별나게 고약한 할머니에 대해 묻기 위해 전화한 것이 그와의 마지막 통화였다. 그때 C가 성냥개비로 만든 집은 버렸다며 핸드폰으로 아내를 보지 않고 직접 보고 사니 좋겠다는 말을 덧붙였다.

그랬다. C의 말대로 얼마 동안은 정말 좋았다. 아들 둘은 미국과 서울에 있고 열여섯 평의 집에서 단둘이 있으니 다시 신혼 기분도 났다. 아내와 나는 퇴근한 뒤 마트에서 함께 장을 봐다 저녁을 지어 먹었고 저녁을 먹은 뒤에는 티브이를 보다 섹스를 한 뒤 잠이 들곤 했다. 그리고 샤오미를 볼 때마다 이렇게 말했다. 이렇게 함께 살면 저딴 거 필요 없을 텐데. 당신도 나도 요즘 핸드폰으로 집을 보지는 않는데 말이야. 요즘은 우리 부부가 쟤한테 감시받으면서 살고 있다는 기분이 들어. 아무도 쟤의 송출을 받지 않는데, 그런데도 쟤는 끊임없이 우리를, 이 집 현관과 거실을 찍어서 보내고 있잖아? 그러면서도 아내와 나는 샤오미를 떼어내 버릴 생각은 하지 않았다. 퇴사를 하지 않는 한 끊임없이 전근을 다녀야 하는 우리는 또 언제 어디로 발령이 날지 알 수 없어서였다. 그리고 이런 우리의 생각은 틀리지 않고 이내 적중했다. 그러니까 내가 집에서 가까운 담양으로 발령이 난지 한 달도 지나지 않아서 아내는 여수의 어느 초등학교로 발령이 난 것이었다.

전혀 생각지도 못한 뜻밖의 발령에 누구보다 깜짝 놀란 사람은 아내였다. 벌써 한참 전에 장흥이나 신안 같은 도서벽지에서 꽤 오래 근무한 적이 있는 아내는 예상 밖의 발령에 펄쩍 뛰었다. 그 정도 근무평점이면 또 그렇게 먼 곳으로 발령이 날 수는 없지 않느냐는 게 아내의 말이었고 나 역시 아내가 또 여수까지 발령 날 거라는 생각은 꿈에서도 하지 못하고 있었기 때문에 보통 놀란 게 아니었다. 광주 시내로 진입하지는 못하더라도 근교는 맴돌 수 있을 거라는 예상이 빗나가자 나는 아내에게 다시 한번 이 상황을 진지하게 고민해볼 것을 권했다.

"이제 그만 퇴직하는 게 어때? 준이는 내년이면 유학이 끝나고 훈이도 올해는 박사 학위를 딸 것 같은데. 이 정도는 나 혼자서도 어떻게 감당할 수 있지 않겠어?"

그러나 아내는 내 말을 듣자마자 단번에 고개를 저었다.

"아니, 난 내 일을 그만두고 싶지 않아. 내가 일을 하는 것은 아이들 뒷바라지하는 거 하고 별개 문제거든. 물론 일을 하고 있기 때문에 아이들을 이렇게 가르칠 수 있긴 하지만 말이야."

나는 이러는 아내를 어떻게든 단념시키고 싶었다. 이유는 샤오미 대신 아내의 마중을 받고 싶다는 한 가지뿐이었다.

"잘 생각해봐. 여수 시내에 있는 학교도 아니라면서? 그런 데로 발령을 냈다는 건 이제 그만두라는 이야기야. 아직도 그걸 모르겠어?"

그러자 아내는 입을 뾰족하게 하더니 갑자기 미간을 찡그리는 것이었다.

"그러니까 더 악착같이 다닐 거야. 아직도 그런 구태의연한 방법이나 쓰는 겁쟁이들한테 지고 싶은 생각 나한테는 눈곱만큼도 없거든."

이 말을 끝으로 아내는 자신의 방으로 향했다. 그러나 아내는 곧장 방에 들어가지 않았다. 방문 앞에 선 순간 뭔가 할 말이 생각난 듯 나를 돌아보았다.

"아, 이제는 내가 핸드폰으로 당신을 들여다볼 차례네? 그 생각하니까 벌써부터 설렌다. 핸드폰으로 당신을 지켜보는 기분은 어떨지 궁금하기도 하고. 당신은 어땠어?"

이렇게 말하는 아내를 보자 더 이상 내게는 그녀를 설득할 말이 없다는 것이 깨달아졌다. 이때 아내의 얼굴은 그 어느 때보다도 호기심으로 반짝반짝 빛나고 있었다. 그동안 샤오미를 쳐다보기만 하고 샤오미가 자신을 지켜준다고만 생각해왔던 아내는 여수에서 샤오미가 보내는 영상을 받아보는 기분이 어떨지 기대가 된다는 얼굴로 나를 바라보고 있었던 것이다. 나는 아내의 말을 듣고 나서야 관찰자에서 피관찰자로 역할과 입장이 바뀌었다는 것을 깨닫게 되었고 잠시 어리둥절한 기분이 들어서 호기심으로 반짝거리는 아내를 빤히 쳐다보기만 했다.

이때 아내의 입가에 미묘한 웃음이 나타났다 사라지는 것 같았다. 하지만 나는 아내의 그런 웃음이 이상하다는 생각을 하지 못했다. 문득 고흥에서 핸드폰으로 아내를 들여다보던 때가 떠올랐기 때문이었다.

"난, 핸드폰으로 무사한 당신을 볼 때마다 안심이 되었어. 그렇게 서로 안심하기 위해 우리가 샤오미를 달아놓았던 거잖아?"

"그래, 그건 그렇지. 근데 생각해보니 그게 다는 아니었던 것 같아. 나는 그랬어. 당신은 나를 볼 수 있지만 나는 당신을 볼 수 없었으니까."

나는 아내의 이 말을 이해할 수 없었다. 아내는 그렇게 내가 이해할 수 없는 말을 해놓고 어떤 설명도 없이 여수로 내려갔다. 정확하게는 여수 근교 어느 시골 학교라고 했지만 나는 그것까지 외우지 못했다. 그것은 내게 그렇게 중요한 정보가 아니었기 때문이다. 아내가 부임하는 곳이 어떤 곳에 있는 학교인가 하는 것이 더 중요한 정보였던 거였다. 그런데 아내가 알려주는 정보는 매우 짤막했다. 마을이 있고 바다가 보이고 학교는 마을 뒷산 중턱에 있는데 작아. 사택은 학교 아래 있고 사택 바로 아랫집에 할머니가 혼자 살아. 나는 거실의 작은 탁자 앞 의자에 앉아 거실 창으로 도로 건너편의 공장 굴뚝을 보며 아내의 이런 전화를 받았다. 그때 연기가 나지 않는 공장 굴뚝 위로 흰 구름이 느리게 흘러가고 있었다.

이렇게 아내와 입장도 바뀌고 역할도 바뀌었지만, 아내가 여수로 내려가고 얼마 동안 나는 퇴근해서 돌아오자마자 샤오미를 보는 것도 괜찮다고 생각했다. 아내가 샤오미를 통해 나를 지켜보고 있다는 생각에 집에 나 혼자 있다는 느낌이 들지 않았던 것이다. 나는 가끔 샤오미를 향해 손을 들어 보이기도 했고 브이자도 만들어 보이기도 했다. 하지만 내가 쑥스러움도 잊고 샤오미 앞에서 이런 행동을 한 것은 옆집 노인에게 아내에 관한 말을 듣기 전까지였다.

그날은 지점의 모든 사원들이 회식을 한 날이었다. 회식 장소는 꽤 유명한 떡갈비 집이었는데 내게는 선짓국이 더 입에 맞았던 곳이었다. 그런데 회식 자리에 참석한 직원 가운데 집에서 출퇴근을 하는 사람은 나뿐이었고 지점장은 대리기사를 불러주겠다고 했지만 나는 저녁을 먹다 말고 회식 자리를 빠져나와야 했다. 선짓국을 절반쯤 비웠을 때 혼자 사는 큰아버지가 돌아가셨다는 전화가 걸려왔기 때문이었다.

나는 한달음에 큰아버지에게 달려갔다. 하지만 큰아버지는 벌써 고가도로 옆의 한 장례식장에 모셔져 있었고 광주에 사는 사촌 형이 장례식장 직원과 장례절차를 의논하고 있었다. 전국에 흩어져 살고 있는 다른 사촌들은 내려오고 있는 중이었다. 나는 사촌 형과 함께 장례절차를 의논한 뒤 아내에게 큰아버지가 돌아가셨다고 전화했다. 그러자 아내는 알았다고 하면서 유산균이 택배로 배달됐다며 빨리 가서 냉장고에 넣어 달라고 했다. 어쩔 수 없이 나는 사촌들을 기다리지 못하고 집으로 달려갔다.

내가 옆집의 아랫집, 그러니까 경로당 앞에 차를 세우고 있을 때 다섯 개들이 멀티 라면봉지를 손에 든 노인이 가까이 다가오고 있었다. 노인은 나이에 비해 건강해 보이는 편이었고 걸음도 빨랐다. 내가 대문 앞에 서기도 전에 뒤에서 발자국 소리가 들린다 싶더니 어느 새 나를 앞질러서 아는 체를 할 정도였다.

"나는 처음 보는 양반인 것 같은데 이 집에 사시오?"

나는 그때까지 노인을 한 번도 본 적이 없었으므로 어정쩡하게 대답했다.

"예, 그렇습니다만······."

그러자 노인은 아리송한 표정으로 고개를 갸웃거렸다. 그리고 혼잣말을 중얼거리고는 여전히 빠른 걸음으로 골목을 올라갔다. 그런 노인의 걸음에 따라 손에 들린 다섯 개들이 멀티 라면봉지가 힘차게 흔들렸다.

"그럼, 얼마 전에 도롯가에서 저 집 아줌마하고 함께 서 있던 남정네는 누구야? 어두워서 분명하진 않았지만 골격이 분명 이 사람과 달랐는데······."

칠십은 넘어 보이는 노인이 들어간 집은 우리 집과 골목 하나를 사이에 두고 있는 옆집이었다. 나는 우리 집 나무 대문 앞에 멈춰 서서 노인이 낡은 녹색 대문 안으로 사라지는 것을 지켜봤다. 그리고 노인의 말이 무슨 말인지 다시 생각했다. 순간 샤오미 앞에서 천진하던 아내가 어느 날부터 시들해지던 것이 떠올랐다. 아내와 함께 도롯가에 서 있던 남자를 노인이 봤다는 것과 아내가 샤오미 앞에서 시들해지던 것이 무슨 상관이냐고 묻는다면 대답할 말은 없었다. 하지만 두 개의 일은 전혀 상관없는 것 같지 않았고 찝찝한 기분은 마당에 들어서서도 풀리지 않았다. 어쩌면 노인이 잘못 봤을지 모른다고 생각하면서도 나는 자꾸 두 개의 일이 상관있을지도 모른다는 생각에 사로잡혔다. 그날 나는 처음으로 샤오미를 의식하지 못했다. 사실은 샤오미를 쳐다볼 여유가 없었다. 나는 노인의 말과 샤오미 앞에서 시들해지던 아내를 생각하느라 여념이 없었던 거였다. 나는 택배를 냉장고에 넣고 난 뒤 셔츠와 바지를 벗어서 거실 바닥에 아무렇게나 던졌고 곧바로 화장실로 들어가서 샤워를 한 다음 맥주 가게로 향했다. 회식 자리에서 마시지 못한 술을 마시기도 해야 했고 술을 마시지 않으면 당장이라도 아내에게 달려갈 것 같았기 때문이었다.

하지만 나는 그날 맥주 가게에 가지 못했다. 군청을 백여 미터 앞둔 이차선 도로의 횡단보도를 건널 때 핸드폰이 울렸고 화면에는 처음 보는 번호가 떠 있었던 것이다. 나는 평소에 낯선 번호의 전화는 잘 받지 않았다. 그런데 그날은 기분이 그랬기 때문인지 무심코 통화 버튼을 누르고 말았다. 그때 나는 낯선 것은 아무것도 가리고 싶지 않은 심정이었던 거였다.

뜻밖에도 낯선 번호의 주인은 고등학교 동창인 B였다. B는 내가 횡단보도를 막 건넌 순간 핸드폰 속에서 여보세요? 하고 나를 불렀다. 나는 횡단보도 앞의 작은 카페 앞에 멈춰 서서 핸드폰을 귀에 바짝 갖다 댔다. 나를 부르는 목소리가 어디서 들어본 것 같았기 때문이었다. 그때 B가 다시 말했다.

"나야, B! 오랜만이야."

그제야 나는 이십여 년 전 남녀공학인 고등학교에 다니던 시절을 기억해낼 수 있었다. 면소재지에 있는 고등학교에 다니던 때 B는 늘 조용하게 책을 읽던 여자아이였다. B가 읽던 『햄릿』과 『안나 카레니나』 같은 책들이 떠오르자 이십 년 만에 갑자기 나에게 전화한 이유가 궁금해졌다. 내 전화번호는 또 어떻게 알았는지도. B는 지난 이십 년간의 안부를 나누자마자 동창들을 수소문해서 내 번호를 알아냈다며 보험을 하나 가입해 달라고 말했다. 순간 나는 이것이 전화로 해도 될 이야기인가 하고 생각했다. 아무리 생각해도 맥주를 마시러 가다 받을 전화는 아닌 것 같았기 때문이다. 나는 B의 부탁을 거절하기 위해 핸드폰을 오른손에서 왼손으로 바꿔 들었다. 그러자 B가 다급하게 말했다.

"지금 당장 가입해 달라는 건 아니야. 필요한 보험이 생기면 그때 연락해 달라고. 이십 년 만에 이런 전화해서 미안해. 그만 끊을게."

B에게 보험을 하게 된 이유를 물어봐야겠다는 생각이 내 머리를 스쳐간 것은 바로 그 순간이었다. 내 기억에 B는 절대 보험을 할 수 있는 성격이 아니었던 것이다. B는 먹고 살기 위해서라고 얼버무렸다. 나는 다시 집이 어디냐고 물었다. B는 강가의 오래된 마을에 살고 있다고 했다. 그곳은 우리 집에서 도보로 십 분쯤 걸리는 곳에 있는 마을이었고 집 앞에 있는 공장을 끼고 남쪽으로 갔다가 다시 동쪽으로 가야 하는 마을은 나도 잘 아는 마을이었다. 나는 군청 앞에서 다시 공장 쪽으로 방향을 바꿨다. 나는 그러는 내가 이해되지 않았다. 하지만 나는 이십 년 만에 걸려온 B의 전화를 받고 아무것도 듣지 못한 것처럼 맥주를 마실 수 없었다. 내가 맥주를 마시러 가려다 B의 마을로 달려간 이유는 이렇게 아무 맥락도 없는 것이었다.

하지만 곰곰이 생각해보니 맥주를 마시러 가다 B에게 간 것이 아주 맥락이 없는 것도 아니었다. 처음에 B의 부탁을 거절하려 했던 것은 첫사랑은 다시 만나지 않는 거라는 법칙 때문이었고, B를 만나러 가야겠다고 생각한 것은 B가 첫사랑이기 때문이었다. 그것도 이십 년 만에 전화해서 보험 하나 가입해 달라고 한 첫사랑이었다. B가 얼버무린 말 속에 상상 이상의 사연이 감춰져 있을 것 같은데 맥주만 마시면서 그런 B를 모른 척할 수 없었다. 그런 내 예상은 틀리지 않았다. B는 두 번의 결혼과 두 번의 이혼을 했고 혼자 강가 마을의 빈집을 얻어 전세를 살고 있었다.

나는 B와 이십 년 만에 다시 만나서 캔 맥주를 여섯 개쯤 안주 없이 마셨고 자정이 다 되어서 집으로 돌아왔다.

아내와 내가 역할도 입장도 완벽하게 바뀌었다는 것을 제대로 깨달은 것은 그 다음 날이었다. 라면으로 쓰린 속을 달래고 있을 때 아내는 전화를 걸어왔고 집에 들어왔다 왜 다시 나갔는지, 어디를 갔는지, 몇 시쯤 돌아왔는지를 시시콜콜 따져 물었다. 나는 라면을 먹다 사레가 들렸고 기침까지 했다. 아내는 기침을 하느라 더듬는 내 말을 믿으려 하지 않았다. 라면을 먹다 사레가 들렸다는 말도 의심했다. 맥주를 마시러 나간 것도 사실이었고 맥주를 마신 것도 사실이었지만 나는 그것을 증명할 수 없었다. 그것은 B 때문이었다. 야심한 시간에 한적한 강가에서 여자 동창생과 맥주를 마신 일은 아무리 해도 아내가 이해해주지 않을 것 같았던 것이다.

했던 말만 몇 번씩 되풀이하던 나는 급기야 아내에게 버럭 화를 내고 말았다.

"당장 저걸 떼 가지고 오늘부터 아예 내 가슴에 달고 다닐까? 그럼, 되겠냐?"

젓가락을 던진 나는 샤오미 앞으로 의자를 끌고 나와서 올라섰다. 그 순간 스피커폰 속에서 아내가 다급하게 고함치는 소리가 들렸다. 그거 떼기만 해봐! 당장 안 내려와? 순간 나는 의자에 올라선 채로 굳어버렸다. 샤오미를 떼고 난 뒤의 후폭풍이 어떤 것일지 아내의 한 마디에 선명하게 떠올랐기 때문이었다. 아내의 명의로 된 집과 제 엄마라면 껌뻑 죽는 두 아들, 후폭풍은 간밤의 일을 증명하지 못한 내게서 아무것도 남기지 않고 모조리 쓸어가 버릴 것이 분명했다.

샤오미를 뗄 수도 없고 그냥 의자를 내려가기도 쪽팔린 나는 샤오미의 렌즈에 오른쪽 눈을 바짝 갖다 댔다. 의도는 한 가지였다. 나는 아내를 놀라게 하고 싶었다. 핸드폰에 비친 내 동공을 보고 소스라치게 하고 싶었던 거였다. 하지만 놀란 사람은 아내가 아니라 나였다. 샤오미의 렌즈 속은 텅 빈 어둠뿐이었던 것이다. 나는 보이지 않는 빛을 품고 있는 그것이 붉은빛을 쏴서 대상을 감지하고 전송한다는 사실이 놀랍기만 했다. 아무것도 없는 것 같지만 대상을 살피는 작고 정밀한 눈이 들어있는 세계, 그것은 알 수 없는 X의 세계였다. 현관문을 열고 들어서는 순간 상대에게 나를 적나라하게 노출시키는 세계, 상대는 나를 볼 수 있지만 나는 상대를 볼 수 없는 세계를 나는 X의 세계라고 부르기로 했다. 그리고 이 X의 세계를 역이용하기로 마음먹었다. 아내의 의혹을 사기 쉬운 것은 X의 세계에 들어서지 않는 시간을 이용하고 X의 세계에서는 보통의 모범적인 남편과 가장 역할을 하는 것이었다. 이 생각을 하자 나는 마음이 어느 정도 진정되는 것 같았고 의자에서 순순히 내려올 수 있었다.

검은 정장 차림의 아내는 늦은 오후에 장례식장으로 왔다. 그리고 큰아버지 영정 앞에 국화꽃을 올리고 절을 한 뒤 상주인 사촌들과 인사를 나누었다. 나는 아내가 큰아버지 영정 앞에 절을 할 때 곁을 지켰고 아내와 마주 앉아 육개장에 밥을 먹었다. 아내는 내가 저지른 일들을 다시 말하지 않았고 저녁을 먹은 뒤 사촌의 아내들, 그러니까 사촌 형수들과 커피를 마시며 이야기를 나누었다. 그리고 우리는 장례식장에서 잠을 자고 큰아버지를 장지까지 배웅해 드린 다음 집으로 돌아왔다.

다음날 아내는 다시 여수로 내려갔다. 나 역시도 직계 가족의 초상을 당한 게 아니라서 아내가 여수로 내려간 날 회사에 출근했다. 그것만 보면 아내와 나는 계속 지속해왔던 일상으로 다시 복귀한 것 같았다. 부부싸움은 칼로 물 베기라는 속담을 증명이라도 하듯 주말을 약속하며 서로 배웅하고 배웅받았던 거였다.

하지만 그것은 겉으로 보기에만 다시 일상으로 복귀한 듯 보이는 모습이었다. 나는 다시 B를 만나기 전의 내가 아니었다. 나는 틈만 나면 B의 이야기를 생각했고 냉소적인 B의 말투를 떠올리곤 했다. 이십 년 만에 만난 B는 이십 년 전의 B와 성격이 전혀 달랐다. 두 번의 결혼과 두 번의 이혼으로 성격이 바뀐 B를 나는 좀처럼 마음에서 떨쳐낼 수 없었다. 어느 날 나는 퇴근하기 전에 B에게 전화해서 보완해야 할 보험이 있다고 했다. B는 무덤덤한 말투로 대답했다. 내가 안 돼 보여서 그런 거라면 됐어. 하지만 나는 보험이 아니면 B를 다시 만날 수 없을 것 같았다. 어떻게든 X가 없는 세계에서 계속 B를 만나고 싶었다. 나는 잠시 B와도 역할과 입장을 바꾸었다. 너는 내가 너처럼 보험을 해달라고 하면 거절할 수 있겠어? 그러자 B는 동창 사이에…… 라는 말에 마지못한 듯 가입 신청서를 내밀었고 나는 한 달 용돈의 절반 정도를 보험에 넣기로 했다. B는 자동이체를 권유했다. 하지만 나는 자동이체를 하지 않겠다고 했다. 누가 봐도 내 의도는 뻔했지만 B는 내 얼굴을 빤히 쳐다보다가 이내 고개를 끄떡였다. 그리고 헤어지기 전에 이렇게 말했다. 정말 고마워. 나는 작은 모닝을 타고 강가의 마을로 돌아가는 B에게 손을 흔들었다. 그때 멀어지는 B의 차 위로

굴다리를 비추고 있는 카메라가 보였다.

　짐 콘웨이의 말이 맞았다. 나는 사춘기였다. 고흥에서 함께 일했던 동료 C의 말도 틀리지 않았다. 나는 제2의 사춘기가 다른 사람보다 늦게 온 것이었다. 그런 나는 B를 만날 때마다 가슴이 설레었다. 누가 첫사랑은 다시 만나서는 안 되는 거라고 했는지 알 수 없을 정도였다.
　그런데 B와 나는 첫사랑 말고도 뜻밖의 공통점이 또 있었다. B도 성냥개비로 집을 만드는 것이 취미였던 것이다. B가 만드는 집은 나보다 수준이 높았다. 나는 B와 만날 때마다 성냥개비로 집을 만들었고 창문이 다섯 개쯤 달린 집을 구석에 밀어놓고 섹스를 했다. 그럴듯한 집을 만들려면 아무리 빨라도 일이 주는 걸렸으므로 우리는 드문드문 만날 수밖에 없었다. B는 헤어질 때 얼마만큼 만들어야 한다는 숙제를 내줬고 나는 어디든 성냥개비를 안고 다니면서 집을 만들었다. 그리고 성냥개비로 집을 만들면서 B와 다시 새로운 삶을 시작하면 어떨까 하는 생각도 잠시 했다.
　B는 두 번째 이혼을 한 뒤부터 집을 만들기 시작했다고 했다. 이렇게 스틱을 다섯 개씩 이어 붙여가며 집을 만들다 보면 내가 두 번이나 결혼에 실패한 사람이라는 것을 잊게 돼. 실제로 근사한 집에서 다시 새로운 삶을 시작할 수 있을 것도 같고. B는 집을 만드는 것만큼 사랑을 하는 것도 열정적이었다. 나는 그런 B가 두 번이나 사랑에 실패했다는 것이 이해되지 않을 정도였다.
　나는 이런 B와의 관계가 오래 지속되리라고 생각했다. 왜냐면 B와 내가 만나는 곳은 X가 없는 세계였고 나는 B와 만나는 시간의 알리바이를 확실하게 증명할 수 있기 때문이었다. 아내는 처음에 성냥개비로 만든 집이 뭔가 했지만 그것이 내가 집에 늦는 이유라는 것을 이내 이해했다. 나는 그런 아내와 X의 세계에서 게임을 하는 것 같았다. 성냥개비로 만든 집이 있는 한 아내에게 패할 리 없는 제로섬의 게임이었다.

하지만 이것이 나 혼자만의 착각이라는 것을 알게 되는 데는 그렇게 긴 시간이 필요하지 않았다. 나는 B를 만난 지 몇 달 만에야 그런 계기는 예기치 않게 찾아온다는 것을 알았다. 그러니까 B의 전화를 받고 나서야 나는 그런 계기를 알게 된 것이었다.

B에게서 전화가 온 것은 화장실을 겸한 욕실에서 샤워를 마치고 나왔을 때였다. 나는 벨 소리가 들리자마자 작은 탁자 위에 놔두었던 핸드폰을 집어 들었고 화면에 떠있는 B의 번호를 보았다. B가 이렇게 먼저 전화한 적은 한 번도 없었으므로 나는 무슨 급한 일이 생긴 모양이라고 생각하며 수신 버튼을 눌렀다.

"있잖아. 지갑을 빠뜨리고 갔는데 어떻게 해?"

핸드폰 너머에서 B는 난처한 듯 당황한 목소리로 말했다. 지갑은 아마도 집을 만들 때 막대 대신 카드로 스틱을 이어붙이기 위해 꺼냈다 잊은 것 같았고 그것이 그렇게 당황할 일도 아니었다. 나는 그런 B가 이해되지 않는다는 듯 웃었다.

"어떻게 하긴? 내가 지금 가지러 가지 뭐. 괜찮아."

그러자 B는 더 당황한 목소리로 말을 더듬었다.

"아니, 그게……. 지갑을 내가 찾은 게 아니라 엄마가 방금 들어오다 발견했거든. 집에 오는 길에 아랫집 아줌마도 만난 모양이고."

이제 당황한 사람은 B가 아니라 내가 되었다.

"아니, 어머니는 왜 이 늦은 시간에 오셨어? 그 아줌마는 또 왜 이 시간까지 잠도 안 자고…….”

　B와 통화하던 나는 이렇게 문득 말을 멈췄다. 내가 거실 탁자 앞, 그러니까 X의 세계에서 B와 통화하고 있다는 사실이 갑자기 떠올랐던 것이다. 하지만 상황은 이미 아무것도 돌이킬 수 없는 상태였다. 늦은 시간, 팬티 차림으로 누군가와 통화하다 당황한 듯 샤오미를 쳐다보는 내 모습은 실시간으로 아내에게 전송되고 있었던 것이다.

　나는 X의 사각지대로 들어가기 위해 재빨리 몸을 돌렸다. 순간 내 몸에 부딪친 탁자에서 성냥개비로 만든 집이 떨어지려고 하는 것이 눈에 들어왔다. 나는 재빨리 성냥개비로 만든 집을 받았다. 이런 내 모습도 아내에게 그대로 전송되고 있었다.

　핸드폰에서는 B가 계속 여보세요? 하고 나를 부르는 소리가 들렸다.

제13회 현진건문학상 추천작

소란

이은정

약 력

경남 진주 출생.
2018년 삶의향기 동서문학상 대상을 수상하고
《월간문학》 등단으로 활동을 시작했다.
2020년 아르코문학창작기금에 선정됐다.
소설집 『완벽하게 헤어지는 방법』, 산문집 『쓰는 사람, 이은정』, 『눈물이 마르는 시간』이 있다.

　박스를 정리하다가 손가락을 베었다. 순식간에 날카로운 통증이 덮쳤고 반듯하게 솟구치는 혈흔을 따라 일 센티미터가량의 상처가 피어올랐다. 나는 베인 손가락을 입에 물고 왜 이 짓을 하게 되었는지 생각하다가 와락 짜증이 났다. 그간 누구라도 부러 찾지 않았던 이 집에 누군가가 방문한다는 것 자체가 내겐 스트레스였다. 박스는 한 달에 한 번 이웃집 할머니가 정리해 갔는데 굳이 내 손으로 해야 했던 원인이랄 건, 소란이었다.
　집 안으로 들어와 상처에 연고를 바르고 손가락에 밴드를 감았다. 아린 통증은 여전히 계속되었다. 이 손으로 음식을 하기란 무리였다. 나는 부엌 싱크대 위에 잔뜩 부려놓은 식자재를 망연히 쳐다보다가 하나하나 냉장고에 집어넣었다. 밥은 무슨. 소란이 뭐라고. 멀끔해진 싱크대를 돌아 나오다가 원두 정도는 내려놓을까 싶어서 잠시 망설였지만, 굳이 원두씩이나 준비할 필요가 있나 싶었다. 낡은 찬장 아래쪽에 가득 차 있는 맥심 화이트 커피믹스를 뚫어지게 쳐다보았다. 저거면 되지.
　청소기를 돌리기 위해 창문을 열었더니 흙먼지가 훅 들이닥쳤다. 모든 게 불편했지만 깨끗한 공기 하나는 만족인 동네였는데 언제부턴가 흙먼지가 날아들기 시작했다. 마을에서 내려가는 도로 왼편에 고층아파트가 시공되면서부터였다. 작고 가벼운 것들은 하염없이 위로만 오르는 법이니 산허리에서 날리는 흙먼지는 고스란히 위쪽 마을로 침입했다. 우리 집은 갈숲마을의 가장 꼭대기에 있었다. 하는 수 없이 창문을 닫고 청소기를 돌렸다. 청소기 필터 창이 금세 황토색으로 오염되었다. 찌든 때가 눌어붙은 걸레에 물을 묻혀 바닥을 닦았다. 손가락은 계속 저릿했다.

소란을 다시 만난 건 희명 선배의 북카페에서였다. 심학산 아래에 자리한 선배의 북카페에서 선배의 세 번째 출간을 기념하는 조촐한 모임이 있었다. 나는 선배가 책을 낼 때마다 참석했으므로 그날이 세 번째였는데, 소란이 오리라곤 전혀 예상하지 못했다. 당시 참석한 사람들 대부분이 자주 연락하는 대학 동기나 선후배였고 소수의 동종 업계 종사자였으므로 소란의 등장은 상당히 의외였다. 소란은 집을 알아보기 위해 파주에 들렀다가 우연히 알게 되었다고 했다. 선배와 나는 고향이 파주였지만 소란은 파주에 아무런 연고가 없었다. 어쨌거나 초대받지 않은, 십오 년 전에 일방적으로 연락을 끊어버린 그녀는 환영받지 못했다.

선배는 소란을 보자 벌어지지 않는 썩은 조개처럼 입을 닫아버렸다. 아무런 말도 없이 갑자기 사라졌던 소란 때문에 선배는 긴 시간 괴로워했었다. 소란이 결혼했다는 소문이 돌자 선배는 서울을 떠나 파주 본가로 돌아왔다. 낮에는 부모님 농사를 돕고 밤에는 소설을 쓰다가 낮에는 북카페를 운영하고 밤에는 소설을 쓰는 삶으로 옮겨갔다. 나는 선배와 가끔 만나 커피를 마시거나 선배네 집에서 밥을 얻어먹기도 했지만, 우리의 대화에 소란이 등장한 적은 단 한 번도 없었다. 그런 선배의 모든 책 첫 장에는 R이라는 알파벳이 어떤 패턴도 없이 한 페이지 가득 들어차 있었다. 나는 의미를 알고 있었고 그게 선배만의 방식이라는 걸 인정해야 했다. 내가 선배와 커피나 식사 따위만 함께 나눈 이유이기도 했다.

소란이 희명 선배를 보며 반갑게 인사를 건네자 희명 선배와 친한 몇몇 선배들이 미간을 찌푸리며 자리를 떴다. 그럴 만했고, 그럴 만하다는 것을 소란도 모를 리 없었다. 자신의 등장이 어떤 분위기를 자아낼지에 대해 예상하지 못할 만큼 눈치 없는 아이는 아니었다. 그런 소란이 일부러 찾아온 걸 보면 분명 어떤 의도가 있을 것 같았지만, 그 누구도 소란에게 묻지 않았다. 희명 선배도 마찬가지였다. 침묵하는 선배의 표정에서 나는 묘한 예감이 들었다. 선배의 다음 책에서는 R을 볼 수 없을 것 같다는, 근거 없는 기운.

소란도 나도 글 쓰는 일이나 작가가 되겠다는 목표에 애달파하지 않았다. 그건 졸업 전에도 후에도 마찬가지였다. 우리는 그저 책이 좋아서 책을 읽었고 읽다 보니 글을 썼고 그게 길인가 싶어서 책 보고 글 쓰는 학과에 진학했을 뿐이었다. 글을 꿈으로 만들 만큼 우린 순수하지 않았다. 우리의 학창 시절은 어떤 열정이나 해프닝 따위도 없었다. 그래서 추억 비슷한 것도 없다. 소란은 책을 읽으면서 연애를 했고 나는 대필을 쓰면서 돈을 벌다가 소란은 몰래 결혼했고 나는 용케 졸업했을 뿐. 소란이 결혼과 동시에 연락을 끊은 것도 사실 큰 실망이랄 수 없을 만큼 우리 사이는 그저 그랬다. 지금의 소란은 서른여덟에 걸맞은 품위를 유지할 만해 보였지만 나는 여전히 대필이나 하며 근근이 살아가고 있다는 사실에서 틈이 벌어졌는데, 소란과 비교하면 내 삶은 제자리에서 맴도는 것 같아 왼쪽 속눈썹 주위가 시근시근했다.

그날 소란은 본인이 먼저 차단해버린 사람들의 연락처를 모두 받아갔다. 그들이 순순히 연락처를 건넨 이유에 소란이 타고 온 외제차나 소란이 들고 있던 가방의 영향이 없었다고는 못할 일이었다. 며칠이 지난 후 소란은 내게 전화를 걸었고 나는 손가락을 베었다. 몇 개월 동안 안부만 물어오던 소란은 뜬금없이 파주에 가야 할 일정이 생겼다고 했다. 괜찮으면 우리 집에 커피 한 잔 마시러 가도 되냐고 물었고 불편하면 밖에서 만나도 좋다는 말을 덧붙였다. 그때 나는 처음으로 내가 사는 집을 객관적으로 둘러보았다. 삼십 년 넘은 흙집을 개조하면서 지붕을 새로 얹고 툇마루에 기둥을 박아 하얀 섀시를 단 우리 집의 외관을. 움직일 때마다 집 안에 소음을 가득 채우는 미닫이문과 어디에도 고르지 못한 바닥의 장판을 바라보다가 세면대가 없는 화장실을 떠올렸다. 소란이 처음부터 밖에서 만나자고 했더라면 굳이 집에 오라고 하지는 않았을 테지만, '불편하면'이라는 조항이 붙자 나는 집으로 와도 좋다고 말했다. 네가 '불편하지 않다면' 와도 좋다고.

담 너머에서 차 소리가 들렸다. 이윽고 전화벨이 울렸지만 나는 전화를 받지 않고 대문 밖으로 나갔다. 고급 SUV 차량 옆에 전화기를 들고 두리번거리는 소란이 보였다. 정강이까지 내려오는 기다란 살구색 시폰 원피스에 검은 재킷을 걸친 소란이 손을 흔들었다. 탐스러운 갈색 머리카락이 치맛자락과 같은 방향으로 나부끼고 있었고 소란의 선글라스는 봄빛을 차단하느라 요리조리 반짝이고 있었다. 보풀투성이 추리닝과 삼선 슬리퍼가 그녀를 바라보았다. 나도 마지못해 손을 흔들었다. 소란은 차 뒷문을 열어 두루마리 화장지 세트를 빼낸 후 총총거리며 걸어왔다. 잠시 후 그녀의 자동차에서 우리의 재회를 알리는 팡파르가 터졌다.

대문 안으로 들어선 소란은 대문 옆에 놓인 맷돌처럼 한동안 가만히 서 있기만 했다. 소란의 표정은 호기심이나 놀라움 따위로 가득 차 있었다. 움직임을 감지하는 최신식 카메라처럼 고개를 요리조리 돌리면서 집 정경을 둘러보았다. 봐봐야 가까이는 온통 나무나 풀떼기가 전부고 멀리 보아도 죄다 숲인 전형적인 산골 마을이었다. 소란은 마당 여기저기, 텃밭 이곳저곳을 왔다 갔다 하며 '우와'를 연발하다가 내 쪽으로 돌아왔다.

"진짜 여기 사는 거야?"

소란은 내 삶이 거짓인 것처럼 물었다.

"초라하지? 이렇게 살아."

나는 그녀가 듣고 싶어 할만한 대답을 했다. 내가 내 가난을 인정하는 것, 내가 먼저 내 삶을 초라하다고 규정해버리는 쪽이 대체로 상대를 편하게 한다는 것을 알고 있었다. 대개 이런 집에 와서 딱히 할 말을 찾지 못하고 표정 관리조차 안 되는 사람들을 위해 내가 선수를 치면 그들은 그제야 마음 놓고 어떤 말이든 지껄였다. 아, 본인도 아는구나, 싶어서 편하게. '진짜 여기 사는 거야?'라는 말은 '어떻게 이런 데서 살아?'라는 뜻이라는 것쯤은 나도 알고 있었다. '초라하지?'라고 대답한 맥락은 나도 아니까 편하게 말하라는 뜻이었다. 소란은 그저 씩 웃기만 했다. 여전히 예뻤다.

우리는 집 안으로 들어섰다. 중앙에 박힌 커다란 나무 기둥이 가뜩이나 좁은 마루에서 동선을 방해하고 있었다. 소란은 그 나무 기둥을 손으로 쓸어내리며 신기하게 쳐다보았다. 나는 마루 한쪽에 깔아놓은 카펫 위에 붉은 교자상을 펼쳤다. 소란은 치마를 살짝 들어 곱게 앉으며 서까래와 대들보를 올려다보느라 고개를 꺾었다. 나는 부엌으로 가 맥심 화이트골드 두 잔을 내어오며 말했다.

"이런 것밖에 없네."

잔을 받아든 소란은 빙그레 웃으며 대답했다.

"이런 커피 진짜 오랜만이다! 잔도 너무 특이해."

'이런' 커피가 어울리는 이런 집에서는 굳이 원두를 갈거나 비싼 커피잔을 내어오는 것은 손님의 기대에 반하는 일일 것이다. 개 발에 편자. 나부터도 그렇게 생각하니까. 억지로 가난을 숨기거나 소품 따위로 포장하는 것처럼 보이고 싶지 않았다. 오래되어 색이 바랜 토기 잔 정도라면 알맞지 싶어 꺼내 놓았던 참이었다. 평소에 내가 원두를 즐겨 먹든 아니든 내 취향도 타인에겐 상관없었다. 오히려 원래의 참모습을 위선으로 보는 시선들로부터 나는 자유로워지고 싶었다. 그저 눈에 보이는 대로 인정해버리면 편한 것이 삶이었다.

소란은 잿빛 선글라스를 벗어 상 위에 올려놓았다. 예나 지금이나 예쁘다는 단어와 잘 어울리는 여자였다.

"어떻게 지냈어?"

소란이 물었다. 나는 어디서부터 얘기해야 할지 난감했다. 우린 십오 년 전에 헤어졌고 소식이 끊겼으므로, 십오 년 동안의 지냄에 대해 압축하기란 여간 어려운 일이 아니었다.

"그냥 뭐."

이럴 때 가장 유용하게 쓰이는 단어, 그냥.

"아직 혼자야? 결혼은?"

내가 두루뭉술하게 대답한 때문에 소란이 구체적인 질문을 하기 시작했다.

"했었지."

그 말에는 이혼 혹은 사별의 뜻과 함께 상처를 품고 있으므로 그만 물어보라는 뜻이었지만, 사람들은 대체로 모르거나 모른 척했고 백 프로 이혼 쪽일 거라 단정했다. 소란도 예외는 아니었다.

"어머. 진짜? 이혼했어? 왜? 애는?"

한꺼번에 쏟아지는 여러 질문에 대처하는 방법도 나는 알고 있었다. 마지막 질문에만 답을 하고 마는 것이다. "애는 없어."

그러면 보통 앞의 질문들은 묻히기 일쑤였는데, 소란은 달랐다.

"왜? 왜 이혼했어?"

나는 또 적당한 대답을 했다.

"그냥 뭐."

반면에 나는 소란에 관해 묻지 않았다. 대학 시절 소란은 지금처럼 예뻤고 지금보다 어려서 인기가 많았다. 소문에 불과했지만, 졸업 전에 결혼한 것도 큰 이슈였다. 지금쯤 애가 중학생이 되었을까. 보아하니 사는 형편도 괜찮은 듯하고 그래서인지 궁금한 것도 없었다. 제 나이에 필요한 것을 다 가진 것 같은 사람에게 아무것도 가지지 못한 사람이 궁금해할 일은 아무것도 없었다. 스물세 살에 헤어져서 서른여덟에 다시 만난 대학 동창끼리 굳이 설명하지 않아도 너무나 확연하게 드러나는 서로의 형편. 너는 묻고 나는 묻지 않는 서로의 지나간 시간. 그 틈이 황황히 벌어지고 있었다. 그런데 소란이 뜬금없는 고백을 했다.

"나도 이혼했었어."

내가 놀라지도 않고 아무런 대답도 하지 않은 채 커피만 훌쩍거리자 또 하나의 고백이 날아들었다.

"두 번."

나는 그저 고개만 끄덕였다. 아무 말도 하지 않는 것은 내 나름의 예의였다. 나도 한 번 겪은 일이라 짐작할만한 시련이었으므로. 세상에 아름다운 이별은 존재하지 않는다는 것을 너무나 잘 알기에. 때론 좋은 의도의 위로일지라도 받는 사람에겐 가시가 될 수 있다는 것 또한 숱하게 겪어 알고 있었다. 이런 상황에서는 침묵만이 내가 아는 유일한 배려였다. 나는 바닥이 드러난 커피잔을 입에서 떼지 않았고 소란은 더 고백할 게 없어 보였다.

소란은 정말 커피만 마시러 온 사람처럼 잔만 비우고 일어섰다. 소란을 배웅하기 위해 함께 대문 밖으로 나서는데 거센 흙먼지가 훅 불어닥쳤다. 소란의 치마가 허벅지까지 펄럭이며 맨살이 드러났다. 가뜩이나 사는 집도 남루한데 흙먼지를 뒤집어쓴 채 치마를 부여잡는 소란에게 약간 민망해졌다. 그래서 화풀이 하듯이 말했다.

"올라오다가 봤지? 아파트 공사하는 거? 그거 때문에 이 지경이야. 도대체 왜 산을 깎아서 아파트를 짓나 몰라. 분양 안 되는 아파트가 천진데."

내 말에 소란이 선글라스를 쓰며 말했다.

"저 아파트 완판이야. 전망 하나는 죽이거든."

"어떻게 알아?"

"파주에 집 알아보러 왔었다고 했잖아."

"사실이었어?"

나는 소란이 희명 선배를 만나려고 일부러 찾아온 줄 알았다. 모두가 그랬다. 단톡방에서는 그날 소란의 등장에 대해 열띤 추측이 펼쳐졌었다. 이혼하고 오지 않았을까, 살 만해져서 염장 지르러 왔겠지, 집을 알아보러 왔다는 뻔한 거짓말을 눈도 깜짝 안 하고 하더라, 강남에 사는 애가 미쳤다고 파주에 집을 보러 오겠냐.

"사실, 너와 희명 선배가 파주에 있다는 것도 몰랐어. 진짜 집을 보러 온 거였어."

"아닐 거라고 생각했어. 우린, 아니 난……."

소란은 자신에 대해 떠도는 소문 따위엔 신경 쓰지 않는다는 듯, 그날 자신은 분명히 사실 그대로 말했지만 그럼에도 다르게 떠들 테면 얼마든지 떠들라는 듯 나긋하고 담박하게 말했다.

"커피 잘 마셨어."

소란의 차는 산등성이 아래로 사라졌다. 소란이 다녀간 뒤로 아파트를 볼 때마다 그녀가 떠올랐다.

소란이 예고 없이 불쑥 찾아온 건 일요일 밤이었다. 종일 비가 내렸고 나는 새로운 대필 계약을 하고 온 참이었다. 먹다 남은 싸구려 와인과 샌드위치용 치즈를 들고 처마 밑에 앉아 있었다. 다행히 외로움을 잘 타지 않는 나는 비 오는 날 혼자 마시는 술이 그리 처량하지 않았다. 치즈에 붙은 비닐을 떼어내면서 차 소리를 들었지만 방문할 사람이 없으니 신경 쓸 이유도 없었다. 나는 와인을 마시며 빗소리를 들었는지 내리는 비를 바라보며 와인을 마셨는지 아무튼 그런 상태였다. 먼발치에서 어렴풋이 여자 목소리가 들렸다. 달이 가장 가깝게 보인다는 산꼭대기 갈숲마을에서, 그것도 비 오는 날 밤에 여자 목소리가 들리는 건 섬뜩한 일이었다.

"수진아."

심지어 내 이름을 부르고 있었다. 하마터면 얇은 와인 잔이 구겨질 뻔했다.

벌떡 일어나 대문 쪽으로 다가갔다. 소란이 우산도 없이 서 있었다.

나는 서둘러 대문을 열었고 처마 밑으로 재빠르게 들어선 소란은 무언가 잔뜩 들어 있는 봉지를 내려놓으며 옷자락에 묻은 빗물을 털어냈다. 나는 그녀를 빤히 쳐다보았다. 입을 반쯤 벌리고 있었는지도 모른다. 그녀의 방문이 몹시 무례하게 느껴졌다.
"어쩐 일이야? 연락도 없이?"
퉁명한 내 물음에 소란은 애교 띤 목소리로 말했다.
"나 추워."
나는 일단 소란을 집 안으로 들이고 새 수건을 건넨 후 보일러를 틀었다. 사월 말이었지만 여름이 오기 전까지는 춥거나 서늘한 것이 산동네였고, 밤비가 내리면 초겨울이나 다름없었다.
"나 하루만 재워주면 안 돼?"
연이어 강타하는 무례함에도 나는 섣부르게 대답할 수 없었다. 가정 있는 여자가 주말 밤에 술을 사 들고 데면데면한 친구의 집에 사전 허락도 없이 들이닥쳤다면 그냥 간다고 해도 그냥 보내면 안 되는 상황이었다. 소란이 출발한 길이 서울이었다면 더욱 그랬다.
"뭐, 너만 불편하지 않다면."
"그럴 줄 알았어. 저녁은 먹었어?"
식사를 운운할 시간은 아니었다. 소란은 머리카락의 수분을 닦아내던 수건을 내게 건넨 후 상 위에 이것저것 부려놓았다. 소주 세 병, 맥주 다섯 캔, 편의점 닭다리, 마른오징어, 사발면, 새우깡, 콘치즈……. 그러다 물었다. 전자레인지는 있냐고. 뭘 모른다는 듯 나는 대답했다. 혼자 사는 사람들의 집에는 가스레인지는 없어도 전자레인지는 있다고.
나는 닭다리와 콘치즈를 전자레인지에 넣고 데웠다. 간단히 와인

한 잔 마시려다가 졸지에 소주를 먹게 되었다. 소주를 피한 이유는 특별하지 않았다. 안주가 필요해서이기도 했고 적당한 안주를 곁들여 소주를 마시고 나면 부른 배로 인해 작업을 못하는 상황이 부지기수였다. 비 오는 봄밤, 갈숲마을의 흙집 처마 아래서 소주를 마시는 건 너무나 제격이어서 취하기에 십상이었다. 그러나 어차피 소주를 먹어야 할 날인가 보았다.

소란은 온종일 굶은 사람처럼 채 익지도 않은 사발면을 급하게 먹으며 틈틈이 건배를 제의했다. 나는 그녀가 느닷없이 들이닥친 이유에 대해, 심지어 자고 가겠다고 한 이유에 관해 묻지 않았고 앞으로 이런 무례한 방문을 자제해 달라는 말도 아직 하지 않았다. 어차피 내가 묻지 않은 말은 소란이 밤새 다 털어놓을 일이었고 내가 아직 하지 않은 말은 소란의 말을 먼저 듣고 해도 늦지 않을 것이었다. 말이란 건 주먹질과는 달라, 먼저 치는 사람이 항상 불리하다는 걸 나는 알고 있었다. 봄을 동반한 빗방울은 점점 거세어졌다. 무엇이든 응집되었다가 터지는 것들은 아량이 없었다. 겨우내 얼었던 하늘이 회포 풀 듯 밤새 비를 뿌릴 모양이었다. 소주를 마시기엔 더없이 환영받을 날씨였다.

허기를 어느 정도 채운 것 같은 소란은 본격적으로 술을 마시기 시작했고 그녀의 말은 쪼록쪼록 내리는 빗물처럼 작지만 일정한 속도로 이어졌다. 소란은 이 밤 안에 처리할 말들이 너무 많다는 듯이 십오 년의 시간을 쉬지 않고 떠들었다.

"난 희명 선배를 버린 게 아니야."

소란이 이렇게 말했을 때 나는 조금 화가 나려고 했다. 의도한 것이든 아니듯 결과가 그렇고 누군가의 인생을 조각나게 해 버렸다면, 그렇게 명백하게 말하면 안 되는 거였다.

"그 말에는 어폐가 있어. 어쨌든 말없이 떠난 건 너였고 버려진 건 선배였으니까."

소란은 앙다문 입술을 양옆으로 길게 찢었다. 잘 익은 복숭아처럼 발그레한 볼이 볼록 튀어나왔다. 솔직히 말하면 소란이 희명 선배에 대해 하는 말을 듣고 싶지 않았다. 소란의 십오 년은 알지 못하지만 희명 선배의 십오 년이 어땠는지는 잘 알기 때문에 그녀가 어떤 말을 해도 변명일 수밖에 없다고 생각했다.

"동우 알지? 길동우."

길동우. 그에 대해서는 모르는 게 더 이상했다. 길동우로 말할 것 같으면 하루도 빠짐없이 소란에게 구애를 펼쳤던, 그것도 대부분 공개적이고 대범하고 집요해서 때론 두려움마저 들게 했던 공과대 신입생이었다. 희명 선배 이하 여러 선배가 숱한 경고를 하고 겁을 줬음에도 불구하고 그는 소란을 포기하지 않았다. 소란은 길동우가 싫었다. 단순히 친구로도 싫었다. 길동우가 싫어서 희명 선배와 사귄 건 아니었지만, 희명 선배를 사귀게 되면서 길동우의 행방이 묘연해진 효과는 분명 있었다. 뜬금없이 길동우라니.

"알지. 갠 왜?"

소란은 넘칠 듯 말 듯 한 소주잔을 입안으로 훅 털어 넣었다. 소란은 나뭇가지에 부딪힌 빗방울이 부서지는 일상처럼 대수롭지 않은 표정으로 무서운 단어들을 내뱉었다.

"날 너무 사랑해서 그랬다고 했어. 너도 알다시피 난 가족이 없잖아. 이미 생긴 아이를 포기할 수는 없었어. 시작이야 어찌 됐건 가족을 만들고 싶었어. 그런데 결혼하고 나니까 때리더라. 그동안 자신을 받아주지 않은 걸 들먹이며 계속 때렸어."

"경찰에 신고하고 빠져나왔어야지. 너 바보야?"

"다들 그렇게 쉽게 말하지. 가정폭력의 늪을 너는 몰라. 친정이 없는 여자의 막막함도……."

나는 차마 입을 뗄 수가 없었다. 침묵조차 두려웠다. 그것은 지금껏 내가 겪어보지 못한 공포였다. 대학에 입학했을 무렵이었나. 외동딸이었던 소란은 연쇄 충돌 사고로 부모님을 잃었다. 그래서 소란이 갑자기 사라졌을 때, 누군가에게 연락해서 알아볼 방법은 없었다. 가족이 없는 사람은 그저 사라지면 끝이었다. 소란은 모두에게서 한순간 끝난 사람이었다.

"유산하면서 불임이 됐어. 그는 더 난폭해졌고."

소란은 치마를 들쳐 오른쪽 허벅지를 보여주었다. 새하얀 허벅지에는 흉측하고 선명한 흉터가 고스란히 남아 있었다. 상해죄로 일 년. 고작 일 년. 그마저도 지속적인 폭행 사실이 인정되어 실형을 받았다. 소란은 그가 출소해서 자신에게 찾아와 해코지할 것이 두려워서 계속 이사를 했다고 말했다. 아무런 죄도 짓지 않은 여자가 도망 다니지 않고 살기 위해 선택한 것이 재혼이었다. 두 번째 남편은 소란이 불임인 것까지 모두 이해하고 받아주었지만, 다른 여자의 몸에 생명을 부려놓았다. 소란은 바람피운 남편을 향한 배신이나 증오보다는 그의 아이를 낳아줄 수 없는 죄책감과 미안함이 더 컸다고 했다. 자신만 빠지면 완벽한 가족이 되는 거 아니겠냐고 말하는 소란의 얼굴은 담담해 보였다. 길동우가 자신을 찾고 있다는 사실을 알게 된 소란은 방법을 찾기 위해 변호사를 만났다. 그는 소란을 필요 이상으로 도와주었다. 그가 세 번째 남편이 되었다. 아이가 둘 딸린 지금의 남편을 만난 후

엔 길동우 때문에 불안한 일이 없었다고 했다. 무엇보다 출산에 대한 강박이나 죄책감 따위에서 벗어날 수 있었고 그토록 갖고 싶었으나 결국 가지지 못한 자식이 둘이나 생겨서 너무 좋았다고 말했다. 대형 법무법인에서 일한다는 남편은 나이가 많긴 하지만 부족한 것 없는 남자라고 소란은 설명했다.

소란의 십오 년을 듣는 동안 나는 빠르게 술잔을 비웠다. 소란의 잘못은 무엇이었을지, 과연 소란이 잘못한 게 있기나 한 것인지 자꾸 생각하게 되었다. 희명 선배를 버린 게 아니었다는 말에는 여전히 동의하고 싶지 않았다. 그 말이 맞는다손 친다면 버림받지도 않은 희명 선배는 왜 그렇게 힘든 십오 년을 보내야 했을까. 그건 선배 탓이었을까. 도대체 잘못은 누가 한 것일까. 왜 상처를 준 사람은 없고 받은 사람만 생겨난 것일까. 나는 소란의 십오 년을 들으며 희명 선배의 십오 년을 생각하고 있었다. 선배에게 하고 싶은 말은 입도 떼지 못한 채 주위만 맴돌아야 했던 나의 십오 년도 함께 있었다.

"그래도 다행이네. 지금은 행복해 보여서."

그렇게 말하고 나는 후회했다. 행복해 보이는 소란에 대해 나는 정확히 알지 못한다는 것을, 왜 소란이 행복해 보이는 건지 설명할 수 없다는 것을 말한 후 떠올렸다. 소란은 내뱉고 후회하는 내 심중을 알아챈 듯했지만 별다른 반응을 보이지는 않았다. 어쩌면 진짜 행복한지도 모를 일이었다. 아니, 행복해 보이는 것만도 어딘가 싶기도 했다. 그러다 돌연 내가 자꾸 행복에 집착하고 있다는 것을 깨달았다. 소란을 만나기 전에는 삶의 정의에 제법 태연한 편이었는데 소란과 마주 앉은 지금 소란의 불행했던 과거를 들은 후 나는 자꾸 행복에 집착하고 있었다. 한동안 술만 들이켜던 소란은 주섬주섬 가방을 뒤지더니 담배와 라이터를 꺼냈다. 나는 소란의 말을 끊을 수 없어서 붙들고 있던 오줌보를 해결하기 위해 화장실로 갔고 그사이 소란은 마당에서 담배를 피웠다.

"할 거 다 하네?"

내가 농담을 던지자 돌아와 자리에 앉던 소란이 소란스럽게 웃었다. 예쁜 소란에게서 매캐한 담배 냄새가 났다. 소란은 다시 잔에 소주를 따랐고 우린 의미 없는 짠을 계속했고 점점 취했다. 술기가 오를수록 지붕에 부딪히는 빗방울 소리는 처량하거나 공허하거나 슬펐다. 부딪히는 것은 거개가 그런 단어를 품고 있었다. 엉기지 못하고 분해되거나 부서지는 것들. 말하자면 이별 혹은 이혼 같은 것.

"나는 그냥 했어, 이혼. 행복하지 않아서. 앞으로도 행복할 자신이 없어서. 근데 생각해보니까 결혼할 때도 그랬던 것 같아. 혼자가 행복하지 않아서 결혼했는데 함께여도 행복하진 않더라. 그건 그 사람도 마찬가지였어. 그냥 연애하다가 나이를 먹었고 함께 보낸 세월에 책임지듯 결혼한 것 같아. 그거야말로 무책임인데……. 우린 둘 다 가난했고 둘 다 열정이 없었고 둘 다 변하지 않아서, 쉽게 합의했어. 그래서 이러고 살아. 예전처럼."

내 말이 끝나자 소란은 한참 뒤에야 입을 열었다.

"좋겠다."

내가 이혼한 일이 뜬금없는 부러움을 불러왔을 리 없고 비아냥이라고 말하기엔 소란의 표정이 실없지가 않았다.

"혼자여도 괜찮아서 좋겠다고. 얼마든지 누군가가 있으니까. 좋겠다고."

"너한테도 지금은 가족이 있잖아. 혼자가 아니잖아."

내 말에 소란이 소리 없이 웃었다.

"어떤 인연이 깨지고 나면 언제든 품어줄 사람들이 있는 사람. 그래서 타인과의 관계에 매몰되지 않고 자신에게 집중할 수 있는 사람. 그런 사람이 제일 부러워."

소란의 말이 이해되지 않는 건 아니었지만, 부모나 형제가 있다고 해서 이혼이 쉽거나 당당한 건 아니니 함부로 정의하지 말라고 말해주고 싶었다. 가정폭력이나 외도 같이 커다란 계기 없이 조용히 헤어졌다고 해서 이혼이 아프지 않은 사람은 없다는 것도 알려주고 싶었다. 어느 날 갑자기 바람 빠진 풍선처럼 사랑이 훅 빠져나간 느낌, 메마른 집 안에서 꾸역꾸역 마주하며 살아가다가 그 사실을 인지하고 이별하기까지 침잠하는 시간의 무게를 너는 아느냐고 묻고 싶었다. 그러나 오늘 내가 들은 소란의 삶은 너무 버거운 것이어서 그 말들을 차마 할 수가 없었다.

소란은 내 눈치를 보는 듯했다. 아마도 할 말은 많지만 하지 않겠다는 내 마음이 표정에 드러났을 것이다. 가만히 눈동자만 굴리던 소란은 핸드폰을 집어 들었고 나는 오징어를 씹었다. 핸드폰으로 뭔가 찾기 시작하는 소란의 얼굴이 십오 년 동안의 삶을 고백할 때보다 더 슬퍼 보였다. 한참을 뒤지던 소란은 내게 전화기를 건넨 후 술을 마셨다. 나는 소란이 건넨 핸드폰을 들여다보았다. 딱 봐도 소란임을 알만한 여자의 뒷모습이 찍힌 사진, 그 위에 놀랄만한 문구들이 해시 기호와 함께 나열된.

#다리잘벌려 #그덕에세번결혼 #꼴에엄마래 #임신도못하는게 #여자냐남자냐

미처 다 씹지 못한 오징어가 목구멍에 탁 걸려 받은기침이 쏟아져 나왔다. 기침을 하면서도 화면에서 눈을 떼지 못했다. 나는 그 게시물을 기준으로 화면을 위아래로 훑었는데 손가락이 몹시 아렸다. 며칠 전에 박스에 벤 손가락이 갑자기 욱신거리면서 다른 손가락들도 일제히 아리기 시작했다. 범인은 세 번째 남편의 아이들이었다. 차마 보기 힘든 심각한 사진은 하나가 아니었다. 나는 이 아이들과 한집에 살고 있을 소란을 쳐다보았다. 슬픔을 머금고도 여전히 예쁜 소란에게 물었다.

"도대체 어떻게 견디는 거야?"

소란이 전화기를 돌려받으며 말했다.

"그냥 살아져. 세상에 완벽한 불행은 없거든. 깜깜한 불행 안에 틀어박혀 보니까 구멍이 다 있더라고. 빠져나갈 구멍. 살 수 있는 구멍. 그걸 찾는 것도 내 몫의 삶인 거야."

억지로 태연한 척하는 것 같진 않았다. 그래서 놀라지 않을 수 없었다. 그 모든 일을 겪은 여자로 보이지 않았을 뿐더러 이처럼 대단한 미립이 트일 만한 아이는 아니었다. 갈숲마을에서 술까지 마셨다면 자신이 겪어온 시련과 불행을 고백하면서 응당 눈물 정도는 따라 나와야 마땅한 상황이었다. 곡을 해도 이상하지 않았다. 심지어 슬레이트 지붕을 두드리는 저 처량한 빗소리가 들리는 밤이 아닌가. 도대체 소란은 왜 저렇게 단단해졌을까.

나는 담배와 라이터를 들고 밖으로 나가는 소란을 따라갔다. 소란은 멀쩡한 의자를 두고 처마 밑에 웅크리고 앉아 담배에 불을 붙였다. 나도 그 옆에 쪼그리고 앉았다. 빗소리는 언제 들어도 신나지 않는다. 그나마 이 비 덕분에 당분간 흙먼지는 날리지 않을 것이다. 완판이라던 공사 중인 아파트가 생각났다.

"그럼 진짜 파주로 이사 오는 거야? 아파트로?"

"집을 알아보는 건 그냥 습관 같은 거야. 살기 위해 굳어진 습관 같은 거."

소란의 담배 연기는 빗줄기 사이로 잘도 빠져나갔다. 빗방울이 담배 연기를 뚫고 지나갔지만 연기를 없애지는 못했다. 아주 단단하거나 차라리 아주 약해야 함부로 뚫리지 않는 거였다. 나뭇가지를 건드린 후 바닥으로 떨어지는 빗방울은 규칙도 없이 사방으로 튀었다. 어디로 튈지 모르는 인생같이, 제멋대로. 십오 년 전의 소란은 주량이 약해서 맥주 한 잔에도 취했고 담배도 피우지 않았다. 인생은 너무나 제각각이라서 타인의 인생을 함부로 예상하고 규정하는 것은 무례하거나 바보 같은 일이었다. 고인 빗물에 담배꽁초를 짓이기던 소란이 일어서며 말했다.

"이 맛에 여기 사는구나."

"나는 담배 안 피우는데?"

"그 맛 말고."

우리는 잠시 킥킥대며 웃었다.

"울기 좋은 집이지. 울고 싶을 때 와. 빌려줄게."

소란이 고개를 끄덕였다. 그녀가 마지막으로 울었던 밤은 언제였을까. 비는 계속 내렸고 밤은 지속되었지만 소란은 쏟아내던 말을 멈추었다. 끝이 난 건지 일시정지인지 알 수 없었다. 우리는 십오 년 전 엠티에 간 날처럼 한 방에서 긴 잠을 잤다.

소란이 다녀간 이후로 한동안 마음이 심란했다. 희명 선배의 북카페도 들르지 않고 계약한 대필 원고에만 집중하며 지냈다. 어버이날이 금요일이어서 서울 본가에서 이삼일 쉬었다가 올 생각이었다. 씻어놓은 반찬통을 챙기고 갈아입을 옷가지도 챙겨 넣었다. 다 읽지 못한 희명 선배의 세 번째 소설집과 인터뷰 파일이 담긴 메모리칩을 가방에 넣었다. 남의 인생만 가득한 노트북도 챙겼다.

집을 막 나서려던 순간에 전화가 왔다. 소란이었다. 소란은 대뜸 우리 집에 가도 되냐고 물었다. 다시 말하지만, 어버이날이었다. 평범한 주부라면 꽃을 들고 누군가를 찾아가거나 혹은 누군가가 찾아와서 가슴팍에 조악한 카네이션 조화라도 달아줘야 하는 그런 날이었다. 가슴뼈가 저릿했다. 나는 며칠 동안 집이 비었으니 마음껏 다녀가라고 말했다. 열쇠는 우편함 속에 넣어놓겠다고. 소란이 웃으며 고맙다고 했다. 나는 서둘러 신발을 벗고 부엌으로 향했다. 아끼던 원두를 내려놓고 쌀을 씻어 밥솥에 넣었다. 방으로 들어가서 새 이불을 꺼내 깔아놓고 나오다가 다시 들어가 포스트잇을 찾았다. 간단한 메모를 한 뒤 현관 입구에 붙여놓았다.

—울고 가라.

녹슨 우편함을 열어 열쇠를 집어넣는데 문자가 왔다. 바빠? 희명 선배였다. 선배가 먼저 연락하는 일은 드물었으므로 나는 선배의 책방으로 향했다. 책방은 문이 닫힌 상태였고 선배는 책방 귀퉁이에 놓인 초록 테이블에서 낮술을 마시고 있었다. 그 테이블은 책방을 오픈할 때 내가 선물한 거였다. 초록색 철제 테이블 위에 초록색 소주병이 섞이지 못하는 우리처럼 비겁하게 색만 닮아 있었다. 선배는 좀처럼 흐트러지는 사람이 아니었다. 나를 발견한 선배가 미소를 지었지만 반가움이라기보다는 애수 쪽에 가까운 얼굴이었다. 가슴이 내려앉았다.

글이 안 써진다고 선배가 말했다. 그 이유가 진짜 이유가 아님을 나는 알 수 있었다. 아는 것이 너무 많아서, 이해되는 것이 너무 많아서, 나는 선배 앞에서 자주 슬펐다. 선배도 속으로는 나를 많이 의지했다는 걸 알고 있었다. 자신이 아끼는 책방 문을 닫은 채 마시지도 못하는 술을 마시고 대낮에 취해버린 선배를 예전 같았으면 안아주고 싶었을 것이다. 그런데 나는 이제 그렇게 하고 싶지 않았다. 구멍을 찾아 헤맸다던 소란의 말이 떠올랐다. 십오 년 동안 선배와 나는 각자의 상처 안에서 비명만 질렀는데, 우리가 과거에 갇혀 버둥거리던 그 십오 년 동안 소란은 구멍을 찾아다녔다.

"다행이야. 잘 사는 것 같아서."

선배가 말했다. 소란을 말하는 것 같았다. 선배도 내가 처음에 느낀 것과 같은 느낌을 받았을 것이다. 우아한 외모와 품위 있는 옷차림, 상냥한 말투와 여유로운 표정의 소란. 더구나 잘살고 있지 않다면 그런 자리에 불쑥 들이닥칠 수 없는 거였다. 소란은 희명 선배의 연락처를 알고 있었지만 한 번도 연락하지 않았고 희명 선배는 소란의 등장에 흔들리지 않으려고 무진 애쓰는 듯이 보였다. 그러나 십오 년 만에 포말 터지듯 터져버린 그리움이 어디 티가 나지 않을 수 있을까. 선배가 테이블에 왼쪽 팔꿈치를 올려놓았을 때, 초록색 철제 테이블이 삐거덕 소리를 내며 왼쪽으로 기울었다. 나는 알고 있었다. 이제 선배는 글을 쓸 수 없을 거라는 걸. 선배의 뮤즈가 사라져 버렸다는 걸. 그 시절 적극적으로 소란을 찾아 헤매지 않았던 선배에게 소란은 무엇이었을까. 나는 소란의 십오 년에 대해 한마디도 하지 않았다.

애초 이박삼일이었던 서울 일정을 하루 앞당겨 파주로 돌아왔다. 엄마와 아빠는 딸이 오든 안 오든 족발을 파느라 바빴고 동생들은 어버이날이든 아니든 연애하느라 바빴다. 서울에서 만날 사람도 할 일도 딱히 없었다. 이혼 후 파주로 가면서 전화번호를 바꿔버렸다. 소란이 사라졌던 거나 내가 조용히 파주로 숨어버린 것이나 다를 바 없었다. 희명 선배도 마찬가지였다. 인생이 끝장났다고 생각하는 사람은 땅속으로 가만히 숨고 싶어진다. 알고 보면 시기만 다를 뿐 모두 비슷한 패턴으로 살아가고 있었다. 본인도 다를 바 없는데, 타인에 대해서만은 객관적인 시선으로 일관하기에 우린 그토록 오만한 것이 된다. 자신은 거의 모든 삶의 피해자이고 타인은 대체로 삶의 가해자라는 피해의식 속에서 우린 그토록 이기적인 것이 된다. 그렇게 이기적이고 오만하게 혼자가 되는 늙음. 나도 그 길을 걷고 있었다.

무엇보다 나는 소란이 걱정되었다. 울고 가라고 하긴 했지만, 그 집은 혼자 울기엔 위험한 곳이었다. 살아온 모든 기억을 재생할 수 있는 곳이었고 그 기억들은 대부분 상처일 테고 그래서 입가에 버짐이 필 때까지 울 수 있는 그런 곳이었다. 소란이 혼자 울어도 될까. 부모와 동생들이 있는 나와 아무도 없는 소란은 달랐다. 근방에 친척들이 사는 나의 파주와 소란의 파주는 달랐다. 소란이 울고 갈지 계속 울고 있을지 모를 일이었다. 나는 서둘러 파주로 향했다.

소란은 없었다. 열쇠는 우편함 속에 그대로 들어 있었고 현관 입구에 붙여놓았던 포스트잇은 떨어지고 없었다. 혹시 오지 않았던 걸까. 왔다 갔다면 메시지라도 보냈겠지 싶었다. 소란에게 전화를 걸었다. 꺼져 있다. 밥도 그대로고 커피도 그대로다. 미리 깔아둔 새 이불은 흐트러짐이 없고 빈 술병도 보이지 않는다. 나는 소란의 흔적을 찾기 위해 마당으로 나갔다. 웅크리고 앉아 담배를 피웠을 소란을 떠올렸지만, 어떤 흔적도 보이지 않았다. 전화는 여전히 꺼져 있다. 허탈하게 현관으로 들어서는데 신발장 아래 떨어진 포스트잇이 보였다. 집을 떠나면서 내가 남겼던 네 글자 아래에 소란다운 정갈한 답글.
　-울고 간다.
　그게 전부였다. 소란은 정말 울고 갔을까.

제13회 현진건문학상 추천작

봄을 걷다

정광모

약력

부산 출생.
2010년 「어서 오십시오, 음치입니다」로 《한국소설》 신인상을 받으며 활동을 시작. 부산대학교를 거쳐 한국외국어대학 정책과학대학원을 졸업.
작품집 『작화증 사내』, 『존슨 기억 판매회사』, 『나는 장성택입니다』, 『콜트 45』가 있고, 장편소설 『토스쿠』, 『마지막 감식』, 『유토피아로 가는 네 번째 방법』, 그 외 서평집 『작가의 드론독서 1, 2, 3』을 출간.
2015년, 2020년 아르코창작기금을 받고,
제13회 부산작가상과 제24회 부산소설문학상을 수상했다.

    봄은 발의 감각에서 먼저 느껴질까? 손과 얼굴을 툭툭 치고 지나가는 바람에서 앞서 오는 것일까? 나는 봄맞이 산길에서 가만히 물어보았다. 봄비를 맞아야 실감나는지도 모르겠다. 장애인 지원 밴이 산길 커브를 돌면서 몸이 쏠렸다. 손잡이를 잡으며 지난날을 되돌아본다. 눈이 보이던 시절에 봄은 내게 어떻게 다가왔던가. 여자들의 가볍고 다채로운 빛으로 물든 옷에서 먼저 봄을 본 것 같다. 봄은 노란 개나리와 붉은 진달래를 통해 내 주위로 번졌는지도 모른다. 솔직히 말하면 거의 기억이 없다. 눈이 잘 보이면 계절도 시각의 영역에서만 작동하는지도 모른다. 어쩌면 봄이란 교과서의 그림과 티브이 화면에서 쏜 이미지로 만들어져 나와 거리가 멀었는지도 모르겠다. 그러니까 눈으로 봄을 보던 때에 나는 봄에 몸을 제대로 담지 못했던 것이다.

    차량이 산의 갈림길 앞에서 멈췄다. 산을 넘는 옛 도로는 시멘트로 포장했는데 어찌 된 사정인지 일부는 아직도 포장을 마치지 못해 덜컹거림이 심했다. 손서연이 먼저 내리고 나는 뒤따라 내렸다. 운전사가 큰 소리로 즐거운 산행 되세요 외치고는 배기가스를 남기고 떠났다.

    오랜만의 봄 산행이었다. 나는 운전사만큼이나 밝은 목소리로 말했다.

    자. 걸어봅시다.

    나는 손서연의 배낭에 왼손을 올리고 오른손으로 흰지팡이를 짧게 쥐었다. 산으로 오르는 길을 잡자 손서연 배낭이 오르막에 맞게 리듬을 탔다. 흰지팡이를 통해 부드러운 흙의 질감이 손으로 전해졌다. 지팡이로 바닥을 대면 발 디딜 곳의 지면과 장애물의 높이와 상태가 손으로 전해졌다. 복지관에서 지팡이 사용법을 배울 때 오른손에 쥔 지팡이로 오른쪽 바닥을 먼저 두드리면 동시에 왼쪽 발을 앞으로 내디뎠다. 지팡이로 왼쪽 바닥을 터치하면 오른발이 앞으로 나갔다. 이렇게 지팡이의 움직임과 발자국이 보조를 맞춰 리듬을 타면 이 세상을 꼭 못 걸을 것도 없었다. 그렇게 마음을 가볍게 먹어야만 놀랍도록 장애물이 많은 도시의 거리로 나갈 수 있었다. 집을 나서면 길의 연석과 가로수와 입간판, 패인 곳, 자동차 진입을 막는 볼라드, 자전거와 전동킥보드, 인도까지 달리는 오토바이, 그런 장애물들이 힘을 합쳐 내게 눈을 부라리고 함부로 밀쳤다. 도시의 차가운 바닥에 여러 번 넘어지면서 얼굴과 팔을 갈고 나면 독하게 마음먹어야 다시 도시의 길로 나설 수 있었다.

　가로막는 사물이 많은 도시보다 산의 흙길이 더 다정하게 나를 대해주는 것 같았다. 스무 걸음을 걸어 오른쪽으로 방향을 틀자 봄날 산의 온화하고 생기 넘치는 기운이 몸을 감싸들었다. 도로를 달리는 자동차들 소리가 점점 멀어지면서 도시의 냄새가 옅어졌다. 사람들이 많이 다니는 오르막길 흙은 단단하게 다져져 있었다.

　보폭이나 걸음 속도는 괜찮아요?

　네. 좋아요.

　등산객들이 주위를 지나다녔다. 그들 등산객들의 이야기와 발걸음 진동이 내게 전해진다. 내 왼쪽으로 빠르고 힘차게 남자 두 사람이 지나갔다. 곧이어 여자와 남자 한 쌍이 내 옆을 천천히 지나친다. 그들 두 사람이 지팡이를 쥔 나를 봐서인지 나로부터 두 걸음쯤 옆으로 걸음을 옮기는 움직임이 정직하게 땅을 통한 울림으로 옮겨졌다.

시력을 잃고 한동안 흰지팡이 사용을 거부했다. 나이 서른여덟에 흰지팡이를 두드리며 걷다니. 나는 보이지 않는 사람의 동정하는 눈초리가 내게 화살로 꽂히는 느낌을 견딜 수 없었다. 나는 호기심도 함께 실린 거슬리는 시선에서 벗어나고 싶었다. 그러나 어디서든 내가 보지 못하지만 상상의 시선은 나를 따라왔다. 나를 가르친 보행지도사는 그런 내게 늘 같은 말을 되풀이했다. 사람들은 타인에 그다지 관심이 없어요. 모두가 나를 주목한다는 건 만들어진 환상이고 열등감의 표시죠. 나는 내 길을 그냥 걸어갈 뿐이에요.

손서연은 느긋하게 느리면서도 안정된 걸음을 옮긴다. 그녀 몸이 만들어낸 리듬은 배낭에 얹은 손을 따라서 내 발걸음으로 이어졌다. 걸음에도 궁합이 있다면 그녀와 나는 정말 잘 맞는 사이다. 한번은 다른 팀과 같이 둘레길을 걸은 적이 있었다. 남자는 자신을 인도하는 여성 자원봉사자에게 짜증을 여러 번 냈다. 급하게 걸음을 바꾸면 혼란스러워요. 튀어나온 돌이 있으면 말로 알려줘야죠. 봉사자는 보행 인도 경험이 많지 않아서 죄송하다고 말했다. 나는 넘어지지도 않았는데 까다롭게 뭘……, 하면서 속으로 동료를 나무랐다. 나와 손서연은 둘이서 눈을 뜨고 같이 걸었다고 해도 믿을 정도로 움직임이 좋았다. 손서연은 바위가 나타나면 세 걸음 앞쯤에서 바위라고 작게 말을 던졌다. 내 몸은 그녀 말에 맞춰 준비하고 있다가 지팡이가 바위를 건드리면서 발을 적절하게 올렸다. 길을 걷는 우리 둘은 과장해서 말하면 나란히 가는 육체이자 정신으로 변신했다.

둘레길에 비해 산길은 난이도가 높았다. 아직은 어려움 없이 길의 맥을 따르고 있다. 나는 손서연에게 물었다. 왼쪽에 있는 큰 묘지를 지났나요? 지금 왼편에 보여요. 이상스레 비례가 맞지 않는 무덤이었다. 커다란 봉분은 유달리 큰 둘레석을 치장했고 자연석으로 만든 상석이 요란스레 놓였으며 망주석 두 개가 무덤 양쪽에 높게 솟아 있었다. 삼 년 전에 은경과 같이 산을 걷던 날, 묘지 상석 옆에서 점심을 먹었다. 잔디가 잘 가꿔진 무덤 주변은 나무 그늘이 져 있어 몇몇 산행 팀들이 자리를 잡고 밥을 먹고 있었다. 은경은 찬합에 밥과 계란말이와 두부조림과 돼지고기볶음을 담아왔다. 은경과 여러 번 산행을 다녔지만 그녀는 가게에서 파는 김밥을 산 적이 없었다. 내가 점심을 준비하겠다고도 말했지만 은경은 자신이 솜씨를 낸 음식을 고집했다.
 은경은 무덤의 적막과는 거리가 먼 사람으로 삶의 즐거움을 놓치지 않는 스타일이었다. 내가 망막 변성으로 급속하게 시력을 잃어가자 그 속도만큼 내 삶에서 벗어났다. 예상한 대로였다. 망막을 넘어서 시신경까지 상하자 그녀는 내 궤도를 완전히 떠나 자유롭게 날아갔다. 그녀는 마지막으로 나를 만났을 때 미안하다고 말하지는 않았다. 어쩔 수 없어. 그녀는 오히려 내게 화가 난다는 목소리로 우울하게 말했다. 어쩔 수 없다니까. 이게 최선이야. 그녀는 내게 사과나 연민을 보이지 않았고 그러는 편이 내게도 속이 편했다. 이미 은경의 도톰한 입술과 내게 안길 때 파르르 떨던 긴 속눈썹은 내 기억에서 흐릿해졌다. 내가 그녀와 나누었던 즐거웠던 몇 년의 삶은 내 눈처럼 완전한 어둠은 아니지만 희미하게 빛을 알아보는 감각 수준으로 변질되었다. 내 눈은 어둠과 희미한 밝음, 조금 더 밝음 세 단계로 빛을 감지하는 정도로 시력을 상실했다. 나는 어렴풋하게라도 물체의 윤곽을 알아볼 수 있기를 바랐으나 내 눈의 능력은 거기까지였다. 은경이 내게 남긴 유산은 엉뚱한 곳에서 찾아왔다. 보험회사에 다니던 은경의 친구가 소개한 상해보험은 보험료가 얼마 되지 않았다. 나는 보험을 들고 자동이체로 통장에서 빠지는 많지 않은 보험료를 잊어버렸다. 내가 시력을 잃은 장애인이 되면서 그 보험이 시각장애자에게 많은 보상을 해준다는 엉뚱하지만 도움되는 사실을 알게 되었다.
　손서연의 걸음 보폭은 일정하고 조금도 흔들림이 없었다. 내게 맞춤한 자원봉사자였다. 아니다. 다른 시각 장애인에게도 똑같이 편안하게 다가갈 여자다. 말은 그다지 없지만 묻는 말에는 성의껏 정확하게 응대한다. 손님을 편안케 하는 모범택시 운전사를 닮았다. 어서 오십시오. 어디로 모실까요. 그리고 침묵. 손님이 물으면 친절하고 간결하게 대답한다. 자신 삶의 내력이나 상처를 오늘 우연히 마주친, 잠깐의 관계를 맺었다가 지나칠 손님에게 마구 풀지 않는다.
　고갯길 아래의 쉼터 벤치에 도착했다. 여기서 왼쪽으로 가면 북문으로 가고 똑바로 오르면 고개 전망대. 내 기억에는 여기에 벤치가 세 개 있었다. 두 개는 조금 위쪽에 나란히 붙었고 하나는 아래쪽이었다. 내가 지금 앉은 곳이 아래쪽 벤치인가 모르겠다. 그 자리에서 은경이 갈림길 표지판 앞에서 파는 노점 하드를 사 먹은 적이 있었다. 내가 말했다.
　여름 되면 여기 하드 파는 사람이 있었죠.
　아이스케키 말이군요.
　네. 뭐로 부르든 그거죠. 여기선 팥이 듬뿍 든 석빙고 브랜드를 많이 팔았죠.
　오늘도 파는데요.
　정말요. 지금은 봄인데요.
　겨울에도 아이스크림을 먹잖아요.
　나는 당혹스러웠다. 어째서 하드 파는 사람은 사라는 말을 하지 않고 그냥 서 있는 걸까. 흰지팡이를 짚고 여자 배낭에 손을 올린 사람을 관찰하고 있었던 걸까.
　손서연이 하드를 두 개 사서 왔다. 돈을 꺼내주고 받는 소리도 들렸다. 나는 은경과 하드를 먹었던 추억에서 빠져나왔다. 은경과 지낸 기억은 그녀와 어울렸던 곳에 가면 한번은 떠올라서 현재의 내 쓸쓸한 신세를 깨우쳐 주곤 했다. 나는 매서운 추억은 접어서 창고로 몽땅 옮겼다고 믿었지만 놈은 끈질기게 되살아나서 고개를 빳빳하게 치켜들었다.

손서연이 내 귀 가까이에 소곤댔다.

비싸네요.

나도 목소리를 낮춰 말했다.

그래도 몇 년 전과 가격이 같아요.

누구인지 하드를 사면서 물었다. 하드 박스를 여기까지 어떻게 가져옵니까? 젊은이가 심드렁하게 대답했다. 등에 짊어지고 산을 올라와야죠. 드라이아이스도 함께요. 달리 뾰족한 방법이 없어요.

한가로이 하드를 먹으며 새 소리를 들었다. 봄을 맞아 새 소리도 유쾌했다. 봄의 새 소리는 비교할 기준이 없는 삶의 소리 자체였다. 고음으로 급하게 우짖다 조용히 멈추고 그러면 다른 새가 화답을 하는 것처럼 어우러지며 노래했다. 봄에 우는 새는 어떤 종류가 있지? 박새와 직박구리 울음소리는 많이 들었던가. 눈이 먼다고 일상에서 쓰는 청각이 갑자기 발달하거나 새소리가 더 잘 들리는 건 아니었다. 내가 경험한 바로는 청각도 흰지팡이로 바닥을 짚으며 걷는 길처럼 많은 경험을 쌓아야 훈련되는 성질의 감각이었다. 내가 세상 속으로 위험을 무릅쓰고 나아가야만 청각은 길을 조금씩 터주었다. 그래야 들리는 정보를 꼼꼼하게 모아서 어떤 상황인지 퍼즐을 맞출 수 있었다. 나는 넉넉하게 마음을 열고 휘익휘익 하는 봄의 새소리에 귀를 기울였다. 갑자기 새 소리가 뚝 그쳤다.

바위가 많고 경사가 급한 길이 앞에 놓여있다. 봄이지만 숨이 차고 이마에 땀이 맺힐 길이다. 오르막길 막바지에 나타나는 나무로 된 긴 계단을 오르면 전망대다. 바람이 지나가는 길목이기도 해서 겨울에는 씽씽 칼바람이 점퍼 안으로 파고든다. 예전에 여러 번 다녔던 길이지만 코스 이미지가 선명하게 떠오르지는 않는다. 숨이 턱에 찼다는 느낌만 남아 있다. 은경은 숨이 가쁘지도 않은지 이런 길을 잘도 올라만 갔다. 은경은 뒤처진 내가 헉헉대는 모습을 내려다보고는 전망대 난간에 손을 올리고 바람에 몸을 맡기고 서 있었다.

이상한 일이다. 오늘은 숨차지 않다. 경사도 예전에 비해 낮아진 것 같다. 손서연이 천천히 호흡을 조절하며 오르는 덕분일까. 아니면 내가 왼손을 통해 전해지는 리듬과 오른손에 세워서 쥔 지팡이의 감각에 집중한 때문일까. 길 중간쯤에서 손서연이 말했다. 잠깐 쉴까요? 괜찮아요. 그대로 갑시다. 손서연이 호흡을 조절하면서 깊게 들이마시고 내쉬는 소리가 들렸다. 앞에서 부는 바람을 타고 그녀의 숨은 나를 거쳐서 뒤로 달려갔다.

전망대에 올랐다. 내겐 전망대라고 할 게 없다. 어느 쪽을 보아도 조금 짙거나 옅은 빛만 시야를 채울 뿐이다. 나는 배낭에 손을 올린 채로 난간까지 가서 멈춘다. 배낭에서 손을 내리고 나무 난간을 잡아본다. 난간은 은경과 올라왔을 때와 달라진 게 없어 보였다. 아니, 달라진 게 없는 것처럼 만져졌다. 나는 방향을 잡고 이쪽은 만덕의 빽빽한 아파트와 멀리 낙동강이 보이는 곳이며, 몸을 틀면 동래 방향이 보인다고 그림을 그려보았다. 몸을 조금만 돌리자 상상 속의 풍경이 뒤죽박죽 엉킨다. 손서연에게 보이는 곳을 말해달라고 부탁했다. 오른쪽으로는 휘어서 흐르는 낙동강과 김해로 건너가는 다리가 있어요. 오늘은 대기가 맑아서 강 멀리까지도 눈에 들어오네요. 왼쪽으로는요. 방향이 조금 맞지 않네요. 저쪽 나무 밑 벤치로 갈래요. 나는 손서연을 따라 걸음을 옮긴다. 바로 앞에 긴 나무 의자 두 개가 있어요. 앉을래요? 아뇨. 서서 볼게요. 황령산과 해운대의 고층빌딩이 보이네요. 광안대교도 보이고요. 오른쪽 끝으로 멀리 보이는 산 같은 게 뭐죠. 내가 말했다. 영도일 거요. 와, 여기서 영도가 보이나요? 여기 전망이 대단해요. 바로 밑으로는 백화점이 중심에 있어요. 지하철 육교와 연결된 백화점은 가본 적이 있어 알겠네요. 저 낮은 쪽 오른편에 저게 뭐죠? 흰색 돔으로 덮인 거 말이에요. 내가 말했다. 아, 그거는 아시아드 경기장이에요. 돔이 일종의 값비싼 천막인데 태풍이 치면 돔이 자주 파손되곤 했어요. 그렇군요. 여기서 보니까 돔이 단단해 보이는데 속사정은 다르네요.

 손서연은 내 손을 잡고 백화점과 아시아드 경기장과 광안대교 방향을 가리켰다. 눈을 멀기 전과 똑같이 건물과 다리는 장중하게 제 자리를 지키고 있었다. 나는 기억창고에서 옛 전망을 꺼내서 희뿌연 빛만 감도는 내 눈앞에 배치해 본다. 나는 속으로 말한다. 아주 어렸을 때 장님이 된 것보다는 낫군. 기억창고 속의 모습들도 희미하고 구멍이 뻥뻥 뚫린 도화지와 비슷했다. 내 두뇌는 내가 눈이 멀어 전망대에서 보았던 옛 모습을 끄집어내고자 안간힘을 쓰는 상황을 전혀 준비해두지 않았다. 그저 언제든지 바라보면 전망은 한눈에 들어왔고 스마트폰의 사진으로 저장해 둘 수 있었으며 그래서 잊혀도 좋을 풍경으로 두뇌 속 창고 한구석에 처박아두었을 것이다.

 내가 물었다.

 봄이 오는 모습이 보이나요?

 아, 봄! 지금은 봄이죠. 손서연은 새삼스레 봄을 말하고는 봄이 온 표지를 찾는지 뜸을 들였다.

 연두색 잎이 막 손가락을 펴기 시작하고 있어요. 어떤 나무는 아직 조용하네요.

　손서연은 간단하고 분명하게 답을 해주었다.

　봄은 내 손아귀에 잡히는 나무의 촉감으로, 살갗에 닿는 온화한 바람으로, 코로 들어오는 훈기로 느껴졌다. 그런 건 봄의 거죽일 뿐 속살은 아니다. 봄이 밀고 오는 생명의 힘은 어디에 있을까? 속살은 다채로운 꽃과 붕붕 꽃을 찾는 벌의 날갯짓에 있을까. 내가 보지 못해도 왠지 딱 봄이다, 몸을 감싸는 대기는 봄이라고 확인해주었다. 이상한 일이었다. 나는 눈이 보일 때보다 더 봄에 싸여 걷고 있다. 전망대의 긴 의자에 앉았다. 오른편으로 막걸리를 마시는 등산객 소리가 시끄럽다. 안주는 돼지 족발인 것 같고, 요즘 유행하는 트로트 가수 노래도 들린다. 여자도 두 사람쯤 낀 대략 다섯 명의 모임이다. 나무 계단을 막 올라온 사람이 헉헉대며 전망대로 간다. 와, 여기 경치 좀 봐. 젊은 여자 목소리가 공기를 팽팽하고 밝게 띄운다. 삼 년 전쯤의 은경을 닮은 목소리다. 그때는 은경이 저 아래 보이는 건물이 뭐냐고 내게 물었지. 막걸리를 마시는 팀에서 누군가 와서 손서연에게 잔을 권했다. 고맙지만 사양하겠습니다. 나는 조용히 앞을 바라보고 앉아 있다. 잔을 권하는 남자의 흘깃 바라보는 시선이 내 뺨을 스치고 지나간다.

　갑시다.

　네. 가요.

　평탄한 길이 이어지다 잔돌이 많은 오르막이 이어졌다. 지팡이 끝에 탁탁 돌이 부딪히는 소리가 울리다가 그쳤다. 손서연은 조용히 걷는다. 갑자기 우리가 먼 행성의 낯선 길을 걷는 우주인이라도 된 기분이다. 바람 소리가 휙 지나가는 이 행성에는 우리 둘뿐이다. 마주 오는 사람도 없다. 이런, 조심하세요. 손서연이 멈춰 섰다. 나뭇가지가 길로 뻗어 있어요. 잘못하면 찔리겠어요. 나는 지팡이를 들어 허공을 휘저어본다. 탁탁 소리가 나는 곳으로 손을 뻗어 가지를 잡았다. 가지 끝에 산악회가 매어놓은 산행 리본이 달려 있었다. 가지를 잘라야겠는데요. 혹시 쇠톱 없어요? 쇠톱요? 그런 걸 갖고 다니는 사람도 있어요? 손바닥 길이 정도의 작은 쇠톱이면 되는데……. 쇠톱을 배낭에 넣어두고 다닌 적이 있었다. 작고 가벼워서 든 줄도 잊어먹고 있다가 이렇게 튀어나온 가지를 만나면 냉큼 잘라버렸다. 그때의 나는 세상의 모든 난관을 이렇게 해결할 수 있다고 생각했다. 한 마디로 세상이 만만했던 것이다. 안과 의사가 내 눈을 들여다보고 상태가 생각보다 심각하다고 말하기 전까지는 세상은 물렁했고 내 뜻대로 주물러 모양 지을 자신이 넘쳤다.

나지막한 경사를 올라가는 길이 이어졌다. 땅으로 뻗은 나무뿌리가 툭툭 지팡이에 걸렸다. 내가 말했다. 오른편 나무와 돌무덤 사이로 좁은 길이 나 있는 곳이 보이면 들어가요. 좋은 쉼터가 있어요. 나는 손서연이 쉼터를 지나칠까 봐 조바심이 났다. 돌무덤 근처에 있다는 말이지요. 돌무덤이 탑 모양이에요? 사람 가슴 높이로 원형으로 쌓아놓았어요. 풀이 덮으면 잘 보이지 않을 수도 있어요.

손서연이 말했다. 여기……같아요.

들어가 봅시다.

손서연이 먼저 길을 들어갔다.

여기도……무덤이 있네요.

내가 말했다. 옛날 분이 보기에 조상 모시기가 좋았던가 봐요. 앞이 탁 트이고 볕이 좋은 곳이죠.

여기 맞은편에 선 낮은 산이 떠올랐다. 윤산이었던가? 왼쪽으로는 멀리 양산의 산들이 첩첩이 느린 곡선을 그으며 윤곽을 쌓았다. 그건 그때 은경과 같이 앉아서 본 풍경이었던가? 내가 상상에서 만든 행복한 시절의 그림자인가?
 손서연이 주위를 둘러보는 움직임이 느껴졌다. 잠시만 기다려요. 자리를 깔게요.
 나는 자리에 앉아서 손서연이 건네주는 물병을 손에 들었다.
 내가 말했다. 무덤이 잘 가꿔져 있지요? 손서연은 잠시 말이 없었다. 무덤도 아마 큰 변화를 겪은 모양이었다.
 여기 무덤은 쓸쓸히 녹슬어가는 것 같은데요. 무덤 중앙에 작은 나무 두 그루가 자라고 있어요. 진달래와 꽃들도 제법 무덤에 박혀 있는 것 같아요. 촉촉이 젖은 목소리의 손서연 말대로라면 은경과 같이 온 이후로 폐무덤이 되어가는 셈이었다. 무덤은 나무와 진달래꽃과 같이 봄으로 달려가고 있었다. 경치는 좋아요. 무덤 앞쪽으로 나무를 싹 다 베어버려서 그런지 훤해요. 손서연은 점심을 꺼냈다. 김밥뿐이지만 봄 날씨가 워낙 좋으니까요. 화창한 봄을 만끽하는 손서연에게 해당되는 말이었지만 왠지 내게도 그럴듯하게 들렸다. 나는 배낭에서 두부조림과 계란말이가 든 반찬통을 꺼냈다. 손서연은 놀라서 말했다. 직접 만들었어요? 네. 누나가 지켜볼 때 만들었지요. 누나는 사흘에 한 번 집에 와서 이것저것을 도와주었다. 손서연이 물었다. 가스레인지를 사용해서요? 그럼요. 계란을 깨서 그릇에 담고 프라이팬에 기름을 두르고 가스불을 켜서 올리죠. 불 냄새를 잘 느끼세요? 가스레인지 불이 약할 때와 강할 때 나는 냄새가 달라요.
 내가 사는 아파트는 내게 점점 친숙하고 질서가 잡힌 곳으로 변해가고 있었다. 나는 냉장고를 척척 열고 안에 든 크기와 모양을 달리해서 넣어둔 반찬통을 꺼냈다. 눈이 보이지 않자 소파와 책장과 식탁은 자기만의 방식으로 내게 다가왔다. 그들 묵직한 가구들은 거리를 두고 앉아서 집안의 질서를 잡았다. 손서연과 바깥나들이를 나선 이후에 나는 집도 확실하게 파악했다. 방문이 있는 벽을 기준으로 팔을 45도로 내리고 손가락을 구부려서 남쪽부터 벽을 탐색하고 동과 북, 서쪽 벽을 익혔다. 그리고 방 내부를 격자 모양으로 나눠 움직이며 하나씩 하나씩 살폈다. 내 머릿속에서 소파와 식탁은 제각기 있어야 할 곳에서 자리를 지켰고 서로 간에 적절한 간격을 둔 그 물건들은 내게 일종의 방 지도를 제공해주었다.

손서연이 말했다. 처음 만났을 때는 걱정이 많이 되었어요.

손서연은 팔 개월 전부터 이 주일에 반나절씩 왔다. 손서연은 바깥 세상에 나를 데리고 나가는 자원봉사를 하고 싶었지만 나는 바깥이라면 기겁을 했다. 서원이 자원봉사를 온 첫날 나는 누구인지 모르고 문을 열어주었고 그녀가 자원봉사자임을 안 순간부터 침묵을 지키고 짙은 커튼을 친 방에서 시간을 보냈다. 두 번째와 세 번째 온 날은 아파트 현관문을 아예 열어주지 않았다. 그녀는 작은 목소리로 문 앞에서 기다릴게요, 라고 말했다. 나는 두 시간쯤 지나서 문을 열어보고 계속 문 앞에 앉은 손서연을 발견하고 깜짝 놀랐다. 내가 손서연만을 푸대접한 건 아니었다. 사회복지관에서 파견하는 활동 보조인은 하루 세 시간을 나와 같이 지내야만 보수를 받았다. 나는 활동 보조인과 아무런 이야기도 나누지 않았고 단지 나를 암흑 속에 그대로 놓아달라고 요구했다. 나는 활동 보조인과 밖으로 나가지도 않았고 점자를 익히거나 방송을 듣지도 않았다. 장애인용 밴을 타고 시각장애인 훈련이나 점자도서관에 가는 활동도 거부했다.

나는 완강하게 나 자신이 만든 울타리 안에 머물렀다. 나를 휘감은 어둠, 내 주위에서 소용돌이치는 어둠, 나는 어둠과 친숙해지고 어둠이 내게 속속들이 스며들도록 몸을 맡겼다. 나는 먼지로 만들어진 존재였다. 나는 재로 만들어진 실재였다. 나는 빨리 바스러지기를 기다리고 있었다. 그런 내가 머무른 요새의 성문을 누구에게도 열고 싶지 않았다. 보조인은 어쩔 수 없이 하지 않아도 될 청소를 하거나 반찬과 국을 만들어주고 떠나곤 했다. 활동 보조인은 나와 함께 시간을 보내야만 보수를 받으니까 그렇다 치고 자원봉사자까지 내 삶에 끼어들게 하고 싶지는 않았다.

나는 로스쿨을 졸업했고 변호사자격 시험도 합격했다. 세상은 순조롭게 길을 내줬고 봄을 비롯한 계절은 나를 반갑게 맞았으며 연애도 꺼릴 것이 없었다. 그렇게 길을 열어주던 세상은 별안간 내 뒤통수를 후려쳤다. 법무법인에서 수습 기간을 마치고 하늘을 향해 막 비상하려고 하던 순간에 폭발로 산산 조각나 지상으로 추락한 것이다. 땅은 나를 반기면서 친하게 지내자며 흰지팡이를 선물했다.

산의 쉼터에서 봄바람을 곁들여 점심을 먹는 건 추락한 삶치곤 나쁘지 않았다. 손서연이 커피를 꺼내서 내게 건넸다. 보온병에 담은 커피는 아직 뜨거웠다. 나는 손서연에게 말했다.

제가 뭐, 궁금한 거 물어도 돼요?

네. 알고 싶은 게 있어요?

그럼요. 많아요. 먼저 손서연이라는 이름은 본명이에요?

왜요. 이름 예쁘지 않아요?

예쁘죠. 나보다 나이가 몇 살 더 많잖아요. 다섯 살쯤인가요. 그 나이대의 이름치고는 너무, 음, 젊다고 해야 하나요, 이름 짓는 트렌드하고 안 맞는 것 같아서요.

손서연은 한참을 아무 말이 없었다.

그냥 물어본 거예요. 불쾌했다면 죄송해요.

손서연이 말했다. 우리 나이대 이름치곤 조금 드물긴 하죠.

제 본명은 아니에요. 아이에게 미안해서 한동안 제 본명을 쓰지 않앉았어요. 그러다 보니 계속 손서연이란 이름을 쓰게 된 거예요. 이런 무덤에 오면 늘 떠나보낸 아이에게 죄스러워요. 아이는 사고로 죽었어요. 남편은 술에 취해 있어 아이를 돌보지 못했죠. 아이가 죽은 후에 남편과 헤어졌어요. 남편을 도저히 용서할 수 없었어요.

괜스레 미안해진 내가 말했다. 우리 뒤의 무덤에 묻힌 사람도 살면서 괴로운 일이 많았겠죠. 그럴 것 같아요. 지금은 평안하겠지요. 지나 보면 어째도 삶은 이어진다고 도통한 웃음을 짓고 있겠죠. 그렇게 달관하려면 봄이 여러 번 더 지나야 되지 않을까요. 저승에 있는 무덤 주인이? 아니면 우리가? 저쪽과 이쪽 다이겠죠.

까마귀가 울었다. 우리가 뭔가 음식을 남길까 기다리는 까마귀 같았다. 까마귀는 예전에도 많았다. 산 어디에서도 우는 까마귀 울음소리는 봄과 어울리지 않았다. 탁하고 둔중한 까마귀 울음소리는 겨울과 여름과 가을 모두에 어울리지 않았다. 차로 지방도를 가면서 치어 죽은 개를 보았다. 누군가 개를 길옆에 옮겼는데 까마귀 두 마리가 개를 뜯어먹고 있었다. 차 속도를 줄이자 까마귀는 고개를 들어 날카로운 경계의 눈초리를 보냈다. 차를 멈추자 부리를 개의 몸속에서 꺼낸 까마귀가 나를 쳐다보았다. 내가 마주 보자 까마귀는 날개를 퍼덕거리며 경계하는 울음소리를 높였다. 여기 무덤의 까마귀는 살아있는 우리를 공손하게 대하며 음식을 간청하고 있었다. 나는 적당히 식은 커피를 마셨다. 커피가 남아 있나요? 네. 마저 드릴게요.

손서연에게 말했다.

아이가 살아있으면 뭘 할까 하는 상상을 하진 않나요?

아뇨. 그러면 죽음을 더 절감하고 마음이 황폐해질 것 같아서요.

나는 말이죠. 눈을 뜨는 상상에 자주 빠지곤 해요. 눈이 보이면 폭포처럼 쏟아지는 색깔을 감당할 수 있을까 하는 생각도 많이 했어요.

빨강과 노랑과 파랑은 어떻게 보일까 궁금하기도 하죠. 예전에 사물을 볼 수 있었을 때 담았던 색깔과 달라지지는 않았을까. 색깔의 휘황한 공격에 길을 제대로 걸을 수나 있을까. 나처럼 성인이 된 후에 실명한 사람은 눈을 뜨면 금방 적응하지 않을까, 상상의 날개를 자주 폈지요. 그런 상상에 젖어서 나만의 방에 스스로를 가두고 지냈지요. 상상은 끝없이 뻗었고, 메아리에 메아리로 울렸으며 나는 한국 최고의 변호사로 대성공을 거두는 미니시리즈를 매일 찍어나갔지요.

　나는 상상으로 도피했고 그건 달콤하지만 내가 거주하지 못할 비눗방울 거품이었다. 나는 법정에서 증인을 몰아쳐서 항복을 받는 노련한 신문기법을 펼치는 대신에 웬 여자의 배낭에 손을 대고 산을 걷는 신세가 된 것이다. 상상은 달았고 현실은 냉정했다. 나는 두 공간에 동시에 살 수 없었다. 상상과 현실 어느 한쪽으로 발을 디뎌야만 했다.

　손서연이 말했다. 내가 처음 자원봉사를 갔던 때가 진우 씨가 상상으로 도피해서 지냈을 때군요.

　그래요. 난 가시 울타리 밖으로 아예 나오지를 않았죠.

　저도 그랬어요. 아이를 잃고 나서 집안에만 박혀 있었어요. 사흘에 한 끼만 먹기도 했고요. 모두가 귀찮았고 사람이 다 미웠어요. 나는 이렇게 슬픈데 거리의 행복해 보이는 사람들이라니. 술에 취해서 운전하다니, 아이까지 태우고 말이죠. 그랬던 남편을 용서할 수가 없었어요. 내가 조금만 더 일찍 갔더라면, 내가 그날 휴가를 내고 운전을 했더라면, 온갖 상상과 후회가 마음에 뿌리를 내려 번창하고 있었어요. 나는 내가 친 성벽 안에서 말라 죽든지 아니면 문을 열고 밖으로 나와야만 했어요. 힘을 겨우 내서 밖으로 나오니까 왜 그렇게 도전을 못하고 붙잡혀 있었는가 후회가 들었어요. 누가 내 손을 잡아주었다면 더 빨리 쉽게 나왔겠지요.

나는 손서연이 내 집 문 앞에서 오래 기다렸던 순간을 떠올렸다. 그녀는 아무런 타박 없이 문 앞에서 기다리고 기다리다 그냥 돌아갔다. 나는 문 앞에서 기다리는 사람이 떠올라 뒤숭숭했고 그녀는 그날 밤 꿈에도 나타나 문 앞에서 단정히 기다리고 있었다. 꿈에서 내가 문을 급히 열자 그녀는 화들짝 놀라며 옆으로 비켜섰다.

나는 커피잔을 바닥에 내려놓고 손서연에게 몸을 조금 더 옮겼다.

그래서 본명이 뭐에요.

전현주.

훨씬 좋아요. 손서연은 뭔가 멋을 부린 느낌이잖아요. 일부러라도 멋을 부려보고 싶었던 모양이지요. 그렇다기보다 그냥 밝은 느낌 이름을 골랐던 것 같아요.

전현주는 살짝 웃었다. 내게 그렇게 느껴졌다. 어둑한 빛을 따라 웃음의 테두리가 전해져 내게로 건너왔다. 봄이라도 아직 어둑하군. 나는 웃음의 자락을 손으로 만질 수 있다면 하고 생각했다.

나는 말했다. 이름은 알았고요. 더 알고 싶은 게 있어요.

그녀의 웃음이 멈칫하고 망설이는, 어딘가 생각이 담긴 미소로 바뀐 것 같았다. 나는 그렇게 상상했다. 눈으로 보지 못하는 장면이 마음으로는 나타나는 걸까. 그녀는 이름 다음에 알고 싶은 게 무언지 알아챈 것 같았다. 하지만 정말 알아챘을까. 나는 그녀를 향해 손을 뻗었다. 길을 함께 갈 때처럼 팔꿈치 위가 아닌 손등에 가볍게 손가락을 올렸다. 그녀가 멈칫하며 손을 빼다가 가만히 멈췄다. 나는 그녀의 손등을 쓰다듬고 손가락으로 톡톡 두드렸다. 내가 그녀에게 느낀 감정이 손가락으로 몽땅 옮아가서 손가락이 묵직해졌다. 그녀는 내가 뭘 원하는지 안 것도 같았다.

그녀가 내 손목을 잡았다. 안경을 쓰지는 않았어요. 그리고는 내 손을 그녀 얼굴로 느리게 가져갔다. 나는 천천히 그녀의 이마를 만지고 아래로 내려왔다. 눈꺼풀이 파르르 떨리고 있었다. 내 착각인가? 내 손의 감각은 아직 섬세하지 못하다. 내 손은 사물의 진실을 단박에 파악할 만큼 세상에 익지 않았다. 코를 만지고 뺨을 더듬고 입술로 다가갔다. 입술 위와 아래를 가만히 더듬었다. 꼼짝 않던 그녀가 갸웃 얼굴을 내 쪽으로 미세하게 기울였다. 손끝으로 그녀 입술의 붉음과 물기가 전해졌다. 가벼운 한숨인가, 신음인가 얕은 소리가 입술에서 흘러나왔다. 턱으로 내려간 손이 다시 입술을 더듬었다. 살짝 벌려진 입술 사이로 이가 스쳤다.

입술이 붉네요.

그녀는 가만히 있었다.

그녀의 머리칼을 만지고 말했다. 검고 윤기가 흘러요. 흰머리가 몇 가닥 있어요.

거짓말.

그녀가 까르륵 웃었다.

정말이라니까요.

그녀가 웃음을 참으며 말했다.

진짜 맞을지도 모르지만.

그녀가 무덤 쪽으로 몸을 돌리며 말했다.

저기서 쉬는 분도 잠깐 웃었을 것 같아요.

내가 말했다.

몰라요? 우리 시각 장애인들은 촉각으로 본다니까요.

으흠. 어디까지 볼 수 있나요.

손이 많이 느끼는 만큼 …….

멀리서 새 소리가 들렸다. 높은 소리로 지저귀고 잠시 멈춘 다음에 다시 부드럽게 지저귄다. 몇 마리 새가 함께 울면서 소란스러웠다. 우리는 일어났다. 그녀가 자리를 털어서 배낭에 넣고 나는 흰지팡이를 손에 쥐었다.

나는 배낭에 왼손을 올리고 지팡이를 짚으며 길을 따라 나갔다.

조금만 더 가면 큰 바위가 길을 양분하는 곳이다. 그 뒤로는 넓고 평탄한 길이 이어지고 오늘의 목적지인 케이블카 종점으로 가는 길과 계속 능선을 타는 길로 나뉜다.

지팡이 끝이 둔탁하게 바위가 이어지는 지대에 들어섰음을 알려줬다. 큰 바위들이 이어지고 바위가 닳아서 미끄러운 곳도 있다. 나는 왜 이런 걸 잘 떠올리는 것일까? 무심코 지나갔던, 근육 깊숙이 묻혀 있던 기억이 떠오른다. 온몸의 감각을 깨워서 균형을 잡도록 노력한다. 전현주도 조심스럽게 발을 움직인다.

앗. 그녀가 넘어졌다. 미끄러운 돌이나 모래가 깔린 돌을 밟은 모양이다. 나는 지팡이에 무게 중심을 옮기면서 재빨리 몸의 균형을 잡았다. 괜찮아요. 다치지 않았어요? 그녀가 몸을 일으켜 일어난다. 내가 말했다. 먼저 올라가세요. 혼자 올라올 수 있어요? 네. 먼저 올라가요. 나는 혼자서 몸을 약간 기울이고 지팡이로 바위의 왼쪽과 오른쪽을 두드리며 호를 그리며 올랐다. 바윗길이 끝난 곳에 그녀가 앉아 있다. 손등과 팔목 피부가 까져서 피가 난 모양이다. 그녀가 배낭에서 포비딘을 꺼내 바르고 상처 치료 연고도 발랐다. 진우 씨에게 필요할까 가져왔는데 내가 쓰게 되네요.

이제 길은 넓어지고 평탄하다. 등산객은 케이블카를 이용하면 경사가 급한 하산길을 피해 수월하게 아래로 내려갈 수 있다. 여기서 아래로 내려가는 케이블카는 '삭도'라는 고색창연한 이름을 달고 있다.

운행한 지 50년을 훌쩍 넘은 케이블카. 온천장 일대가 유흥과 상업으로 번성하던 시절에 만들어져서 온천장의 상가가 몰락한 지금까지 계속 명맥을 이어오고 있었다. 오래전에는 이 길을 따라 파전을 파는 노점이 많아 케이블카로 올라온 손님과 등산객들로 시끌벅적했는데 지금은 고요하다. 케이블카의 창을 통해 멀리 해운대와 광안대교가 보인다. 지상 도착지로 가까워질수록 케이블카 아래의 나무와 바위는 커지고 먼 풍경은 사라지며 시야는 좁아진다. 하행선을 타고 가면 상행선 케이블카 줄에 까마귀가 앉아서 덩치 큰 케이블카를 유심히 바라보기도 한다. 나는 전현주의 배낭에서 손을 떼고 팔꿈치 위를 살짝 잡는다. 계속 흙길이죠? 그렇네요. 케이블카 종점으로 가는 길은 시멘트로 포장되어 있을 겁니다. 전현주의 발에 리듬을 맞춰서 걷지만 그녀의 속도와 보폭은 여전히 편안하다. 속도를 더 내지도 않고 느리지도 않다.

그녀가 멈추더니 자신의 손으로 내 팔목을 붙잡는다. 앞에 길은 넓고 아무런 장애물이 없어요. 이런 방식도 괜찮겠죠. 이러다가 내가 넘어지면요. 그러면 피장파장이죠.

그녀는 내 팔을 가볍게 붙잡고 가는 방향만을 암시한다. 나는 몸이 기억하는 그녀의 걷는 리듬과 속도에 따라서 발걸음을 옮긴다. 나는 천천히 손을 내려 그녀의 손을 가볍게 쥔다. 그대로 걸음을 옮기자 그녀가 가볍게 웃음을 터뜨린다. 뒤에서 보면 다정해 보이겠는데요. 다정하면 더 잘 걷게 되는 것 아닌가요? 그녀가 잡은 손에 가볍게 힘을 올리고 나도 덩달아 따라 해본다.

케이블카 매표소에서 표를 사는 소리가 들렸다. 봄의 길이 거의 끝나가고 있었다.

1900~1943
Hyeon Jin Geon

현진건문학상

현진건문학상 기수상작가 신작특선
가디언스

하 창 수

약 력

포항 출생.
1987년 《문예중앙》 신인문학상으로 등단해 활동을 시작. 1991년 장편소설 『돌아서지 않는 사람들』로 한국일보문학상. 2017년 단편 「철길 위의 소설가」로 현진건문학상을 수상. 중단편집 『지금부터 시작인 이야기』, 『서른 개의 문을 지나온 사람』, 『달의 연대기』, 장편소설 『젊은 날은 없다』, 『허무총』, 『그들의 나라』, 『1987』, 『봄을 잃다』, 『미로』가 있고, 옮긴 책으로 웰스, 헤밍웨이, 포크너, 피츠제럴드, 키플링 등 주요 영미작가의 소설과 『과학의 망상』, 『명상의 기쁨』 등이 있다.

도로가 끝나는 곳에 이르자 비가 내리기 시작했다. 여자는, 소낙비가 아닌데도 비가 갑자기 쏟아지네, 하고 생각했다. 그러다가 혼잣말로,
"비라는 게 모두 이렇게 오는 거 아닌가,"
하고 중얼거렸다. 그 소리를 들은 건지 동반석에 타고 있던 남자가 잠에서 깨어났다.
"차로는 더 이상 갈 수 없겠어요."
여자의 말에 남자가 대답 없이 고개만 끄덕였다. 남자는 손바닥으로 얼굴을 몇 번 문지르고는 안전벨트를 풀었다. 그런 다음 가슴에 안고 있던 배낭을 옆으로 돌려 사이드포켓에서 보온병을 꺼냈다. 보온병에는 자잘한 흠집이 많이 나 있었고, 아래쪽에 찍힌 잿빛 코끼리 문양도 거의 지워져 보온병 제조사를 알지 못하는 사람이라면 그게 코끼리 모양인지조차 알기 힘들 정도였다. 시간의 흔적, 세월, 같은 말이 자판을 두드린 것처럼 여자의 머릿속에 찍혔다.

여자는 한동안 남자의 움직임을 말없이 지켜보았다. 남자는 보온병 뚜껑을 열어 완전히 벗겨냈고, 머리꼭지에 달린 빨간색 버튼을 눌렀다. 그러자 보온병 위쪽에 손톱 반쪽만한 틈이 생겼다. 남자는 왼손에 쥐고 있던 뚜껑을 그 틈 앞쪽 아래에 대고는 보온병을 기울였다. 옅은 갈색의 액체가 보온병 뚜껑에 채워지자 여자에게 건네며 남자는 처음으로 미소를 지었다. 듬성듬성 돋은 수염이 초췌하기보다는 귀엽다는 생각을 하며 여자는 보온병 뚜껑을 받았다.

"이럴 때 차는 어떻게 해요?"
하고 여자가 물었다.
"무슨 얘기예요?"
"나중에 차가 발견되면……."
"절차에 따라 처리하겠죠. 저도 거기까지는……."
여자가 천천히 고개를 끄덕였고, 남자가 다시 미소를 지었다. 그러나 남자의 미소는 뜨거운 불판 위에 떨어진 물방울처럼 금방 사라졌다. 여자는 절차에 대해선 더 이상 묻지 않기로 마음먹었다. 그다지 궁금한 것도 아니었다. 여느 때였다면 분명 이것저것 캐물었을 것이다. 취재가 버릇이 된 뒤로는 별 것 아닌데도 캐내려 들었다. 뜻밖의 것들을 알아내는 재미가 없진 않았지만 대개는 무슨 소용인가 싶을 만큼 사소했다.
"하마가 하품을 왜 하는지 아세요?"
자신의 입 밖으로 불쑥 나온 말에 정작 당황한 건 여자였다. 후하고 숨을 내쉬고는 멋쩍게 웃고 난 뒤 여자는, 사람이 하품을 하는 건 졸리거나 피곤해서지만 하마는 자신의 뜻을 전하려 할 때 하품을 하는 거라고 말했다. 수컷 하마가 암컷 하마에게 하품을 하는 건 사랑한다는 표시인 동시에 다른 수컷들에겐 그러니 덤비지 말라는 경고의 표시라고, 덧붙였다.
짧지 않은 침묵이 흘러갔다.
둘 사이에 침묵이 흐르는 동안 비가 여러 번 바뀌었다. 가늘어졌다가 조금 굵어졌고, 일 분 정도 멎었다가 다시 내릴 땐 거의 안개처럼 가늘었다. 그러다 다시 일 분 정도는 제법 빗방울이 굵었다. 자동차 앞 유리에 몇 가닥의 뗏자국이 생겼고, 또렷해지다가 천천히 흐려졌다.
"사비님은 왜 안 왔을까요?"

여자의 물음에 남자는 얼른 대답하지 않았다. 한참 뜸을 들인 뒤에야 무슨 대단한 비밀이라도 전한다는 듯 남자가 말했다.

"전시회 때문일 겁니다."

여자가 놀란 눈으로 남자를 보았다. 남자의 코는 오뚝하지도 납작하지도 않았다. 눈을 몇 번 깜빡였는데 속눈썹이 남자치고는 길었다. 줄곧 어디서 본 것 같은 얼굴이라는 생각이 든 건 괜한 추측이 아니었다. 확인하고 싶은 생각이 들었지만, 여자는 입을 다물었다. 자동차가 어떻게 처리되는지에 대한 것과 마찬가지였다. 이제, 더 이상, 알아야 할 게 없었다.

"사비님이랑 개인적으로 아는 사이였어요?"

"그럴 리가요."

"그런데 전시회 얘기는 뭐예요?"

"닉네임이."

"사비……연필?"

남자가 실없이 웃었다. 여자가 폭소를 터뜨렸다. 차 안을 가득 채웠던 여자의 웃음이 툭 떨어지듯 끊겼다. 이번에도 실패할지 모른다는 생각이 들자, 여자는 커피를 한꺼번에 넘겼다. 목구멍 안쪽이 화끈거렸다.

"내리죠."

여자가 말했다. 남자가 고개를 돌려 여자를 보았다. 여자는 남자의 눈길을 피했다. 여자는 시동을 끄고 안전벨트를 풀었다. 키를 뽑으려던 여자의 손이 조심스럽게 무릎 쪽으로 내려왔다. 남자가 먼저 문을 열었고, 차에서 내린 뒤 문을 닫았다. 남자가 문을 닫고 꽤 시간이 흐른 뒤에야 여자가 문을 열었다. 키를 뽑지 않았을 때의 딩동거리는 음악이 흘러나왔다. 밖으로 나온 여자가 차 문을 세차게 닫았고, 음악이 놀란 듯 멈추었다.
 차 뒤쪽 범퍼를 보고 있던 남자가 고개를 들며 여자에게로 손을 내밀었다. 여자가 남자의 펼쳐진 왼쪽 손바닥을 내려다보았다. 그 위를 남자의 오른손 검지가 톡, 톡, 톡 쳤다. 여자가 주머니에서 스마트폰을 꺼내 남자에게 건넸다.
 남자가 폰을 조작하는 동안 여자는 두 손을 바람막이 주머니에 찌른 채 주위를 둘러보았다. 남자가 폰을 여자에게 돌려주었다. 여자는 소용없는 물건을 돌려받는 기분이 들었다. 정말 소용없는 물건이잖아, 하고 여자는 속으로 중얼거렸다. 까맣게 지워진 액정 위로 빗방울이 떨어졌다.
 "우산이 트렁크에 있는데……."
 여자가 채 말을 끝내기도 전에 남자는 이미 숲으로 난 길을 따라 걸음을 옮기기 시작했다. 빗줄기는 가늘었지만 숲은 충분히 젖어 있었다.

 출판사에서 혜진에게 연락이 온 건 한 달 전이었다. 원고가 넘어가고 일 년이 지나고 다시 다섯 달을 더 기다린 뒤였다. 첫 작품집인데 자꾸 늦어져서 미안하다는, 상투적인 치렛말조차 없는 전화는 더 이상 혜진을 당혹스럽게 만들지 않았다. 가수 K의 환상소설집 출간 일정이 당겨져서 지연이 불가피하다는 얘기는 넘을 수 없는 벽이었다. 그 벽은 일 년 동안 맞닥뜨렸던 소설가 K의 중단편집, 소설가 J의 엽편소설집, 소설가 P의 장편소설들보다 낮지 않았다.
 어차피 넘을 수 없어, 넌.
 그런 소리를 들은 것 같았다. 하지만 벽 하나가 더 있었다. 해설을 쓴 평론가가 원고를 수정하고 싶어한다는 거였다. 정말 '어차피'로 시작하는 편집장의 말을 듣고 났을 때 혜진은 참고 견뎌라, 던 선배와 견뎌봐야 돌아오는 것도 없어, 라던 또 한 선배를 차례로 떠올렸다. 서운함도 무심함도 사라졌다고 생각했었는데, 혜진은 망치를 쥔 듯 손을 꽉 움켜잡았다.

어쩔 수 없네요, 기다릴게요.

고분고분한 자신의 목소리에 그녀는 화가 치밀었다. 하지만 순식간이었다. 통화종료 버튼을 누르는 순간, 화가 사라졌다. 거짓말처럼 모든 것이 깨끗하게 정리되었다. 더 이상 기다릴 일이 없었다. 첫 작품집을 보지 못한다는 게 아쉬울 법도 했지만, 거짓말처럼 서운하지 않았다.

늘 들어가던 사이트에 접속해 '슈피겔'이라고 적힌 폴더를 열고 '가이드'라는 제목의 파일을 찾아 문서를 열어보는 데 걸린 시간은 채 십 초가 되지 않았다. 문서 안에 담긴 모두 다섯 명의 가이드 중에서 고른 것이 그였다. 로미오의 눈물 – 그것뿐이었다. 설명이 아무것도 없었다. 그게 마음을 끌었다. 슈피겔, 가이드, 로미오, 눈물. 단어들이, 묘하게 자극적이었다. 로미오의 눈물을 가이드로 신청한 사람은 사비라는 닉네임을 쓰는 사람뿐이었다. 혜진이 입력을 마치자, 사비 아래 혜진의 닉네임이 찍혔다.

봉고.

"아까, 차타고 올 때 뭐했어요?"

혜진의 물음에 앞서가던 남자가 고개를 돌리려다 말았다. 남자의 젖은 머리칼에서 듣는 물기가 후드캡으로 흘러내리는 걸 보며 혜진은 바람막이 주머니에서 손수건을 꺼냈다.

"잤냐, 명상했냐, 뭐 이런 거 묻는 거죠?"

참새떼가 나무 한 그루 안에서 한꺼번에 쏟아져 나와 빗줄기 속으로 사라졌다. 비가 가늘어지기를 기다린 걸까, 하고 혜진은 생각했다. 쟤들은 작아서 잘 젖지 않을 거야, 하고도 생각했다.

"당연히 잤죠."

혜진은 손수건으로 자신의 이마를 닦아냈다. 그리곤 콧등과 입술, 턱, 목을 차례로 닦았다. 남자의 뒤통수를 응시하며 그의 미소를 상상했다. 불판 위의 물방울처럼 빠르게 증발하는.

"그게 아니고요, 스마트폰으로 하던 거."

"아, 게임."

남자의 뒤통수가 끄덕끄덕 움직였다. 남자가 걸음을 멈추고 이번엔 몸을 돌렸다. 미소는 보이지 않았다. 살짝 아래로 내려와 검은 눈자위의 반쯤을 덮고 있는 긴 속눈썹이 미소의 흔적처럼 보였다. 어딘가 본 듯하다는 생각은 조금 더 굳어졌다.

"아닌 것 같은데……."

"맞아요, 게임."

"그냥, 손가락으로 톡톡 치던데요. 문자 할 때처럼."

"게임 맞아요. 숫자 게임. 스토쿠 비슷한 거."

남자가 오른쪽 손가락으로 코를 긁었다. 듬성듬성 난 수염을 긁고 나서 고개를 조금 전보다 조금 더 크게 끄덕였다. 얼굴이 저렇게 하얬나, 하고 혜진이 생각했을 때, 멀리서 까마귀가 꽤 길게 울었다.

"문장 게임도 했었네요."

남자의 볼을 타고 물줄기가 흘러내렸다. 그쳤던 비가 다시 가늘게 내리기 시작했다. 혜진이 주머니에 넣어두었던 손수건을 꺼내 남자에게 건넸다. 남자는 손수건을 받아들긴 했지만 물기를 닦아내진 않았다.

"문장 게임. 그런 게 있어요? 처음 들어봐요."

"있어요. 제일 인기 없는 게임일 겁니다."

남자가 다시 돌아섰다. 혜진의 손수건은 여전히 남자의 손에 들려 있을 뿐이었다.

"그 어플 만든 사람은."

거기까지 말하고는 다음을 잘라먹었다. 궁금했다. 취재 본능이 발동했다. 마지막으로, 하고 혜진은 생각했다.

"그 사람이 왜요?"

남자의 걸음이 더뎌졌다. 남자는 목을 풀 듯 고개를 몇 번 갸우뚱거렸다. 들릴락 말락, 시인, 철학자, 그런 말들이 흘러갔다. 문장 게임이란 걸 만든 사람이 시인인지, 철학자인지, 그런 얘기인지. 혜진이 걸음을 빨리하며 남자에게로 다가갔다.

"설명 좀 해줄 수 있어요? 어떤 게임인지."

남자가, 음……, 하고 끌다가 고개를 좌우로 천천히 돌렸다. 산세를 살피는 것 같았다. 그리곤 다시 걸음을 떼면서 문장 게임이란 것에 대해 설명하기 시작했다. 어플리케이션 사용자가 단어를 입력하고 옵션을 선택하면 거기에 맞는 문장이 나타난다. 옵션은 1에서 4까지의 숫자, 한국어를 포함해 여섯 가지 언어, 그리고 다섯 가지로 나누어진 분야, 그것뿐이다.

"가령, 인연이라는 단어를 입력하고, 옵션으로 숫자는 2, 언어는 중국어, 분야는 속담을 택했다고 하면, 요우유안 치안리 라이 샹후이, 우유안 뚜이미앤 뿌 펑토우, 이렇게 나오죠."

혜진이 걸음을 멈추었다. 걸음이 저절로 멈추었다는 게 맞았다. 한국말을 잘하는 중국사람이랑 여행하는 것 같았다. 남자는 계속 걸음을 떼어냈다. 남자가 조금씩 멀어지자 소리도 그만큼 작아졌지만 마치 혜진의 귀에 대고 말하여진 듯 또렷했다. 유연천리래상회有緣千里

來相會, 무연대면불팽두無緣對面不頭. 인연이 있으면 천 리를 떨어져 있어도 만나게 되고, 인연이 없다면 서로 마주쳐도 알지 못한다.
혜진이 손등으로 눈두덩을 닦아냈다.

신인상 공모에 당선되었다는 연락을 받는 꿈을 혜진은 참 많이도 꾸었다. 과장을 좀 보태면 5년이 지나는 동안 백 번은 꾸었을 것이다. 대개는 당시의 정황 그대로였다. 오십 번쯤 꾸었을 때부터 조금씩 달라졌다. 전화로 연락을 받는 상황은 여전했지만 당선 소식을 알려주는 사람의 성별이나 직위가 자주 바뀌었다. 언젠가는 청와대에 근무하는 사람일 때도 있었다.
연락을 받자마자 맨 먼저 엄마에게 전화를 걸었던 건 거의 바뀌지 않았다.
엄마, 이제 방세 안 부쳐도 돼.
그 짧은 말을 다 하지 못했을 때의, 제어할 수 없을 만큼 쿵쾅거리며 뛰는 것 같기도 하고, 물에 푹 젖어 바닥없이 가라앉는 것 같기도 했던 가슴이 고스란히 느껴졌다. 그 둘 중 하나는 분명 아니었을 텐데, 둘 다였다고 하는 게 옳을지도 몰랐다. 숨소리조차 내지 않으려는 엄마의 안간힘을 느끼는 순간 울음이 터진 건 부인할 수 없는 사실이었다. 그리고 혜진의 입안에 가득 고여 있던 아빠가, 그 끈끈한 단어가 끝내 풀어지지 않았던 것도. 잊을만하면 다시 떠올라오던, 아무리 누르고 감추어도 옷자락처럼 드러나던, 봉고차 안의 매캐한 냄새도.
그러면 소설가가 된 거야? 우리 혜진이가?
엄마의 목소리가 왜 그렇게 떨렸던 건지를 이해하기까지 제법 오랜 시간이 걸렸다. 아빠 얘기는 쓰지 마, 그랬으면 좋겠어. 그 말을 들었었나, 그냥 상상인가, 라는 생각을 더 이상 하지 않게 되었을 때, 혜진은 꿈으로부터 놓여났다. 아빠는 이제 떠오르거나 드러나는 존재가 아니었다. 살아있을 때처럼, 살아서 날마다 꾸게 되는 악몽처럼, 늘 함께였다.

 악몽은 꾸지 않으려 하면 할수록 자꾸 꾸게 됩니다. 그런데 악몽만 매일 꾸게 되면 더 이상 악몽에 시달리지 않게 되죠. 일상이란 게 그렇잖습니까. 그러려니, 하는 거. 심드렁해지는 거. 시간을 믿을 수밖에 없다는 건 절망이 아닙니다. 방법이 그것 밖에 없다고 그걸 절망이라고 하는 건 문학하는 사람들이나 써먹는 수법이죠. 계속된 악몽은 더 이상 악몽이 아니고, 시간의 막강한 힘에 기댄다는 거 – 그만한 희망이 없어요.

 그 이상한 논리를 혜진은 받아들였다. 정신과 의사는 자신이 맞서기엔 벅찬 상대였다. 벅찬 상대는 혜진을 완벽하게 제압하려는 듯 몰아붙였다.

 악몽을 받아들이면 무슨 일이 일어나느냐. 대단한 일이 일어나요. 이게 좋은 게, 그다음엔 할 게 없다는 겁니다. 시간이 알아서, 흑기사처럼 기꺼이, 알아서 맡아버려요. 하지만 여기까지는 그냥 말이에요. 말. 혜진 씨는 소설가니까 잘 알잖아요. 말이란 게 힘이 별로 없다는 거. 그게 힘이 되려면 경험을 해봐야 하는데, 시간의 힘도 그래요. 시간이 얼마나 힘이 센지는 경험한 사람만이 알 수 있어요. 대부분은 그걸 경험하지 못한 채 가버리죠.

 아버지도요?

 혜진의 물음에 의사는 대답 대신 고개만 끄덕였다. 그리고 체크리스트를 살피며 거기에 뭔가를 적고 나서 되물었다.

 아빠를 잘 알아요?

 의사는 그렇게 묻고 나서 한참이나 혜진을 바라보았다. 혜진은 가만히 있었다. 의사도 말이 없었다. 혜진은, 네, 잘 알아요, 하고 말하고 싶었다. 그러면 의사가 고개를 끄덕거릴 거라고 혜진은 생각했다.

부모, 형제, 절친한 친구, 그렇게 가까운 사람을 우린 잘 안다고 생각해요.

의사가 그 말을 하기까지 왜 뜸을 들였을까를 생각하는 사이에 의사의 입에서 나온 말들이 미끄러지며 흘러갔다.

우리가 아는 것 중에 정말 알아서 아는 게 많지 않아요. 어디서 들은 것, 그냥 안다고 생각하는 것, 그런 게 태반입니다. 가족들, 친구들, 이런 사람들에 대해서도 그래요. 여기엔 우리가 만들어낸 게 많이 들어 있어요. 아주, 꽤, 많이요. 그만큼 정확하지 않아요. 위안으로 삼을 때는 이런 게 유용하지만, 틀어지면 금방 우리를 물어뜯어요. 상처는 그 사람들이 주는 게 아니라 우리가 내는 겁니다. 우리가 그 사람들을 이용해서 우리를 해쳐요.

이걸 말하고 싶었구나, 하고 생각하며 혜진은 의사의 눈을 지그시 바라보았다. 의사의 눈이 몇 개의 말을 잘라먹었음을 전했다. 생략된 말들이 혜진의 머릿속에서 분주한 아이처럼 돌아다녔다. 의사는 체크리스트에 뭔가를 쓰고 나서 숨을 들이켰다가 내쉬고는 다시 그윽한 눈길을 혜진에게 보냈다.

늘 이런 식으로 말해요?
하고 물어볼까 하다가 관두었다. 그렇게 물으면,

절대로 아니죠,
하고 대답할 것 같았다. 혜진 씨니까 하는 겁니다. 소설가니까. 말이나 생각이 어떤 건지, 그걸 아니까. 말과 생각으로 우리를 끌고 다니고, 자신도 끌려다니고, 끌고 가고 끌려다니고 그래도 절대로 포기하지 않잖아요, 당신은, 하고 말할 것 같았다. 저 사람의 자신감은 어디서 오는 걸까, 하고 혜진은 생각했다. 나는 한 번이라도 저런 걸 가져 본 적이 있을까.
혜진 씨가 꾸는 악몽에 봉고차가 있어요?
없었다. 거짓말 같지만, 그랬다. 한 번도 봉고차가 꿈에 나타난 적은 없었다. 가장 생생한 장면일 텐데, 그랬다.
유령이 나타나는 건 실체가 아니기 때문이죠,
라는 의사의 말이 물속에 잠겨 듣는 것처럼 웅웅거렸다. 아득하게 울리다가 멀어졌다. 그렇구나. 그걸 몰랐구나.
그런데 실체라는 게……있는 거잖아요. 아빠는 유령이 아니잖아요. 봉고차도.
혜진의 말에 의사가 고개를 끄덕였다. 하지만 뭐라고 대꾸를 하진 않았다. 마치 혜진이 좀 더 말하기를 기다리는 것 같았다. 혜진은 생각했다. 생각하고 또 생각한 뒤에, 아빠의 마지막 모습을 본 게 봉고차 안이 아니란 생각에 닿았다. 아빠를 마지막으로 본 건, 그냥, 영정사진에서였다. 유령이었다. 그럼, 봉고차에서 나던 냄새는 뭐지, 라는 생각에 닿았을 때, 혜진은 자신이 유령이 된 기분이었다.

숲으로 난 길은 거의 알아챌 수 없을 정도로 야금야금 좁아지다가 마침내 사라졌다. 길이 끝난 곳에 잎이 무성한 큰 굴참나무가 이정표처럼 서 있었다. 어디를 가리키는 이정표일까, 하고 생각하다가 혜진은, 아, 여기구나, 하고 말하듯 고개를 끄덕였다.
"여긴가요?"
하고 물으려다가 혜진은 꿀꺽 삼켜버렸다. 가슴이 조금씩 빠르게 뛰기 시작하는 게 느껴졌다. 궁금했었다. 거기에 가면 어떤 기분일까. 끝이란 걸 느끼게 된다면, 가슴이 어떻게 될까. 가라앉을까, 뛸까. 뛸

것이라는 생각이 들었었다. 어릴 때 운동회 출발선에 섰을 때처럼. 가슴이 뛰고 있다는 사실이 당연하면서도 이상했다.
　남자가 배낭을 벗어 잡풀 위에 놓았다. 굴참나무 아래 잡풀들에는 물기가 거의 없었다. 머리의 물기를 털어내는 남자를 혜진은 물끄러미 바라보았다. 혜진의 손수건은 남자의 바지 주머니에 들어 있었다. 혜진의 입가에 미소가 어렸다가 사라졌다. 비는 그쳤지만 하늘을 덮은 구름은 더 어두워졌다.
　"커피 드실래요?"
　남자가 물었다. 혜진은 미소로 대답을 대신했다. 남자는 낡은 보온병 뚜껑을 벗겨내고, 빨간색 버튼을 누르고, 몸체를 뚜껑에 기울였다. 커피가 반쯤 담긴 보온병 뚜껑을 혜진은 얼른 받지 않고 꽤 오래 내려다만 보았다. 마지막, 커피, 남자, 슈퍼겔, 가이드……라는 단어들을 머릿속의 자판으로 찍었다. 코가 쩌릿해지고, 눈이 아렸다.
　"생각이 참 많아요, 봉고님은."
　남자가 혜진의 오른쪽 손을 끌어당겨 보온병 뚜껑을 쥐어주었다. 혜진은 어금니를 지그시 물었다. 남자는 배낭 앞쪽에 세로로 난 지퍼를 열어 깔개 두 개를 꺼냈다. 하마터면 혜진은 와락 웃음을 터뜨릴 뻔했다. 정말 여행이라도 떠나는 사람처럼 물건들을 준비해온 남자를 이해하는 게 쉽지 않았다. 가이드, 라서 그런가. 그 생각이 들자 혜진은, 어려운 문제 하나를 풀어낸 듯 고개를 끄덕였다.
　깔개를 깔고 앉은 남자가 옆에다 나머지 깔개를 폈다. 혜진이 거기에 엉덩이를 걸쳤다. 풀냄새가 스며들었다. 까마귀가 길게 울었다. 빗방울 몇 개가 듣고, 바람이 서늘하게 목덜미를 파고들었다. 커피는 보온병 뚜껑 안에서 식어갔다. 더 이상 가슴이 빠르게 뛰지 않았다. 천천히, 슬픔이, 걷혔다. 살고 싶다. 어금니에 갇혀 있던 힘이 빠져나갔다.

"이런 거 물어봐도 되는지 모르겠는데……가이드님은 대답해주실 거 같아서 물을게요."

혜진이 식은 커피를 조금 목구멍 너머로 넘겼다. 남자가 책상다리를 하고 허리를 폈다.

"학교 다닐 때 친구들이 궁금한 게 있으면 저한테 많이 물어봤어요."

"공부를 잘했나 봐요?"

"조금요."

"중국어도 잘 하시던데."

"중국에서 공부를 좀 했었어요."

"그렇구나."

"궁금했던 게 중국어는 아니죠?"

휘발성 강한 남자의 미소가 떠올랐다 사라지고, 혜진은 식은 커피를 마저 들이켰다. 한기가 밀려왔다.

"왜 가이드를 하게 됐어요?"

남자가 버릇처럼 손가락으로 콧등을 긁고, 듬성듬성 돋은 수염을 긁었다. 그리곤 또 버릇처럼 긴 속눈썹으로 눈동자의 반쯤을 가렸다. 혜진은 고개를 숙이며 손에 힘을 넣었다.

"옛날 중국에 소부라는 사람이 있었어요."

남자가 입을 뗀 것은 한참이나 지난 뒤였다.

"소부는 어려서부터 공부를 많이 하고 싶었어요. 그런데 아버지가 일찍 세상을 떠났고, 홀어머니는 많이 아팠어요. 그래서 소부는 낮에는 남의 농사일을 하면서 어머니의 병환을 살피고 밤에 잠을 줄여 공부를 했어요. 하지만 일이 워낙 고되어서 책을 읽는 시간이 그리 많지는 않았죠. 소부의 효심 덕분이었는지 곧 세상을 떠날 것 같던 어머니는 소부가 서른 살이 될 때에도 살아 계셨어요. 하지만 병이 나은 건 아니라 소부는 늘 어머니를 보살펴야만 했어요. 결혼을 하려 해도 워낙 가난해서 엄두가 나지 않았어요. 그러다가 소부의 어머니는 소부가 마흔 살이 되었을 때 하늘로 떠났어요."

남자가 거기까지 얘기를 했을 때, 혜진은 문득 남자가 일부러 이야기를 지어서 하고 있는 건 아닌가, 생각했다. 하지만 혜진은 그런 거냐고 묻지도 않았고, 얘기를 끊지도 않았다.

"어머니의 장사를 지내고 집으로 돌아온 소부는, 자신의 삶이 참 허망하다는 생각이 들었어요. 어머니를 정성껏 보살피기는 했지만 병을 낫게 한 것도 아니고, 어머니의 고통만 오래 끌어왔다는 생각이 들었어요. 자신의 삶을 봐도 허망하긴 마찬가지였어요. 어머니를 보살피느라 공부를 마음껏 하지 못했으니까요. 그렇게 며칠을 아무것도 입에 넣지 못한 채 생각에 잠겨 있던 소부는 두 가지 생각을 했어요. 하나는 스승을 찾아가 제대로 공부를 하자는 것이었고, 다른 하나는 이제 그만 허망한 삶을 끝내자는 거였어요."

혜진은 더 이상 남자의 말을 듣고 싶지 않았다. 소부라는 사람이 정말 있었는지, 그 사람이 둘 중에 어떤 걸 택했는지, 모두 궁금하지 않았다. 확인하고는 싶었다. 하지만 확인한다 해서 달라질 건 없었다. 그냥, 그대로, 두고 싶었다. 모르는 것은 모르는 채로. 유령처럼. 익숙해진 악몽처럼.

혜진의 생각을 읽기라도 한 듯 남자도 더 이상 입을 떼지 않았다.

남자가 입을 다물고 있는 시간이 길어졌고, 혜진의 머릿속이 비어졌다. 아무 생각도 떠오르지 않았다. 백스페이스키를 누른 것처럼 단어들이, 문장들이, 차례로 지워졌다. 그리고 하얀 첫 문서화면이, 고개를 숙인 채 풀잎을 내려다보고 있던 혜진의 눈앞에 펼쳐졌다. 맨 앞에서 파닥파닥 움직이던 커서도, 사라졌다. 그냥 백지였다. 봉고차 안의 매캐한 냄새도, 아빠도, 유령조차, 없었다.

　고등학교 2학년, 겨울방학을 며칠 앞둔, 전국 모의고사가 끝난 다음 날이었다. 혜진의 방문이 살그머니 열린 건 새벽녘이었다. 가채점한 시험지가 책상에 어지럽게 놓여 있었다. 수학을 빼고 모두 1등급이었다. 갑작스레 연락이 와 마산에 있는 공장으로 내려가기 위해 새벽녘에 봉고차에 시동을 걸어놓고 혜진의 방으로 조심스럽게 들어온 아빠는 지갑에서 5만 원짜리 한 장을 꺼내 책상에 내려놓은 뒤 볼펜을 집어 들고는 책상 위를 빠르게 훑었다. 메모지를 찾으려던 그는 볼펜을 도로 책상에 내려놓고는 자고 있는 혜진을 향해 손가락 하트를 만들어 보이곤 방을 나섰다.

　사랑한다, 우리 딸,
　방학식 날 풀코스 기대해 ~

　졸린 눈으로 우유가 담긴 그릇에 시리얼을 붓다가 혜진은 아빠가 보낸 카톡을 확인했다. 일곱 시가 막 지나고 있었다. 그릇을 다 비울 때쯤에야 혜진의 졸린 눈이 평소 크기로 돌아왔다. 귀여운 냥이가 펄쩍 뛰어오르는 이모티콘을 아빠에게 보내고 혜진은 식탁에서 일어섰다. 7시 15분이었다. 고속도로를 달리던 아빠의 봉고차로 반대편 차선에서 크레인 부품 나사 하나가 날아온 건 그로부터 채 일 분도 지나지 않았을 때였다. 혜진의 아빠는 외상이 거의 없는 상태로 차에서 꺼내졌지만 이미 생명이 없었다.
　아빠는 번역가였어요. 원래는.

그렇게 말해놓고 혜진은 의사의 눈을 피했다. 체크리스트 위를 움직이는 의사의 손이 사과 껍질을 깎을 때 나는 소리를 냈다. 빠르고 날렵하지만, 조심스러운.

원래는, 이라면, 그만두게 된 사연이 있겠군요.

의사의 손은 체크리스트 위에 멈추어져 있었다. 혜진은 고개를 들었지만 의사의 눈을 볼 자신이 없었다. 당당하고 냉혹한 그의 눈에서 호기심을 확인하는 일은 하고 싶지 않았다. 혜진은 다시 움직이기 위해 에너지를 축적하고 있는 의사의 손을 응시하며 고개를 가만히 저었다. 혜진의 아빠는 영문학과 은사를 도와 초벌 번역을 오랫동안 했었다. 혜진이 어릴 때는 컴퓨터 앞에 앉아 번역을 하고 있던 아빠의 무릎에서 잠이 들곤 했었다. 아빠가 번역한 책들이 서가의 한 칸을 가득 채웠지만, 그 책의 어디에도 아빠의 이름이 쓰여 있지 않다는 걸 안 것은 중학생이 된 뒤였다.

아빠가 마지막으로 번역한 책은 소설이었어요. 거울 속으로 사라진 사람의 얘기였죠. 주인공은 어느 날 거울 속으로 들어간 뒤에 영영 나오지 않았어요. 경찰이 남편의 변사체를 발견하지만 아내는 인정을 하지 않아요. 거울 속으로 사라지는 걸 분명히 봤다는 주장도 꺾지 않고요. 그런 얘기였어요. 그걸 읽은 건 중학교 3학년 때였는데, 주인공의 아내를 이해할 수 있었어요. 그 소설을 끝으로 아빠는 더 이상 번역 일을 하지 않았어요. 아빠는 아빠 친구가 하시던 자동차 부품 운송을 넘겨받아서 하기 시작했어요.

혜진은 자신이 하고 있는 말들이 사실이라고 장담할 수 없었다. 어쩌면 소설을 쓰고 있는 것인지도 몰랐다. 아빠와 엄마가 주인공인, 혜진이 화자인.

그 무렵 어느 날 밤에 엄마랑 아빠랑 집에서 맥주를 마셨어요. 얘기를 많이 했는데, 별 얘기는 아니었어요. 맥주 안주였던 크래커를 가리키면서 아빠가, 크래커라는 게 멍청한 백인을 가리키는 말이라고 하면, 엄마랑 제가 막 웃고, 그랬어요. 그러다가 엄마가 아빠한테, 번역을 다시 하면 안 되겠냐고 했어요. 그러니까 아빠가, 부품 운송 일이 적성에 맞다고 그랬어요. 그러다가 엄마가 아빠한테 아빠가 번역한 소설 이야기를 물었어요. 왜 여자는 남편이 거울 속으로 떠났다고 생각했는지를요. 아빠는 엄마한테 아무 대답도 하지 않았어요. 그러고 나서 엄마는 아빠한테, 번역을 그만둔 게 그 소설 때문이냐고 물었어요. 이번에도 아빠는 대답하지 않았어요. 대답 대신에 스마트폰에서 음악 하나를 찾아서 들려주었어요. 대답을 대신한다는 듯이요. 거울 속의 거울, 이라는 곡이었어요.

의사의 손길이 체크리스트 위를 움직이고 있었다. 혜진은 의자에서 천천히 일어나 슈피겔 임 슈피겔, 이라고 쓴 의사의 체크리스트를 내려다보았다. 의사가 고개를 들었고, 혜진이 고개를 살짝 숙여 보였다.

그날 이후로 혜진은 더 이상 병원에 가지 않았다. 일부러 가지 않은 건 아니었다. 진료 예약일이 며칠 지난 뒤에야 병원에 가지 않았다는 사실을 알았다. 그리고 그때는 늘, 생각하려면 언제나, 아빠가 있었다. 악몽과 유령이 그렇게 시간 속의 존재로 그녀와 함께 살아가고 있었다. 봉고차 안의 매캐한 연기 냄새를 굳이 부인하려 하지 않았다. 더 이상 어떤 것에도 진저리를 치지 않았다. 아르바이트를 하던 물류 창고에서 가장 어두운 곳으로 들어가 십 분쯤 울고 난 뒤, 끝났다, 라는 생각이 들었다.

남자가 배낭 앞쪽 지퍼를 열었다. 지퍼 안에서 나온 건 손가락 두 개를 포개놓은 크기의 앙증맞은 종이상자였다. 남자는 고개를 옆으로 틀어 혜진을 보았다. 굳게 다물어진 그의 입술은 휘발성 강한 미소를 아예 만들어내지 않을 것처럼 보였다. 하지만 그 입술이 열리고 비어져 나온 목소리는 약간 상기되어 있었다. 몇 가닥의 수염이 클로즈업한 사진처럼 혜진의 눈 속으로 밀려왔다.

"상자가 예쁘죠?"

상기된 목소리를 감추려는 듯 남자가 농담을 던졌다.

"그 안에 든 것에 비하면 과도하게 예쁘네요."

농담에는 농담으로, 하고 혜진은 생각했다. 가슴이 다시 뛰기 시작하는가 싶었지만, 가라앉는 속도가 더 빨랐다. 아빠가, 매캐한 냄새가, 엄마가, 스쳐갔다.

"이 안에 든 걸 알아요?"

하고 남자가 물었다.

"모르죠. 하지만 짐작은……."

쓸데없는 농담이다, 하고 혜진은 생각했다. 살고 싶다, 와 살고 싶지 않다, 와 끝났다, 가 번갈아 지나갔다. 남자의 고개가 끄덕끄덕 움직였다.

"스페인에서 온 약입니다. 아세시나토. 정식 명칭은 아니지만, 그렇게들 불러요. 그쪽 사람들은요."

들은 적이 있었다. 스위스에 있는 자살 조력 병원인 디그니타스에서 제공되는 농축일산화탄소로 된 것의 카피약이라는 것. 디그니타스를 이용할 때 소요되는 천만 원 가량의 비용을 감당할 수 없는 사람들이 찾는다는 약. 그 약에 '암살'이라는 고약한 단어를 붙인 게 정말 '그쪽' 사람들인지는 알 수 없었지만, 틀린 건 아니었다. 스스로 생을 마감하는 것도 일종의 암살이란 점에서.

"이게, 진짜 있었네요."

혜진이 낮게 숨을 내쉬었다. 사비, 라는 닉네임을 가진 사람이 함께 있었다면 무슨 얘기를 했을까, 그 사람은 어떻게 생겼을까, 남자였을까, 하는 생각들이 매표구를 향해 이동하는 사람들처럼 지나갔다.
"누구한테 들었어요?"
하고 남자가 작고 예쁜 종이상자의 덮개를 만지작거리며 물었다.
"동료 작가한테서요."
디그니타스에 대해 취재를 하던 때였다. 안락사에 대한 장편을 발표한 적이 있던 아는 소설가가 얘기를 해주었다. 자살에 실패한 사람들이 찾는 마지막 방법이라고. 하지만 구하기가 쉽지 않다며 그 작가가 덧붙여준 게 가이드였다. 삶의 완전한 종식으로 이끄는 사람.
"원래 이름은 뭐예요?"
하고 혜진이 검지손가락으로 종이상자를 가리키며 물었다. 가까이에 있던 나무 한 그루 안에서 참새떼가 한꺼번에 쏟아져 나왔다. 멀리서 까마귀가 길게 울었다.
"소코레르."
하고 남자가 말했다.
"무슨 뜻……인데요?"
"세이빙 유어 라이프."
남자의 말에 혜진이 미소를 지었다. 남자의 표정은 여전히 굳었다. 처음으로, 그의 삶이 가여웠다. 저 사람도 언젠가는 다른 가이드가 내민 조그맣고 예쁜 상자를 열게 될 거야, 하고 혜진은 생각했다. 혜진이 미소를 지워내며 남자에게로 손을 내밀었다.
남자가 말없이 상자를 혜진의 손바닥 위에 올렸다. 그리곤 자신이 해야 할 마지막 일을 하듯 배낭 사이드포켓에서 보온병을 꺼내 그녀에게 건넸다. 혜진은 코끼리 문양이 거의 지워진 보온병을 받아 깔개

옆에 내려놓고, 종이상자의 뚜껑을 열었다. 표면이 매끄러운 하얀색 알약이 모습을 드러냈다. 혜진이 엄지손가락과 집게손가락으로 알약을 집어 혀 위에 올려놓고 목구멍 너머로 삼키기까지 걸린 시간은 채 십 초도 되지 않았다.

아빠가 물었다.
우리 혜진이, 아빠만큼 크면 뭘 하고 있을까?
졸음에 겨운 채 아빠의 무릎 위에 앉아 있던 혜진은 네 살이나 되었을까.
음, 대디, 마이 대디, 라이크 마이 대디.
입술을 오물거리는 혜진을 아빠가 꼬옥 안았다. 혜진은 달콤한 잠에 빠져 들어갔다. 아빠의 무릎 위에서 드는 잠은 언제나 달콤했다.
아빠, 나는 아빠처럼 될 거야.
아빠처럼 영어 잘하는 사람?
응, 아빠처럼 멋있는 사람.
아빠는 아무 말도 하지 않았다. 세상이 깊은 잠에 빠진 듯했다. 잠은 달고 깊었다. 편하고, 따뜻했다. 그러다 어느 순간, 깊은 잠에 빠진 세상에서 혜진만 홀로 깨어나는 것 같았다. 혜진은 가만히 눈을 떴다. 아빠의 무릎 위가 아니었다. 어둠이 혜진의 눈을 가득 채웠다. 혜진은 어둠을 걷어내기라도 하듯 팔을 뻗어 천천히 움직였다.
멀리서 새가 울었다. 까마귀 소리 같았다.
한 가지 물어봐도 돼요?
혜진의 귀에 그런 소리가 들렸다. 자신의 목소리인 것 같은데, 아닌 것 같기도 했다.
어려운 게 아니었으면 좋겠네요.

남자의 목소리였다. 로미오의 눈물. 그 닉네임을 쓰는 남자. 가이드. 그 사람의 목소리였다. 왜 그의 목소리가 들리는 거지, 하고 생각하며, 혜진은 물어보고 싶었던 말을 꺼냈다.

왜, 가이드님 닉네임이 로미오의 눈물이에요?

대답이 없었다. 오랫동안 남자의 목소리는 들리지 않았다.

꽤 오랜 시간이 흐른 뒤에야 혜진은 주위에 아무도 없다는 것을 알았다. 혜진은 눈을 떴다. 분명히 눈을 뜨고 있었는데, 눈이 다시 뜨여졌다. 어두웠지만 주위의 사물들은 구별할 수 있었다. 더없이 또렷했다. 혜진은 자신이 누워 있다는 것이 느껴졌다.

위쪽 멀지 않은 곳에 무성한 나뭇잎들이 어둠에 잠겨 있었다. 굴참나무였다. 그 위로 새하얀 별들이 박힌, 어둠에 싸인 밤하늘이 펼쳐져 있었다. 죽으면 이런 건가, 하고 혜진은 생각했다. 감각들이 명료했다. 숨을 들이키면 풀냄새가 코안으로 빨려들었다. 신기했다. 혜진은 바닥에 닿은 손을 천천히 조금씩 벌렸다. 손가락 끝에, 손바닥에, 매끄럽고 따뜻한 것이 만져졌다. 죽은 것 같기도 하고, 아닌 것 같기도 했다. 혜진은 입술을 조금 벌렸다. 그리고 천천히, 목 안쪽에, 혀 위에, 힘을 넣었다.

"아……."

소리가 입술 밖으로 빠져나왔다. 낮고 약했지만 자신의 목소리란 걸 혜진은 알 수 있었다. 혜진의 눈에 물기가 고였다.

정말이었구나. 그 사람이, 있었구나.

혜진은 눈을 감았다. 볼을 타고 눈물이 흘러내렸다. 혜진은 손끝으로, 침낭처럼 느껴지는 매끄럽고 따뜻한 촉감을 음미했다.

가이드 중에는 간혹 자살자에게 수면제를 주는 사람이 있다고 해요. 아세시나토 대신 소코레르를 주는 거죠. 그런 가이드를 저쪽 사람들은 수호자라고 부른다던데, 아마도 지어낸 이야기가 아닐까 싶어요. 그런 사람이 있었으면, 싶은 마음이 만들어낸.

 자살 조력 병원 얘기를 해준 소설가의 말이 혜진의 뇌리에 떠올랐다. 그리고 영상 하나가 겹쳐졌다. 대학로의 한 극장에서 보았던 셰익스피어의 『로미오와 줄리엣』이었다. 줄리엣은 로렌스 수도사로부터 받은, 먹으면 죽은 것처럼 보이는 약을 먹는다. 티볼트와의 검투를 끝내고 돌아온 로미오는 쓰러져 있는 줄리엣을 발견한다. 그리고 그녀가 정말로 죽었다고 생각한 그는 독약을 마신다. 그 장면이었다. 혜진은 로미오를 연기한 배우의 볼을 타고 흐르던 눈물을 기억했다. 로미오였던 그 배우는 혜진을 굴참나무 아래로 데려온 '로미오의 눈물'이었다.

 밤하늘 아득히 높은 곳에서 한 방울의 비가 떨어져 혜진의 볼에 닿았다.

1900~1943
Hyeon Jin Geon

현진건문학상 기수상작가 신작특선
은아의 세계
김 가 경

약력

진천 출생.
2009년 《부산일보》 신춘문예 「보리수 여인숙」 당선, 2012년 《서울신문》 신춘문예 「홍루」 당선으로 작품 활동을 시작했다.
2016년 「첫눈」으로 부산소설문학상, 2017년 『몰리모를 부는 화요일』로 요산창작지원금을 받고, 2018년 「유린 이야기」로 현진건문학상을 수상했다.
작품집으로 『몰리모를 부는 화요일』, 『배리어 열도의 기원』이 있다.

　수소문 끝에 이곳을 찾아오면서 시골도 이런 시골이 없다고 투덜댔다. 기차에서 내려 버스를 타고 한 시간을 더 간 다음, 사오십 분 걸은 것은 그렇다 치고, 물어물어 보고밀의 집을 찾을 때까지 쉬어가자고 투덜댄 것은 은아가 아니고 나였다. 발바닥이 너무 아팠던 것이다. 집은 산 중턱에 버려진 과수원 한가운데 있었다. 보고밀은 다 쓰러져가는 집에 겨우 방 한 칸 차지하고 있었다. 꼬치가게에서 마지막으로 본 모습보다 말라 있었고 내가 지나가다 들렀다고 하자 그 말을 믿지 않는 눈치였다. 하긴 거리가 어디라고 그 말을 믿는단 말인지. 방에는 책 한 권 없이 달랑 옷과 이불뿐이었다. 이런저런 이야기를 하다가 은아가 먼저 곯아떨어졌고 마지못해 보고밀이 덮고 자던 이불을 내어주기에 나도 슬쩍 몸을 뉘었다. 잘 나가는 인터넷 서평가가 동네 농사일이나 거들며 지낼 거라고는 생각하지 않았다. 이틀에 한 번 자전거를 타고 잠자리박물관에 다녀오는 게 고작인 것 같았다. 돌아가지 않을 작정으로 아예 일거리를 찾은 모양이었다. 원고를 다 읽고도 글을 쓰지 않고 잠적해, 대표는 애가 달아 있었다. 돈을 갖고 튄 갱단의 똘마니를 추적하는 일도 아니고 고작 쓰기를 포기한 서평가를 데려오라니. 상황을 보아 가며 어쨌든 설득해 나올 생각이었다.
　아침 봄바람이 시원하게 불어왔다. 은아는 새소리에 홀려 과수원 안으로 사라지고 보고밀이 마당 한가운데 쭈그리고 앉아 아궁이에 불을 지폈다. 마른 덤불을 쑤셔 넣으니 생각보다 불이 잘 붙었다. 나는 바람을 타고 커지는 불길을 지켜보다가 아궁이에서 슬쩍 물러났다.

"보고밀 선생님, 불을 잘 피우십니다."

보고밀이 내놓은 가래떡을 솥뚜껑 위에 올리며 먼저 말을 걸었다.

"처음엔 며칠을 그냥 굶었습니다. 불을 못 피워서요."

내도록 입을 닫고 있더니 이제야 한마디 내뱉었다.

"살려고 기를 쓰고 불을 피웠습니다."

다행히 부엌과 마당에 솥이 걸려 있더라고 했다.

"남의 글을 읽고 가타부타 하는 일이 힘든 일이긴 합니다. 이런 곳까지 오셔서 고생을 하고 계시니……창작의 고통이라는 말이 괜히 있겠습니까?"

나름대로 들은 바가 있어 점잖게 말을 거들었다.

"제가 했던 일은 창작이라고 할 수는 없습니다."

그가 새침하게 말했다.

"아무렴 어떻겠습니까. 읽고 쓰는 일인데, 그런 일을 아무나 하나요."

나도 모르게 아버지한테서 듣고 자란 이야기가 튀어나왔다. 아버지는 출세를 하려면 잘 읽고 잘 써야 된다고 입버릇처럼 말했다. 사문서 위조, 불법 대출 알선, 건설 브로커 등등, 사기 종목도 다양했던 아버지도 꾸준하게 무언가를 읽는 사람이었다. 아버지는 수감과 출소를 반복했는데 내가 전화번호를 바꾸어도 어떻게든 연락을 해왔다. 영치금을 넣어 달라, 면회를 와 달라, 같은 귀찮은 요구는 하지 않았다. 두세 달에 한두 번 책을 보내 달라는 게 다였다. 대부분 조 선생님 부탁이라며 누군가가 전화를 대신 해왔다. 그곳에서는 책을 읽는 점잖은 선생님으로 통하는 모양이었다.

보고밀이 장작불 하나를 덜어내자 아궁이 불이 이내 수그러들었다.

"꼬치가게에서 헤어진 그날, 택시를 타고 무작정 그곳을 벗어났습니다. 정신이 번쩍 들었으니까요."
 그날 그럴만한 일이 있었는지 보고밀을 마지막으로 본 날을 떠올렸다.
 밤늦게 대표가 불러서 나가보니 보고밀은 이미 취해있었다. 삼 년 간 준비해온 기획출간을 앞두고 보고밀을 독려하는 자리인 것 같았다. 대표는 오감체험 프로젝트의 서평이 나와야 다음 일이 진행된다며 보고밀을 독촉하고 있었다. 독자의 일상생활을 취향, 성격, 정치성향까지 빅데이터로 분석해서 문장으로 설계한, 놀이동산 같은 책이라고 힘을 주었다. 오디션을 통해 작가를 선발해 왔던 터라 일은 일사천리로 진행되고 있었다. 감각을 자극하는 작가의 내밀한 문장을 독자들이 찾아내 그 감정을 표현하는 과정을 유튜브나 인스타 등에 올리는 특별 이벤트도 기획하고 있었다. 조회수에 따라 상금이 올라가는 서바이벌 형태였다. 이번에도 먹힐 수밖에 없는 콘텐츠라고 열을 쏟고 있는 대표의 말을 보고밀은 귀담아 듣지 않는 것 같았다. 대표가 말끝에 서평 덕분에 회사가 잘 돌아간다는 과한 칭찬을 늘어놓았다. 그 순간 보고밀의 얼굴이 심하게 일그러졌다. 이내 그 자리에서 토하기 시작했고 대표는 나에게 뒷수습을 맡기고 슬그머니 자리를 떴다. 바닥에 쏟아낸 토사물을 다 치우고 난 뒤 보고밀의 입 주변에 묻어 있는 찌꺼기를 닦아냈다. 그를 몇 번 보아왔지만 그렇게 망가진 모습은 처음이었다.
 이후 무슨 이야기를 하다가 보고밀과 서로 어깨를 걸고 거리를 활보하며 꼬치가게로 자리를 옮겼다. 누구한테 하는 말인지 부역하지 말라는 말을 반복했는데 술 탓이겠거니 하면서도 나는 내심 기분이 좋지 않았다. 상대를 뚫어지게 쳐다보며 말을 했기에 나한테 하는 이야기인가 싶어 신경이 곤두섰다. 그때 은아한테 연락이 와서 자연스럽게 합석을 했다. 내가 보고밀을 소개하자 은아가 성이 보 씨냐고 물었다. 보고밀이 고개를 가로지르며 횡설수설했다. 내가 닉네임이라고 얼버무리니 은아가 그럼 진짜 이름이 뭐냐고 물었다. 보고밀이 비실 웃으며 대답을 하지 않았다. 나도 사실 그의 이름을 알지 못했다. 그때 갑자기 보고밀이 어린아이처럼 코를 찔찔거리며 울기 시작했다. 은아도 이유 없이 코까지 풀어가며 보고밀을 따라 울어대서 그 자리는 아수라장이 되어버렸다. 내가 자리를 비우지 않았는데도 울음바다의 진원지를 알 길이 없었다. 그날 이후 그가 사라졌다는 말이 들려왔지만 나와 아무런 상관없는 인터넷 서평가를 특별하게 기억할 일이 없었다. 단지, 서로 어깨를 건 이후 긴장이 풀려서인지 보고밀을 자꾸 베지밀 선생님이라고 불렀던 기억이 떠오를 뿐이었다. 입에 붙지 않는 어감 때문에 아버지와 도망 다니며 사 먹던 베지밀이 떠올라 실수를 했던 것이다.

"이제 내려가셔야지요. 대표님도 선생님 글을 기다리고 계십니다. 독자들도 마찬가지 아니겠습니까."

대표가 보고밀을 포기하지 않는 이유는 그가 이끄는 독자도 많아서였지만 누구보다도 기획물에 대한 서평을 대표가 원하는 대로 잘 썼기 때문이었다.

"……그 일을, 이제 안 하려고요."

잠시 뜸을 들이더니 작정한 듯 한마디 했다. 내려가지 않겠다는 뜻이었다. 읽고 쓰기만 하면 되는 안전한 세상을 두고 오지로 도망까지 쳐가며 왜 요란을 떠는지 모를 일이었다. 나는 다시 머리가 좀 아팠다. 굿즈상품은 물론 저자 강연을 위한 장소 대관, 청소년을 위한 오감이행 캐릭터 등이 이미 준비되어 있었다.

"지금껏 잘해오시지 않으셨습니까?"

나도 모르게 따지듯 물었다. 보고밀을 데려가지 않으면 대부분의 책임을 나에게 떠넘길 거였다.
"……위험해서요."
"이번 책 안에 무언가를 뒤엎을 만큼 위험한 세계가 있다는 말씀입니까?"
"그 책에는……제가 그동안 읽어왔던 문장들이 다 들어 있었습니다."
마치 그 문장에 영혼이라도 팔아온 사람처럼 침통한 표정을 지었다. 보고밀과 이야기를 하다 보면 나도 모르게 실타래처럼 엉켜드는 게 있었다. 총칼을 들고 덤벼드는 것도 아니고 덮어버리면 끝나버리는 활자의 세계가 뭐가 위험하냐고 물었다.
보고밀은 대답 대신 잔불에 감자 몇 알을 던져 넣었다. 나는 불 속에 묻혀 보이지도 않는 감자를 향해 맛있겠다는 말만 속없이 뱉어냈다. 솥뚜껑 위의 가래떡을 뒤집는데 내 심사와는 상관없이 보고밀이 피식 웃었다.
"저보다 낫습니다. 처음에 불을 피우기만 했지 뒤집을 줄 몰랐거든요."
세상에 그럴 수는 없었다. 저 자가 나를 놀리는 것은 아닌가 하는 생각이 은근히 들었다.
"초등학생도 아는 일인데, 고작 이런 일을 갖고요."
엉뚱한 칭찬에 다소 비위가 상해 작정하고 한 말을 보고밀은 알아듣지 못했다.
"그러게요, 여태껏 타고, 냄새가 나는 것을 알아채지 못한 거지요."
그래도 전과 달리 포기하려고 하면 그가 말을 받았고 속으로 부끄러운데, 라고 생각하면 또 말을 받아 했다.

"이런 오지에서 고생이 많으셨겠어요. 휴대용 버너도 있는데."
한편으로 안타까운 마음이 들어 비밀병기 알려주듯 한마디 했다. 아버지를 따라 돈 한 푼 없이 도망을 다니다 보면 도시가스나 엘피지 가스는 그림의 떡이었다. 유사시 언제든지 불을 피울 수 있는 버너를 아버지는 잊지 않고 챙겼다. 변두리로만 돌다 보니 가스가 떨어지는 날에는 가게까지 한참을 걸어가야 했다. 휴대용 가스를 사러 끝없이 걷던 일을 떠올리자 다리 통증이 다시 올라오는 것 같았다. 조금만 걸어도 다리가 아픈 게 그 탓인가 싶었다.
나는 익은 가래떡을 솥뚜껑에서 들어냈다.
"노릇노릇 먹기 좋게 잘 구워졌습니다."
"선생님이 불을 잘 다루셔서 그렇지요."
서로 덕담까지 주고받으며 보고밀과 나는 뜨거운 가래떡을 하나씩 집어 들었다. 생각 없이 뒤집은 떡은 맛이 있었다.
"대표님이 입원을 하신다네요."
떡을 한 입 베어 물며 슬쩍 근황을 전했다.
"건강하셨는데, 어디가……안 좋은가요?"
대표에 대해서는 내도록 침묵과 무관심으로 일관하더니 드디어 반응을 보였다.
"쓸개 쪽에 혹이."
"……."
보고밀이 어두운 표정으로 고개를 주억거렸다. 이번 프로젝트 때문에 더 그런 모양이라고 말을 덧붙였다.
"다 스트레스 탓이겠지요. 선생님이 내려가시면 좀 낫지 않겠습니까."
이어 나는 대표님이 혹시라도 보고밀 선생님을 만나게 되면, 내려오실 때까지 잘 돌봐 드리라고 특별히 당부하더라는 말을 추가했다.
　사람을 강제로 끌고 올 수도 없는 난감한 상황에 나를 보낸 것은 보고밀과 교류가 있는 사람이 없어서였다. 그와 어깨까지 걸고 거리를 활보했다고 하니 귀가 솔깃하는 것 같았다. 연예기획사 매니저 일을 할 때 젊은 남자 연예인이 잠적해서 찾아낸 적이 있었다. 강원도 어느 별장에 한참 연상인 여자 연예인과 함께 있었다. 그 일 때문에 골머리를 앓던 대표는 어떻게 찾았느냐고 물었다. 탐정소설을 많이 읽었다고 둘러댔지만 사기 전과가 늘어가고 있는 아버지 탓에 도망가듯 이사를 다녀 쫓기는 자의 심리를 나름 이해해서였다. 대표는 몇 달치 용돈을 쥐어주며 보고밀을 수일 내로 데려오기만 하라고 했다. 그러면서도 예민한 사람이니만큼 찾아가는 데부터 성의를 보여야 되지 않겠냐며 차를 내주지 않았다. 지금까지 빚을 갚느라 차 한 대 굴려보지 못한 내 처지를 누구보다 대표가 더 잘 알았다. 대표는 아버지에게 사기를 당한 피해자 중 한 명이었다. 멱살잡이부터 뺨까지 맞아가며 온갖 수모를 당할 때부터 보아왔다. 아버지가 사기를 쳐서 일부를 갚고 군대를 제대하고 온갖 아르바이트를 해서 내가 일부를 갚고 있었다. 기획출판사로 업을 바꾼 대표는 나머지 빚은 받지 않겠다며 기사 겸, 매니저 겸, 집사 겸, 궂은일이 생기면 만만하게 나를 불러냈다.
　아궁이 불이 사그라들고 있었다. 과수원 쪽에서 은아의 들뜬 목소리가 들려왔다.
　"어머, 딸기다, 딸기!"
　뭐에 홀린 듯 과수원을 헤집고 다니더니 산딸기라도 발견한 모양이었다.
　"떡 먹어라!"
　나는 과수원 쪽을 향해 소리를 질렀다. 잠시 뒤 은아가 작은 구슬처럼 생긴 붉은 열매를 두 손에 가득 담고 나타났다. 이미 많은 양을 따먹었는지 입술 주변에 붉은 과즙이 묻어 있었다. 커피가 먹고 싶니 달콤한 케이크가 먹고 싶니 불평을 쏟아내면서도 정작 내려가자는 말은 하지 않았다.

"그건, 뱀딸깁니다."

은아의 손바닥을 내려다보던 보고밀이 점잖게 말했다.

"뱀딸기?"

"그래, 뱀이 먹는 딸기! 뱀. 딸. 기."

본 적은 없어도 들은 바는 있어 쐐기를 박았다.

"그럼, 나 죽는 거야?"

은아가 보고밀 뒤에 붙어 서서 유치한 소리를 해댔다.

"죽지는 않겠지요."

보고밀의 말에 은아가 진짜냐고 연달아 물었다. 산전수전 다 겪고, 더 한 것을 먹고도 살아남은 애가 그걸 모를 리 없었다.

"대신 뱀이 되겠지."

내가 한마디 쏘아댔다.

"뱀?"

"그래! 뱀!"

그리고는 은아를 향해 뱀이다, 라고 소리를 크게 질렀다. 불판의 콩처럼 마당에서 요란하게 튀어 오른 사람은 은아가 아니고 보고밀이었다. 감정을 내보이지 않고 내도록 점잖을 떨며 사람을 불편하게 하더니 뱀은 무서운 모양이었다.

"그런데 오빠, 보고밀이 무슨 뜻이야?"

주변을 살피며 아직 겁을 먹고 있는 그에게 은아가 불쑥 물었다.

"하나님을 기쁘게 하다, 라는 뜻입니다."

"어떻게 하나님을 기쁘게 하지?"

은아가 고개를 갸웃거리자 보고밀이 얼굴을 붉혔다.

"나는 숨길 은隱에 싹틀 아芽, 싹을 숨기고 있다는 뜻이야. 외할머니가 지은 이름인데, 그래서 사람들이 나를 볼 수가 없대."

처음 만났을 때 나한테 그랬듯이 반말을 써가며 또박또박 이름을 댔다. 은아를 거리에서 만났다. 늦은 밤 아르바이트를 끝내고 가는데 한 여자가 어느 놈한테 맞고 있었다. 나도 모르게 사람들을 밀치고 달려가 코뼈가 부러지도록 덤벼들었다. 악질 같은 그놈 때문에 경찰서까지 따라갔다. 같이 살던 외할머니가 돌아가셔서 보호자로 나설 사람이 없다고 했던 것이다. 그놈이 불러낸 사람은 부모에 삼촌까지 네다섯은 넘었다. 경찰이 이름을 묻자 은아가 피해자 란에 한자 이름을 그리다시피 적었다. 삐뚤삐뚤 복잡하게 쓴 이름을 아무도 알아보지 못했다. 그날 경찰이 어떤 관계냐고 묻기에 나는 오빠라고 대답해버렸다.

잦아든 연기가 바람을 타고 아래쪽으로 흘러가고 있었다. 과수원 아래 어디쯤에서도 연기가 피어올랐다. 솔직히 산속에서 혼자 무서웠노라고 보고밀이 고백 아닌 고백을 했다.

"저 연기 덕에 버텼다고 해도 과언이 아닙니다."

할머니 혼자 사시는데 가래떡도 거기서 얻는 모양이었다. 대표 때문인지 보고밀이 가래떡을 먹는 둥 마는 둥 하다가 과수원 쪽으로 걸음을 옮겼다. 이렇게라도 마음이 흔들리는가 싶어 사과나무 사이로 사라지는 보고밀의 뒷모습을 살폈다. 대표에게 상황을 보고 해야 될 것 같아 나는 바지 뒷주머니에서 휴대폰을 꺼냈다. 과수원 입구부터 전화기가 안 터지더니 여전히 먹통이었다.

그날 밤, 은아가 구석에서 내려와 내가 누운 쪽으로 다가왔다. 나는 아랫목 쪽을 흘깃거리며 은아를 밀쳐냈다.

"내가 뱀딸기를 너무 많이 먹었거든."

평소답지 않게 목소리를 한껏 낮추었다.

"진짜 뱀이 되면 어떡하지."

그 말이 이상하게 걱정이 아니라 설레는 말투처럼 들렸다. 그때 보고밀이 몸을 뒤척이는 바람에 가서 자라고 짜증을 내고 말았다. 은아가 바싹 붙어 귓가에 속삭이는 바람에 딴 마음이 일었던 것이다. 뱀 때문에 고민이라며 남의 잠만 설치게 해놓고 정작 은아는 코까지 골아가며 잘도 잤다.

다음날 보고밀이 자전거를 끌고 마당을 나섰다. 잠자리박물관에 간다고 했다.

"오빠, 잘 다녀와!"

반말은 그렇다 치고 두 살이나 많은 나에게는 꼬박꼬박 이름을 부르더니 그자에게 오빠라는 말이 잘도 튀어나왔다. 뒤도 돌아보지 않고 과수원을 내려가는 보고밀을 향해 은아가 손을 크게 흔들었다. 흐드러지게 피어 있는 꽃만 아니었다면 자전거를 끌고 가는 그의 뒷모습이 그렇게 쓸쓸해 보이지는 않았을 것이다. 한 방에서 같이 부대끼다 보니 자꾸 보고밀의 표정이 눈에 읽혔다.

버려진 과수원이라 해도 사과는 열렸고 지천으로 꽃들도 피어 있었다. 나는 휴대폰을 높이 쳐들고 마당을 오갔다. 그런다고 끊긴 전화가 선물처럼 터질 리는 없었다. 하는 수 없이 갤러리를 드나들며 사진만 들추었다. 사진을 아래로, 아래로 뒤지다 보면 아버지와 찍은 사진도 나왔다. 교도소에 가기 전 느닷없이 찍은 사진이었다. 고등학교 때 아버지의 세계관을 심각하게 고민하다 아버지가 읽던 책을 뒤진 적이 있었다. 초반기 책은 유치하고 낯 뜨겁고 통속적인 내용들이 대부분이었다. 그 당시 아버지한테 사기를 당한 사람들은 대개 아버지와 정을 나누던 사람들이었다. 어느 날, 나라 돌아가는 사정도 알아야 하고, 사람들 심리도 파악해야겠다며 다른 방향의 책을 읽기 시작했다. 세상을 알기 위해서라지만 적을 알기 위한 노력으로 아버지의 사기 대상과 기술은 점점 더 확장되어 갔다. 이상한 것은 피해자 중에 나를 찾아와 멱살을 잡는 사람들은 대개 아버지가 낯 뜨거운 책을 읽을 때 어설프게 사기를 당했던 사람들이었다.

뻐꾸기가 울었다. 진짜 할 일이 없어 은아의 몸을 더듬고 있는데 은아가 내 손을 털어내며 몸을 일으켰다.

"그런데 잠자리박물관은 어떻게 생겼을까?"

그게 내도록 궁금했는지 은아가 물었다.

"온통 잠자리 투성이겠지."

"참 이상하네."

"뭐가?"

"거기서 보고밀 오빠가 하는 일 말이야!"

"책이라도 읽어주겠지."

"그런 일은 안 한다면서."

무슨 상상을 했는지 은아가 자리를 털고 일어났다. 그러더니 방을 나섰다. 당장이라도 잠자리박물관을 찾아갈 태세였다.

"어딘 줄 알고?"

"가다 보면 나오겠지."

다시 걸어서 어디를 간다는 것이 막막하기 그지없었다. 이십 리 길을 걸으며 내가 투덜대지 않은 것은 다리가 아플 만하면 은아가 들꽃을 본다, 네 잎 크로버를 찾는다, 하며 길가에 주저앉아 딴 짓을 했기 때문이었다. 그러다 나비가 날아가면 나비를 좇아 한없이 들판 쪽으로 가버렸다.

"창식아 이리 와봐!"

막막하게 펼쳐져 있는 길을 보고 있는데 은아가 풀섶에서 나를 불렀다. 가보니 두 손에 지렁이를 아기처럼 받쳐놓고 신기한 듯 보고 있었다.

"엄청 부드러워."

안 깨무니까 만져보라며 지렁이를 내밀었다. 나는 차마 비명을 지를 수 없어 휑하니 앞서 걸었다.

은아의 말처럼 그렇게 가다 보니 진짜 잠자리박물관이 나왔다. 건물은 들판 한가운데 뚱딴지같이 서 있었다. 하늘에 대형 잠자리 두 쌍이 떠 있는 것을 본 은아가 중얼거렸다.

"잠자리네."

나는 다리가 아파 건물 입구에 있는 의자에 앉아 신발을 벗어냈다. 시계를 보니 어느새 점심시간이었다. 건물 안으로 보고밀의 모습이 보였다. 공공근로자처럼 연두색 그물 조끼를 입고 있었는데 사람들과 섞여 있어도 어색한 티가 났다.

"보고밀 오빠!"

은아가 반가움을 참지 못해 큰소리로 보고밀을 불렀다. 사람들 시선이 이쪽으로 쏠렸다. 은아와 나를 발견한 보고밀의 얼굴에 당황한 기색이 역력했다. 은아가 야외 족욕탕을 발견하고 뛰어가는 바람에 나와 보고밀도 얼떨결에 그쪽으로 걸음을 옮겼다. 보고밀과 내가 도착하기도 전에 아이가 저지레하듯 은아가 먼저 탕에 냉큼 발을 담갔다. 나도 어쩔 수 없이 발을 넣었다.

"닥터피쉬 없어 다행이야. 간식 왔다고 좋아라, 할 건데."

은아가 발로 물장구를 치며 말했다.

"아니거든! 발바닥은 아파도 무좀은 없거든!"

물고기를 무서워하는 나를 놀리는 거였다. 그런데도 나는 얼굴까지 붉혀가며 발뺌을 했다.

"제가 보기엔 뭔가 호응이……닥터피쉬가 없어 다행이 아니라 아쉽네 라고 해야 되지 않을까요, 좋은 간식도 있는데."

그것도 농담이라고 하는 말인가 싶어 얼굴을 보니 제법 진지했다.

"은아 쟤는 말투가 원래 그래요."

은아는 무슨 말을 해도 속내가 다 드러났다. 별말이 아니라도 이상하게 마음 한편이 풀리는 그런 게 있었다. 다행이라는 말을 들으면 정말 다행처럼 느껴졌다. 은아가 물속에서 발을 꼼지락거리며 아이처럼 흥을 냈다. 보고밀의 시선은 물고기처럼 물속에서 꼬물거리는 은아의 하얀 발에 가 있었다. 나는 슬쩍 나무 발판으로 발을 들어냈다. 발판에 발자국이 선명하게 찍혔다.

"너, 평발이구나."

나무판에 찍힌 발바닥을 보고 은아가 말했다. 무심코 발판을 쳐다보니 곰발바닥 같이 편편한 자국이 선명하게 눈에 들어왔다. 내가 봐도 수려하게 아치를 그리고 있는 은아의 발바닥과는 확연하게 차이가 났다.

"제가 보기엔 중등도 이상, 경축성 비근을 가진, 강성형 편평족일 가능성이 높은 것 같습니다."

무슨 말인지 모르겠지만 아무튼 심한 평발이라는 말 같았다. 보고밀이 이런 평발은 처음 본다며 신기한 듯 발바닥을 내려다보았다.

"그래서 다리가 아픈 거였네. 그런 거였어."

무슨 진리라도 발견한 양 은아가 소리 나게 손을 맞잡아 쳤다. 서서히 말라가는 발바닥을 내려다보다가 나도 모르게 울컥하고 말았다.

출생의 비밀을 전해 듣는 자리도 아닌데, 왠지 모를 설움이 복받쳤던 것이다.

　굳이 보고밀을 따라가겠다고 우기는 은아 때문에 입장료까지 내고 잠자리박물관 안으로 들어갔다. 보고밀이 하는 일은 잠자리 유충을 떠내는 일과 동애등에 유충을 기르는 일이라고 했다. 은아가 동애등에가 뭐냐고 묻자 대답을 하지 않았다. 유충관에는 먹이 주기 체험을 하려는 아이들이 북적거렸다. 보고밀이 잠자리 유충을 떠내 유리용기로 옮겨 놓으면 체험객들이 벨트에 진열된 유리용기 속 유충에게 살아있는 동애등에 유충을 먹이로 주는 체험이었다. 인기가 좋은지 유난히 체험객들이 많이 몰려있었다. 북적대는 그곳을 지나쳐 은아를 따라 도전관으로 들어갔다. 암막 커튼을 쳐 놓은 도전관에는 장독대가 놓여 있었다. 속을 알 수 없는 깊고 어두운 항아리 안에 손을 넣고 그 감각으로 생명체를 확인하는 거였는데 나도 슬쩍 겁이 났다. 사람도 별반 없었지만 어쩌다 손을 넣은 체험객도 이내 비명을 지르며 달아나 버렸다. 항아리에 선뜻 손을 넣은 것은 은아였다. 독 안의 생명체를 향해 조심스럽게 손을 뻗는 듯 두 눈을 지그시 감고 마치 누군가의 몸을 더듬듯 천천히 항아리 안을 더듬어 나아갔다. 내 몸을 더듬는 것도 아닌데 이상하게 소름 같은 전율이 나한테까지 느껴졌다. 나는 슬그머니 밖으로 나와 버렸다. 그때 보고밀이 사육관으로 들어가는 모습이 보였다. 나도 모르게 그쪽으로 걸음을 옮겼다. 같이 지내서 그런지 사람들 사이에서 유독 보고밀의 모습이 눈에 잘 띄었다.

　내가 사육관 앞에서 걸음을 멈춘 것은 냄새 때문이었다. 두엄 냄새 같기도 하고 낙엽이 삭는 냄새 같기도 한 익숙한 냄새가 안에서 새어 나왔던 것이다. 아버지와 옮겨 다니던 변두리 동네에서도 그런 냄새가 났다. 도망 다니는 게 지긋지긋했는데도 향수처럼 그 냄새가 그리

울 때가 있었다. 나는 삐죽이 열려 있는 문틈 사이로 안을 들여다보았다. 백여 개의 플라스틱 상자가 벨트 위에 올려져 있었고 보고밀은 어깨를 축 늘어뜨리고 주먹을 쥔 채 상자를 내려다보고 있었다. 그걸 떠내 작은 플라스틱 용기에 담아 먹이 주기 체험객들에게 나누어 주는 것 같았다. 보고밀이 작정한 듯 플라스틱 용기에 먹이를 담기 시작했다. 뒤돌아 가려는데 갑자기 보고밀이 흐느끼듯 토악질을 하기 시작했다. 이내 바닥에 얼굴을 떨구고 헛구역질을 계속해댔다. 그 바람에 용기가 떨어져 먹이가 바닥으로 쏟아졌다. 뛰어 들어가 보니 동애등에라고 적힌 팻말 아래 수억 마리 구더기가 뒤엉켜 자라고 있었다. 보고밀은 욕지기를 참아가며 바닥에서 꿈틀거리는 구더기를 다시 용기에 담기 시작했다.

그날 밤 은아가 다가오더니 뱀이 되면 어떻게 하냐고 또 걱정을 늘어놓았다. 아니, 이번에는 아예 설레는 티가 났다. 잠자리박물관에서 돌아오고 부쩍 고민하는 눈치였다. 보고밀은 아랫목에서 등을 보이고 누워 있었고 나는 눕고 싶은 마음을 겨우 억누르고 있었다. 지내다 보니 이곳이 여태 지냈던 어느 집보다 잠이 잘 왔다. 흙냄새도 쾌쾌하게 나고 밤이면 세상이 너무 캄캄해서 무섭기도 했는데 이상한 일이었다. 그때 고요를 깨고 은아가 이야기를 시작했다. 돌아가신 외할머니에게 듣고 자란 이야기라고 했다. 나는 은아가 어린아이처럼 혹은 할머니처럼 하는 이야기를 그냥 듣고 있었다.

외할머니 동네는 김 씨 집성촌이었다. 외할머니가 어렸을 때였다. 촌장이 딸의 결혼을 앞두고 비단을 도둑맞았다. 동네에 이방인이라고는 방물장수 박 씨 혼자였고, 다 일가친척인데 비단을 훔쳐 갈 리 없어 박 씨를 범인으로 확정했다. 아무리 추궁해도 방물장수가 아니라고 발뺌을 하자 동네 사람들이 죽기 일보 직전까지 두들겨 패 동네 입구에 던져놓았다. 다 죽어가던 박 씨를 본 외할머니가 동네 사람들 몰래 물을 가져다주었다. 박 씨는 물을 마신 뒤 눈물을 흘리며 자신은 범인이 아니라고 했다. 실타래를 구해주면 범인을 찾겠노라고. 그 말을 믿은 외할머니는 실타래를 구할 수 없어 대신 새끼줄을 구해다 주었다. 사람들에게 이야기를 했지만 아무도 그 자리에 오지 않았다. 피투성이가 된 박 씨가 자신이 팔던 헝겊 인형에 새끼줄을 묶자 헝겊 인형이 벌떡 일어나 어디론가 가기 시작했다. 새끼줄을 잡고 따라 가보니 거기에 비단이 있었다. 그 집은 촌장의 가장 가까운 친척 집이었다. 유일한 목격자인 외할머니는 이 이야기를 어머니에게 전했고 어머니는 딸의 말을 무시했다. 다음날 방물장수 박 씨는 동네 언저리에서 숨진 채 발견되었다. 그 뒤로 동네 사람들은 아무도 외할머니의 말을 듣지 않았다.

아랫목 쪽이 조용했다. 잠은 이미 달아나 버렸다.

"무서운 동네네."

박 씨 한 명을 동네 사람들이 죽인 거 아니냐고 은아에게 따져 물었다. 어느 대목에 홀려 그러는지 은아가 또 훌쩍거렸다. 꼬치 가게에서 울음바다가 된 것처럼 눈물의 진원지를 알 길이 없었다. 돌아가신 외할머니가 보고 싶어서 그러냐고 물어도 은아는 훌쩍이기만 했다.

방안이 칠흑처럼 어두웠는데 어느새 안이 훤히 보였다. 문득 사육관에서 있었던 일이 떠올라 아랫목으로 고개를 돌렸다. 아랫목에서는 숨소리도 들려오지 않았다. 잠이 든 게 아닌 것 같아 그게 더 신경이 쓰였다.

"주무십니까?"

나직이 보고밀을 불렀다. 무어라도 물어보고 싶었는데 보고밀은 아무런 대답도 하지 않았다. 은아가 훌쩍이는 소리만 고요하게 들려왔다.

다음날 보고밀은 라면을 먹다가 읍내에 오일장이 선다는 말을 불쑥 꺼냈다. 장 구경이 재밌겠다고 맞장구를 친 것은 은아였다. 나는 지갑을 찾다가 마지못해 빈손으로 따라나섰다. 다시 걸어서 한길까지 나가 버스를 또 타야 하기에 나는 오일장이고 뭐고 내키지 않았다. 은아가 토끼풀꽃을 꺾어 귀에 꽂고 콧노래를 흥얼거리며 과수원 길을 앞서 걸어갔다. 흙먼지를 일으키며 혼자 뛰어가다가 우리를, 아니 보고밀을 향해 손을 흔들어댔다. 그는 나보다 더 뒤처져 걸었는데 산책 나서듯 낡은 고무신을 신고 한량처럼 걸어오고 있었다.

버스 정류소는 커다란 당산나무 아래 있었다. 처음 은아와 내가 내렸던 정류장에서 한 구역 더 간 곳인 것 같았다. 그렇지 않고서야 이상한 천으로 뒤덮인 거대한 당산나무를 몰라볼 리 없었다. 나는 발바닥이 욱신거려 흙먼지가 깔린 의자에 걸터앉아 신발을 벗어냈다. 그때 쪽을 지른 할머니가 정류장 쪽으로 걸어오다가 보고밀을 먼저 알아보았다.

"아이고, 김 씨네."

의자에 보따리를 내려놓으며 반갑게 인사를 건넸다. 보고밀이 점잖게 고개를 숙였다. 은아가 먼저 인사를 했고 나도 마지못해 고개를 끄덕였다.

"이보게 김 씨, 사과나무는 잘 있는가?"

할머니가 대뜸 사람 안부 묻듯 사과나무의 안부를 물었다. 보고밀이 아무 말 없이 얼굴만 붉혔다. 버려진 과수원이라 해도 사과는 열리고 있었다.

"잘 있어요."

은아가 넙죽 대답을 했다. 종일 과수원을 돌아다니더니 그것도 안부라고 전하는가 싶었다. 그 말에 할머니가 안심하는 눈치였다. 몇 해

전에만 해도 꽃을 따준다 가지를 쳐준다 드나들었는데 이젠 그 일도 힘에 부친다고 했다. 먼 친척의 과수원인데 부모가 죽고 자식들도 멀리 살아 그리 되었다는 것이다. 은아는 마치 친할머니를 만난 것처럼 보따리를 끼고 노인 옆에 앉아 수다를 떨었다. 할머니는 마디 굵은 손을 뻗어 과수원 아래 어디쯤을 가리키며 놀러 오라고 했다. 은아는 진짜 그러기라도 할 것처럼 이마에 주름까지 잡아가며 산 어디쯤을 세심하게 살폈다. 연기가 피어오르던 그 집인 것 같았다.

멀리서 버스 한 대가 흙먼지를 일으키며 다가왔다. 기다린 지 40분 만이었다. 버스에 오른 은아는 할머니와 나란히 앉았고 보고밀은 앞자리에 앉자마자 팔짱을 끼고 눈을 감았다. 나는 맨 뒷자리에 비스듬히 앉아 다리를 쩍 벌렸다. 다리를 떨지 않은 것은 복이 나간다는 아버지의 말을 귀가 따갑게 듣고 자라서였다. 나는 보고밀 쪽을 슬쩍 쳐다보았다. 간밤에 잠을 설쳤는지 그자의 고개가 창 쪽으로 기울고 있었다. 나는 휴대폰을 꺼냈다. 그제야 전화가 터졌다. 대표에게 전화를 하니 버럭 화부터 냈다. 보고밀을 향한 불평이 모두 나에게로 쏟아지고 있었다. 나는 휴대폰을 쥔 채 그대로 눈을 감았다.

오일장은 동네 개천을 따라 길게 들어서 있었다. 국밥 한 그릇을 먹은 뒤 은아를 따라 장터 구경을 한다고 한눈이 팔린 사이 보고밀이 감쪽같이 사라졌다. 얼핏 시골 노인들 사이에서 고무신을 신고 재빠른 걸음으로 사라지는 보고밀 같은 젊은 남자의 뒷모습을 보지 않았더라면 이렇게 배신감이 들지는 않았을 거였다. 그가 또다시 잠적했을 거라는 낭패감보다 우리를 두고 갔다는 이상한 배신감이 더 컸던 것이다. 보고밀을 찾아 몇 시간을 헤매다 허탕을 치고 결국 이십 리 길을 걸어서 돌아왔다. 남은 돈으로 베지밀과 찐빵을 사 먹은 뒤라 속수무책이었다. 해가 다 져서 집에 도착하니 문 앞에 보고밀의 고무신이 떡

하니 놓여 있었다. 문을 열었을 때 보고밀은 방 한가운데 대자로 누워 자고 있었다. 밤에 불러도 대답도 않더니 꿀 같은 단잠에 빠져 있었던 것이다. 은아는 오면서 보고밀을 잃은 내 심사와 상관없이 뱀이 되는 설렘을 늘어놓았다. 이번에는 아예 뱀이 될 것처럼 굴었다. 쪽을 지른 할머니에게 물었더니 뱀이 된다고 말했다는 것이다.

이른 새벽에 보고밀이 나를 깨웠다. 은아가 이상하다고 했다. 밤새 토했다는데 나만 세상모르고 잠이 들었던 것이다. 이마를 짚어보니 열은 없었다. 오히려 찹찹하게 냉기가 돌았다. 핏기없이 허옇게 변한 얼굴을 보니 여기까지 괜히 끌고 왔나 하는 후회가 들었다. 새벽 공기가 차가워 옷을 하나 더 덮어주고 마당으로 나왔다. 보고밀이 쭈그려 앉아 아궁이에 불을 지폈다. 한 줌 정도 남은 쌀로 죽이라도 끓이려는 모양이었다. 쌀을 불려놓고 나도 아궁이 앞에 앉았다. 뭐라도 불 앞에 서는 속내를 이야기하게 되는 모양이었다.

"처음엔 책 한 권이 시작이었습니다. 온라인에 감상평을 올렸는데 연락이 왔더라고요. 신간인데 읽어 달라고. 무척 기뻤습니다. 누군가 나를 알아주는 사람이 있다는 게. 이후 한 권이 열 권이 되고 백 권이 되어, 지금까지 왔습니다. 어려서부터 책을 끼고 살았어요. 부모님은 뭐가 돼도 될 거라고 늘 이야기 했어요. 사람들도 그랬어요, 될 놈이라고. 모순되게도, 책을 읽다 보면 세상의 하찮은 것들이 먼저 보여요. 여기서 말하는 건 그렇게 하찮은 게 아닐 거라고 생각했지요. 세속적이고 모순투성이 인간들에게 쓸데없이 감정을 소비할 필요가 없었습니다. 그들을 마음껏 경멸하면서도 현실 세계에 돌아오면 연민을 가진 양 스스로를 기망하며 저와 같은 속성을 가진 인물들을 향해 저 새끼 나쁜 놈이네, 라고 부르짖는 거지요. 자기 윤리를 실행한 자처럼 부르짖다 보니 총칼을 지닌 것처럼 든든하게 꽉 차오르는 세계가 있었습니다. 책을 읽은 만큼 총알이 장전된다고 할까요. 어느 분야든 설사 호밋자루라도 무기를 지닌 자의 얼굴을 보면 서로 알 수 있어요. 그 교만함을요. 그걸 누구에게 휘두르겠어요. 우리 같은 족속들은 태생적으로 자신들처럼 연약한 자들을 알아봐요. 그러다 대표님을 만났죠. 방향에 맞게 써달라고 하더군요. 그 말을 알아듣겠더라고요. 애초 제가 제대로 된 놈이었다면 그 말을 알아듣지 못했을 겁니다. 그 말을 알아들었다는 것은 내가 나를 기망하는 줄도 모르고 초라하고 보잘것없는 한 세계를 버렸다는 의미지요. 세속적인 세상을 마음껏 경멸하며 개인의 낭만을 위해 소비하거나 뜬구름 같은 거대 담론에 숟가락을 얹어 실천적 윤리 행위인 양 투기를 하는 거지요. 그래도 양심이 있다면 자신이 기망한 세계가 어느 것인지 알 겁니다. 그조차 알지 못하는 것은 어쩔 수 없는 일이지요. 이는 누군가를 향해 총을 발사하는 것보다 더 위험한 일이었습니다. 이제 서로 기망하는 자들만 알아보는 세계에서 내려오고 싶습니다."

방물장수 이야기보다 더 복잡하게 들렸다. 내 귀에 들어오는 것은 기망이라는 단어 하나였다. 보고밀 같은 자가 왜 그 단어를 난발하는지 모를 일이었다. 교도소에 수감되기 전 아버지의 판결문에는 상대방을 기망하여, 라는 문구가 빠지지 않고 들어 있었다. 조금이라도 형량을 줄이기 위해 아버지는 상대방을 착오에 빠지게 하여 이익을 취하지 않았다는 것을 끝없이 밝혀야 했다. 그게 형량을 줄이는 유일한 방법이었다.

나는 은아가 울면 어떻게 해야 좋을지 모르겠다는 말을 비밀처럼 보고밀에게 털어놓았다. 솔직히 내가 알고 싶었던 것은 은아가 왜 우느냐는 거였다. 보고밀이 내 눈에서 사라지는 일보다 그게 더 신경이 쓰였다. 고작 옛날이야기 같은 거에 왜 그런지 모르겠다고 볼멘소리를 했다. 그러면서 은아가 뱀이 된다고 생각하느냐고 물었다. 답이 될 말이 돌아올 줄 알았다.

"그 세계를, 이제부터라도 알아가야겠지요. 저도 뱀이 될지도 모른다고 생각합니다."

엉뚱한 답을 하는 보고밀의 표정이 농담치고는 진진했다. 책을 그토록 많이 읽었다 하니 아마 뱀이 되지 않을 온갖 정보를 수백 가지는 더 대고도 남을 거였다. 나는 은아가 뱀이 될 거라고 생각하지 않는다고 말했다.

"어제, 대표님한테 메일 보냈습니다. 내려가겠다고요."

이내 메일을 읽더라고 했다. 보고밀이 말을 돌리며 장날 PC방에서 나와 찾아보니 우리가 없더라고 했다. 나는 보고밀을 찾아다닌 길을 더듬으며 여기도 갔고 저기도 갔노라고 볼을 부풀려가며 억울함을 토해냈다.

보고밀이 장작 하나를 아궁이에 던져 넣었다.

"잘 생각하셨습니다. 아무렴, 내려가야겠지요."

그 말을 들으려고 애를 썼는데, 정작 듣고 나니 이상하게 맥이 빠졌다. 나는 불린 쌀을 가지러 우물이 있는 사과나무 아래로 갔다. 다리에 통증이 올라와 잠시 사과나무를 부여잡고 섰는데 전화벨이 울렸다. 가까운 곳에서 전화가 터지는 줄도 모르고 과수원 꼭대기까지 전화기를 들고 다녔던 것이다. 전화번호를 보니 모르는 번호였다. 낯선 번호를 보면 먼저 긴장이 되었다. 아버지도 그렇지만 채권자들도 내 전화번호를 어떻게든 알아냈다.

"나다."

처음엔 중저음의 그 목소리를 알아듣지 못했다. 너무 안정된 목소리라서 누구의 목소리인지 알아채지 못했던 것이다. 오늘 출소를 했다며 아버지가 점잖게 웃었다. 전화번호를 어떻게 알았냐고 물을 필요도 없었다. 건강하시냐고 물었더니 대뜸 주소 먼저 물었다. 나도 모르게 지방이라고 둘러댔다. 아버지는 책을 넣어주어서 고맙다는 인사말 끝에 곧 들르겠다고 했다. 무언가 자신감에 차 있는 목소리였다. 전화를 끊고 나니 묵직한 돌덩어리가 가슴에 얹히는 느낌이었다. 나는 아버지로 전화번호를 저장하려다 베지밀로 저장을 했다. 이상하게 대표한테서는 아무런 연락이 없었다. 입원은 했는지 안부도 물을 겸 전화를 해도 받지 않았다.

솥은 달대로 달아 있었다. 불린 쌀과 물을 섞어 솥에 쏟아붓자 요란한 소리와 함께 김이 치솟았다. 불길이 세서 그런지 이내 쌀이 끓어올랐다.

"그런데 죽은 끓일 줄 아시는지요?"

내가 물었다.

"처음입니다."

보고밀이 대답했다.

"저도 처음인데, 아무래도 밥이 될 거 같은데요."

뻑뻑하게 끓고 있는 죽을 보며 보고밀이 고개를 갸웃거렸다.

"그럼 물을 더 붓겠습니다."

내가 물을 붓자 보고밀이 열심히 주걱을 저었다. 그래도 죽은 자꾸 밥 쪽으로 기울어갔다. 그때 은아가 문을 열고 나왔다. 다 게워내서 그런지 얼굴이 하얀 백짓장 같았다. 나는 되직한 죽에 남은 물을 붓다가 마루 쪽을 다시 쳐다보았다. 은아가 마루에 앉아 배시시 웃으며 우리 쪽을 향해 손을 흔들었다. 어쩌면 은아가 뱀이 될지도 모른다는 생각이 들었다.

제13회
현진건문학상의 취지와 심사 경위

1. 취지

  현진건문학상은 한국 근대문학을 개척한 작가 현진건 선생의 고향인 대구에서 제정되었다. 본 상은 작가가 남긴 뛰어난 작품의 문학사적 의의를 기리는 것은 물론, 보다 활동적이고 차원 높은 지역문학을 구축하기 위한 운동으로 그 의미를 갖는다. 문학이 위기에 처한 이 시대에 특히 지역 문학은 한국문학의 평균적 수준보다 더 위축된 상태이다. 다른 문화와 마찬가지로 문학 활동의 수도권 편향성은 지역문학이 한국문학을 떠받치고 있는 한 축임을 망각하게 한다. 수도권 편향으로 야기된 불합리와 지역문학에 닥친 힘의 상실은 곧 한국문학 전체를 전락시키는 결과를 낳을 것이다.

  보편적 문학성의 확산에 기여함과 동시에, 지역에서 활동하는 문학인을 격려하는 차원이 되어야 한다는 것이 본 상의 가장 큰 취지이며 궁극적 목적이다. 그리하여 지역의 문학인들이 스스로를 격려할 수 있는 방식으로 흘러가게 함으로써 지역 작가들의 새로운 광장으로 거듭날 것이며, 이들의 글쓰기가 문학의 본질에 더욱 가까이 갈 수 있도록 돕는 제도가 될 것이라 확신한다.

이런 취지를 수행하기 위해 본 문학상 운영위원회는, 매해 발간하는 『현진건문학상 작품집』으로 인해 발생하는 수익금을 다음 해 더 좋은 작가와 작품에 빛을 주는 일에 사용할 것이다. 작가들의 집필을 돕고 수상자의 상금에 재투자하여, 수익금과 좋은 작품이 선순환되는 구조를 만들어나가고자 한다. 전국 곳곳에서 창작에 몰두하는 많은 중견과 신진 작가들의 적극적인 참여와 응원을 기대한다. 아울러 지역에서 벌어지고 있는 이 의미 있는 일에 한국 문단의 깊은 관심을 바란다.

2. 작품 모집과 심사 경위

현진건문학상 운영위원회는 막중한 책임감을 갖고 의욕적으로 금년 행사에 임했다. 13회를 맞이하여 금년 5월부터 본격적으로 행사의 취지를 알리는 작업에 착수하였다. 인터넷과 문학잡지에 지난해 9월부터 금년 8월까지 발행된 각 지역의 간행물에 실린 좋은 작품, 신작을 모집하기 위해서였다.

지난해와 마찬가지로 제13회 현진건문학상은 다음과 같이 작품을 모집했다.

    가. 기성작가 개인의 자유로운 응모.
    나. 문협지부와 소설가협회 등 단체가 추천하는 작품.
    다. 지역에서 간행되는 (종합)문예지에 발표된 단편소설.

위의 가~다로 다양한 형태로 작품을 접수하는 이유는 개인의 자유

성 확보와 지역문학의 활동성 증진, 그리고 소외되거나 위축된 상태로 작품 활동을 하는 작가들을 고루 살피기 위해서이다. 그 결과 여러 형태로 많은 작품들이 수합되었다.

심사대상에 올려진 작품들은 모두 130편이었다.

9월 1일과 2일, 양일간 작품을 분류, 기록하고 모든 작품에 대해 응모자 이름과 경력 사항을 떼어 '익명처리' 작업을 한 뒤, 9월 3일 우편으로 예심 심사위원에게 우송했다(코로나19로 인해). 현재 한국 문단에서 왕성한 활동을 하는 작가인 권정현 씨와 김미월 씨가 오랜 시간 동안 작품을 읽고 검토한 후 진지한 토의를 거쳤다. 예심 위원들은 혹여 생길지 모를 오류를 막기 위해 공정과 신중을 기했다.

예심을 통과한 13편의 작품을 전달받은 오정희, 이순원, 박희섭 소설가로 구성된 본심 심사위원회는 9월 27일 춘천에 모여 수상자 선정을 위한 합심에 들어갔다. 지난 두 주 동안 숙독을 마친 심사위원들은 예심 통과작 13편의 작품들에 개별 평가를 하고, 서로 간의 의견을 교환하였다.

그 13편은 다음과 같다.

「봄을 걷다」, 「아이덴티티」, 「시차」, 「타인의 손」, 「우리는」, 「정지선 안에서」, 「파잔」, 「X의 세계」, 「수영장」, 「소란」, 「산책, 109」, 「셀럽 이효리와 즐겁게 노는 꿈」, 「나야」이다.

심사위원들은 먼저 본상 및 추천작 작품에서 제외할 6편을 먼저 골라냈다. 그러나 이때부터 심사위원들은 각 작품에 대한 호오를 검토하면서 금년 작품에 대해 안타까움을 표시했다. 오랜 시간 의견을 주고받은 끝에 금년에는 본상작이 없는 추천작만으로 수상작을 선정하기로 결론을 지었다.

7편의 추천작은 「시차」, 「아이덴티티」, 「봄을 걷다」, 「X의 세계」, 「수영장」, 「소란」, 「나야」이다. 심사위원회는 금년 작품이 많이 미흡한 것은 아니나 그동안 쌓아올린 현진건문학상 수상작의 위상에 비교하면 부족한 면이 없지 않다는 것이다. 이에 현진건문학상의 위엄과 이 상의 공정성을 천명하면서, 그리고 응모 작가들의 건투를 빌면서 본상을 선정하지 못한 아픔을 견디자고 하였다.

내년에는 더 많은 지역에서 문협과 소설가협회, 소설가 동인 등 문학단체들이 더 많은, 더 우수한 작품을 추천해주길 기대한다. 본 운영위원회는 일 년 내내 문을 열고 기다리고 있을 것이다.(사무국장 010-2124-0157, editorhyeon@hanmail.net)

문학단체에 가입하지 않거나, 지역문예지에 발표하지 않은 개인 작가들도 개별적으로 왕성한 응모를 바란다. 각 지역에서 작가들의 창작이 활발해지는 것이 '현진건문학상의 꿈'이다.

현진건문학상 운영위원회

초판 인쇄일	• 1쇄 2021년 10월 10일
초판 발행일	• 1쇄 2021년 10월 15일

지은이 • 박주영, 박해동, 서유진, 이소정, 이은유
        이은정, 정광모, 하창수, 김가경
발 행 인 • 현진건문학상 운영위원회
편집교정 • 신영애, 이근자, 권이항

펴 낸 곳 • 화니콤
주   소 • 대구광역시 수성구 들안로 54길 12 1층
전   화 • 053.755.6700
팩   스 • 053.755.6726
전자우편 • red0202@nate.com
출판등록 • 2006년 8월 31일 제346-2006-00012호

ⓒ현진건문학상운영위원회, 2021

※ 이 책의 전부 또는 일부 내용을 재사용하려면 사전에 저작권자와
   화니콤의 동의를 받아야 합니다.
※ 지은이와 협의에 의하여 인지는 생략합니다.
※ 잘못 만들어진 책은 구입하신 서점에서 교환해 드립니다.

이 책은 2021 대구문화재단 문화인물현창사업 지원으로 출간 되었습니다.
ISBN 978-89-97823-15-4-03810
값 12,000원